SE EU AMASSE VOCÊ

(Corações de Hollywood, 1)

Jean C. Joachim

Romance Sensual
Moonlight Books

Um Romance de Moonlight Books
Romance Sensual
Se Eu Amasse Você (Corações de Hollywood, 1)
Copyright © 2012 Jean C. Joachim
E-book ISBN: 978-1-62622-8054
Primeira publicação em E-book: Janeiro de 2012.
Ilustração da capa por Dawne Dominique
Editado por Tabitha Bower
Revisado por Renee Waring
Direitos autorais de toda a arte e logo © 2012 de Moonlight Books

EDITORA
Moonlight Books

Dedicatória

Dedico esse livro aos meus leitores. Sem vocês, meus livros continuariam a ser histórias flutuando em minha cabeça.

Agradecimentos

Obrigada pelo seu apoio e encorajamento: Kathleen Ball, Tabitha Bower, meu editor, Jack Drucker, Sally Gallagher, Ariana Gaynor, Lisa Ingham, Larry Joachim, Marilyn Reisse Lee, Sandy Sullivan, Ben Tanner, e aos escritores do Tuesday Tales .

Em memória a Jack Harding

Ele acumulou uma vida inteira de cuidados em vinte anos.
Sentimos sua falta, Jack.

Outros livros de Jean C. Joachim

FIRST & TEN SERIES
GRIFF MONTGOMERY, QUARTERBACK
BUDDY CARRUTHERS, WIDE RECEIVER
PETE SEBASTIAN, COACH
DEVON DRAKE, CORNERBACK
SLY "BULLHORN" BRODSKY, OFFENSIVE LINE
AL "TRUNK" MAHONEY, DEFENSIVE LINE
HARLEY BRENNAN, RUNNING BACK
OVERTIME
THE MANHATTAN DINNER CLUB
RESCUE MY HEART
SEDUCING HIS HEART
SHINE YOUR LOVE ON ME
TO LOVE OR NOT TO LOVE
HOLLYWOOD HEARTS SERIES
RED CARPET ROMANCE
MEMORIES OF LOVE
MOVIE LOVERS
LOVE'S LAST CHANCE
LOVERS & LIARS
HIS LEADING LADY (Primeiro da Série)
NOW AND FOREVER SERIES
NOW AND FOREVER 1, A LOVE STORY
NOW AND FOREVER 1, THE BOOK OF DANNY
NOW AND FOREVER 3, BLIND LOVE

NOW AND FOREVER 4, THE RENOVATED HEART
NOW AND FOREVER 5, LOVE'S JOURNEY
NOW AND FOREVER, CALLIE'S STORY (Primeiro da série)
<u>MOONLIGHT SERIES</u>
SUNNY DAYS, MOONLIT NIGHTS
APRIL'S KISS IN THE MOONLIGHT
UNDER THE MIDNIGHT MOON
<u>CONTOS</u>
SWEET LOVE REMEMBERED
TUFFER'S CHRISTMAS WISH

SE EU AMASSE VOCÊ
Jean C. Joachim
Capítulo Um

MEGAN MAL CONSEGUIA respirar. Sua boca, de repente seca como a areia do deserto, sorriu enquanto seus olhos se conectavam com os dele. Instantaneamente, entendeu o enorme sucesso do filme de Chaz Duncan. A presença dele preencheu a sala no segundo em que entrou.

Chaz media aproximadamente 1m80cm, corpo delgado e ombros que se estendiam de Nova Iorque até a Califórnia. Seus cabelos castanho escuros, habilmente aparados e descuidadamente longos, ameaçavam cair em seus olhos a qualquer momento. Seus olhos eram castanhos mais escuros, guarnecidos por longos cílios. Seu nariz era reto e longo apenas o suficiente. Seus lábios eram perfeitos, sendo o inferior ligeiramente mais grosso, e parecia totalmente beijável.

Vestia calças marrom chocolate sob medida e uma camisa de seda branca aberta no pescoço, revelando traços de seus pelos do peito. A barba em seu rosto estava no comprimento certo - não muito longa que aparentasse descuidada, mas comprida o suficiente para ser extremamente sexy. Uma gravata listrada de laranja queimado e vermelho pendia abaixo do botão superior aberto de sua camisa. Ele assumia uma posição estudiosa e casual com o casaco do terno pendurado no ombro e preso no dedo de uma das mãos. Deu um passo para frente e estendeu a mão.

Ela respirou fundo quando sua mão quente e seca envolveu a sua em um aperto firme. "Um prazer conhecer você, Sr. Duncan. Sente-se, por favor?"

"Chaz, por favor," ele disse, sentando-se.

Megan voltou ao seu assento. "Café?" Direcionou o olhar para o visitante.

"Adoraria. Preto."

"Andy, café preto e água para mim." Ela chamou por seu assistente, sentado na mesa próxima à porta. *Mais um menos um galão; um pint para beber e despejar o resto em cima de mim antes que entre em chamas.*

Chaz colocou o casaco no encosto da cadeira antes de seus lábios se abrirem em um sorriso deslumbrante. O calor de seu olhar enquanto passeavam por seu corpo, parando momentaneamente em cada curva atraente, aumentou a temperatura de seu corpo. O repentino calor causado por sua atenção a forçou a tirar o casaco. Percebeu que ele olhou para seu peito quando puxou os braços para trás. Megan levou sua cadeira até a mesa. Sentou-se o mais ereta possível do alto de seus 1m60cm. Chaz aproximou sua cadeira.

Com a mão trêmula, Meg pegou a lista de perguntas e então pigarreou. Quando seu olhar encontrou o dele, percebeu um ar de divertimento como se ele estivesse sufocando uma risada. Andy os interrompeu, trazendo o café e a água. Chaz fechou os longos dedos ao redor de sua xícara de café e se recostou. Os olhos dela se apertaram levemente. Colocou o papel em cima da mesa. "Olhe, eu sei que você é famoso. Meu irmão é famoso..."

"Mark Davis. O quarterback estrela do Delaware Demons, certo?"

"Ele é meu irmão gêmeo."

"Vocês não se parecem em nada. Consegue arremessar uma bola de futebol?" Um sorriso se formou em seus lábios.

"Como se nunca tivesse escutado essa antes. Não dou a mínima que você seja famoso, certo. Podemos fazer isso direito? Não estou impressionada, não vou rastejar a seus pés. Você é simplesmente um cliente em potencial cujo dinheiro eu talvez vá administrar. Nada mais, nada menos. Não vou desmaiar e pedir um autógrafo ou me atirar em cima de você. Claro, vou fazer o melhor que posso para cuidar de seu dinheiro como se fosse meu, mas isso é o mais longe que vou."

"Que maneira de usar seu charme para conquistar minha conta." Chaz se inclinou.

"Não preciso de charme; eu tenho cérebro." Um sorriso presunçoso cruzou os lábios de Meg.

"Whoa! Oh, sim... M.B.A. em Harvard, certo? Harvey me disse." Chaz se recostou na cadeira novamente.

"Exato." Meg também se recostou, cruzando os braços.

"E eu, Escola de Drama de Yale. Então, não seja condescendente comigo. Não sou um ator 'idiota', apaixonado por ele mesmo. E você está vestida de forma muito sensual para uma assessora financeira apenas com Dólares e centavos em mente. Não que eu faça alguma objeção. Amo um colírio para os olhos... e um belo busto também..." ele sorriu e então pegou o celular.

"Colírio para os olhos? Busto? Você disse *busto*? Quanta coragem! É seu telefone? Desligue..." Ela se levantou da cadeira.

"Meu celular é meu meio de subsistência. Não vou perder uma audição ou uma oportunidade de ler um script porque você quer que desligue meu telefone. E *busto* é um termo mais educado do que alguns outros usados por alguns homens."

Megan se afundou na cadeira, sem palavras, enquanto Chaz respondia uma mensagem de texto.

"Acho que talvez seja melhor você falar com outra pessoa aqui..." Ela se levantou e foi em direção à porta, mas Chaz a interrompeu, segurando forte em seu braço.

"Sente-se," ele disse calmamente.

Megan voltou à sua cadeira.

"Agora que tiramos isso de nossos peitos... posso falar peitos, não posso? Vamos seguir em frente. Fale sobre como planeja investir meu dinheiro." Ele relaxou novamente na cadeira, entrelaçando os dedos por detrás da cabeça.

"Ainda quer que eu cuide de seu dinheiro?" Megan se animou.

"Você tem fogo... talvez princípios... e provavelmente, cérebro," ele sorriu. "Gosto disso. Vamos ver se também tem boas ideias sobre gerenciamento financeiro." Baixou seu sorriso para meros quinhentos watts; seu comportamento parecia sincero.

Megan tomou um grande gole de água antes de pegar os papéis em sua mesa. "Preparei algumas perguntas para me ajudar a entender suas necessidades, Sr... ah, Chaz."

Minhas necessidades? Não quer realmente dizer *necessidades*, quer?" Ele riu enquanto seu olhar percorria seu corpo.

"Quero dizer suas necessidades financeiras... ah, talvez objetivos seja uma palavra melhor."

"Ah, objetivos, sim. Objetivos está bom para mim."

"Se conseguirmos concordar em três objetivos, então vou preparar uma espécie de proposta..."

"Proposta? Você vai me pedir em casamento? Nos conhecemos a tão pouco tempo!" Ele ergueu as sobrancelhas em uma simulação de choque.

Megan não conseguiu se controlar. Caiu na gargalhada, cobrindo a boca com a mão para abafar o som. Andy levantou os olhos de sua mesa. Ela sinalizou para ele fechar a porta. Quando se acalmou, tentou novamente. "Vou dar a você algumas ideias sobre a melhor forma de investir seu dinheiro para alcançar seus objetivos de forma segura e com o menor risco possível."

"Sou um grande corredor de riscos, Sra..."

"Megan."

"Megan. Minha vida é um grande risco, mas não financeiro. Não gosto desse risco de forma alguma."

"Nisso nós concordamos. Certo, Chaz, quanto tempo você tem?" Ela olhou para o relógio.

"Nenhum, na verdade. Devo estar na *PBS* em quinze minutos. Digo... por que não escolhe três objetivos que acha que eu *deveria* ter e trabalhe com eles?"

"Sua contribuição... eu... eu não conheço seu estilo de vida nem nada."

"Você é esperta... Adivinhe. Vou pegar você aqui na sexta à noite... é tempo suficiente?"

Ela assentiu.

"Bom, sexta à noite, às seis. Você pode me apresentar suas ideias no jantar."

"Sexta à noite?" Ela abriu o calendário de seu computador, embora já soubesse que não tinha nenhum plano.

"A menos que tenha outros planos. Quero dizer, se o Príncipe Encantado estiver agendado para fazer amor com você na sexta à noite, podemos remarcar. Claro, eu poderia ver Cutler e Bates na sexta se não for ver você..."

"Sexta à noite está bom. Ótimo, na verdade."

"Excelente. Vista algo revelador, combina com você." Chaz se levantou da cadeira. Aproximou-se da sua cadeira.

Megan se levantou. Chaz pegou sua mão, beijou-a e então saiu do escritório.

Andy entrou assim que ele saiu. Megan estava no mesmo lugar, acariciando indolentemente as costas da mão.

"O que foi isso?" Andy perguntou.

"Cary Grant conheceu Os Lordes de Flatbush," ela murmurou com um sorriso lentamente aparecendo no canto da boca.

MEIA HORA DEPOIS, HARVEY Dillon parou e entrou no escritório de Meg. "Então? Como foi com Chaz Duncan?"

"Vou encontrar com ele novamente na sexta."

"O que aconteceu?" Harvey levantou a sobrancelha.

"Ele não podia ficar. Tenho as informações. Vou montar uma proposta..." Parou, abriu um sorriso e então continuou, "um plano... para ele essa semana. Vou apresentar para ele na sexta."

"Em um jantar..." Andy interviu.

Meg olhou para ele até que fechasse a boca com mão.

"Sem problema, Meg. Negócios normalmente são feitos em jantares. Bom trabalho. Vou adiar a comemoração, mas isso parece bom." Harvey ergueu a mão em despedida e então seguiu seu caminho.

Meg soltou um suspiro. *Graças a Deus que não estraguei tudo.*

Meg estava descontente que as paredes de vidro dos escritórios da Dillon e Weed davam a Brielle Henderson, da sala em frente a dela, a oportunidade de observar cada movimento seu. Incluindo sua interação com Chaz Duncan. A executiva de contas loira, furtiva e ambiciosa, saiu de seu escritório com seu salto 10. Empoleirou-se na porta de Meg, encostando-se no batente.

"Jantar. Muito acolhedor. Fazendo negócios... à moda antiga?" Brielle levantou uma sobrancelha.

A raiva ardeu no rosto de Meg. "Não trabalho desse jeito. Ele é um homem ocupado. Celebridades levam vidas diferentes... é conveniente para ele."

"Aposto que é. Você devia saber já que está lançando a nova divisão de *investimento de celebridades* da Dillon e Weed. Tenho certeza de que ele vai chegar a uma decisão até... a sobremesa."

"Tem?" Andy ficou de boca aberta com sua chefe.

Megan acenou para Andy com os olhos em Brielle, que rastejou de volta a seu escritório como uma serpente voluptuosa.

"VOCÊ VAI JANTAR COM ele? Oh, meu Deus. Estou presa em Delaware enquanto você vai sair com Chaz Duncan!" Sua cunhada, Penny, gemeu do outro lado do telefone na terça-feira à noite.

Mark agarrou o telefone. "Sem gracinhas com Dunc, Meg."

"São negócios, Mark."

"Sim, claro, negócios..." ele riu.

"Dunc? Você chama ele de 'Dunc'?" Ela perguntou ao irmão.

"Encontrei com ele uma vez. Tomamos umas depois de um jogo."

Estática e ruídos indicaram que a ligação ia cair. "Meg. Precisamos conversar," Penny disse.

Megan não sabia nada sobre como se vestir de forma elegantemente sensual. Sempre estudiosa na faculdade, concentrou sua atenção mais nos testes do que em se parecer sensual. Após se formar, escolheu trajes sensíveis e conservadores combinando com blusas brancas para projetar suas sérias intenções no mundo financeiro. No entanto, como líder da divisão de celebridades, Meg precisava repensar sua estratégia de guarda-roupas. Então, voltou-se para Penny, a *fhashionista* da família, para lhe ajudar.

A falta de confiança de Meg sobre sua aparência vinha desde sua infância. Nunca a gêmea de boa aparência aos olhos da mãe, Meg se tornou insegura e desajeitada. Voltou-se para perto dos livros e para longe dos lindos vestidos. Enquanto o belo e loiro Mark se afirmava como o gêmeo extrovertido, charmoso e atlético, Megan, cujo humor frequentemente combinava com seus cachos escuros, foi taxada como a tímida. Enterrava o nariz em um livro ao invés de ir às compras ou mesmo sair para dançar. Ainda hoje, podia lembrar de ouvir sua mãe dizer, "Ele tem a beleza... ela tem o cérebro." Sem que soubesse, a voz de Mary Davis não ficou somente no quarto principal.

"Shhh, ela vai ouvir você." Seu pai fechou a porta, cortando o resto da conversa dos ouvidos ávidos de uma magra Megan de oito anos de idade.

Tão próximos quanto quaisquer gêmeos podem ser, eles frequentaram a Universidade do Estado de Kensington juntos. No campo de futebol, seu amado irmão fez mais passes do que qualquer outro quarterback em seu time de faculdade. Megan manteve uma média de 3.8 sem suar a camisa. Ajudou Mark com as tarefas, mantendo-o elegível para o futebol. Em troca, ele a ajudava a conseguir encontros. No entanto, seus encontros pareciam sempre mais interessados em serem amigos de Mark do que seus namorados.

Depois de jogar como reserva do Nevada Gamblers, Mark conseguiu um cobiçado lugar como quarterback titular no novo Delaware Demons. Megan foi para Harvard para fazer o MBA. Desabrochou como uma linda mulher com cabelos cor de mogno caindo por seus ombros como seda. Ganhou corpo, desenvolvendo curvas sensuais. Sua autoestima aumentou junto com o sucesso em seu trabalho.

Ainda sem se convencer que tinha desenvolvido seu próprio charme junto com a beleza, Megan ficou positivamente surpresa quando conseguiu seu primeiro namorado, Alan Fader, um jovem que não tinha ouvido falar de Mark Davis. Após a formatura, Alan se juntou a uma empresa de investimentos bancários na Califórnia enquanto ela aceitou um emprego em Nova Iorque. Separaram-se como amigos.

Quando a sexta-feira chegou, Megan se levantou cedo. Depois de vestir uma saia violeta de seda, colocou na parte de cima uma camisa de gola cor verde hortelã. O verde sutil fez eco com seus olhos também verdes. Uma gargantilha dupla de pérolas combinando com brincos também de pérolas completavam o visual. Usava os cabelos soltos, lembrando-se do aviso de Penny para não fazer um rabo de cavalo para Chaz.

Após mais uma olhada no espelho, Meg pegou o casaco do traje e saiu pela porta, transbordando confiança. Uma grande vitória consolidaria sua posição como líder da divisão de celebridades da Dillon e Weed. Chaz Duncan - o homem mais atraente do mundo - bem, lidaria com ele mais tarde.

As horas voaram enquanto Megan se concentrava em polir seus três planos para Chaz, certificando-se de que não havia nenhum problema de digitação ou erro. Às cinco e meia, deu uma passada em tudo novamente e então escovou seus cachos macios. Às seis, Chaz voltou ao seu escritório. Pegou-a retocando o batom. "Não querendo interromper..."

"Oh!" Ela deu um pulo. O batom deslizou de sua mão e caiu no chão.

Chaz se abaixou para pegá-lo. Assim que o entregou a ela, seus dedos se tocaram, fazendo um violento formigamento subir por seu braço. Seu olhar desceu até os loafers Gucci dele e então continuou a subir por seu corpo. Ele vestia um jeans apertado e uma camisa azul clara listrada de mangas longas e aberta no pescoço. Havia uma jaqueta de couro preta dobrada sobre seu braço. Os olhos cor de chocolate derretido capturaram seu olhar quando levantou os olhos na direção deles. Ela congelou por alguns segundos, como uma corça sob os faróis.

"Está tudo pronto." Guardou o batom dentro da bolsa, os papéis na maleta, pegou seu casaco das costas de sua cadeira e então foi em sua direção.

"Vamos ao *Le Chien d'Or*. Gosta de comida francesa?"

"Adoro."

Ele colocou a mão em suas costas enquanto ela o antecedia passando pela porta. O toque da palma de sua mão criou um calor à medida que gentilmente a empurrava para frente. Ela se tornou ciente de sua proximidade quando o agradável perfume de sua colônia de pinho chegou até ela.

Ele é famoso. Sem mais celebridades em minha vida. Além do mais, ele é um negócio, lembra?

O ESCRITÓRIO DELA NA West Fifth Street os colocava próximo a uma pequena sessão de elegantes e pequeninos restaurantes franceses na West Side de Manhattan. Não demorou muito depois que pisaram na rua para que as pessoas começassem a reconhecer Chaz. Ele segurou firme a mão de Meg e tomou a frente, atravessando rapidamente a multidão da hora do rush. Ela sabia tudo sobre abrir caminho pela multidão com uma pessoa famosa a tiracolo, tendo passado por isso milhões de vezes com Mark. Meg começou a se mover mais rápido, acompanhando Chaz facilmente enquanto ziguezagueavam pelas pessoas que passavam quase antes que tivessem a chance de o reconhecer. Finalmente, chegaram à porta do restaurante. Assim que entraram, Jean Pierre, o chefe dos garçons, acompanhou-os até uma salinha privada.

"Vocês não serão incomodados aqui, Monsieur Duncan." Pierre apontou para o banco estofado vermelho escuro ao lado da mesa. Megan se sentou. Chaz deslizou uma nota para a mão do *Maître* antes ir para o outro lado, sentando-se ao lado dela ao invés de na sua frente. A ação dele a desconcertou por um momento até que lembrou que isso era normal em alguns restaurantes pequenos. Ainda assim, sua boca ficou seca quando os ombros dele tocaram os seus e seus lábios ficaram a poucos centímetros de distância. Algumas gotinhas de suor brotaram na palma de suas mãos.

A salinha tinha paredes em mogno escuro. Sentaram-se em uma mesa retangular coberta com uma imaculada toalha branca. A chama de uma pequena vela complementava a iluminação fraca e romântica. Tinha duas rosas cor de rosa em um vaso de cerâmica de cor lavanda sobre a mesa. A prata brilhava, reluzia e refletia a luz da vela. Os cálices de cristal brilhavam sobre a mesa. Por um segundo, poderia jurar que entrara em um set de filmagens.

"Sabem que você está aqui?" Ela se inclinou um pouco para o encarar.

Meu Deus... um jantar íntimo... romântico com Chaz Duncan. Seu coração acelerou. *Não fique empolgada, são negócios, estritamente negócios.*

"Venho aqui com frequência para reuniões. Preciso de um restaurante onde os funcionários me conheçam. Mantém as interrupções longe e o serviço é melhor do que para os clientes regulares." Seu olhar se ergueu do menu em direção a seu rosto.

A garçonete perguntou sobre o pedido das bebidas e Megan educadamente recusou. *Negócios e álcool não se misturam. Além disso, não posso beber perto dele... quem sabe quais coisas estúpidas vou dizer ou fazer?*

"Tem certeza? Nem mesmo uma taça de vinho? Preciso repassar minhas falas hoje à noite, mas vou beber uma tacinha." Chaz levantou o polegar e o indicador com um centímetro de distância entre eles.

Ela balançou a cabeça. A coxa dele, quase encostada na dela, liberou calor, seduzindo-a a se aproximar. Resistiu. *Mantenha distância. Não seja uma fanática. São negócios. Sem mais celebridades em na sua vida... lembra-se?*

"Odeio beber sozinho." O olhar de súplica em seus olhos mudou sua decisão.

"Me convenceu, uma taça de Cabernet. Só isso."

"Traga duas taças, Jean Pierre. *Merci.*" Com um leve aceno e um sorrio, o garçom saiu apressado.

Também fala francês. Exibição. uma maravilhosa exibição, mas ainda uma exibição. "Tenho tudo o que discutimos." Megan pegou sua maleta.

"Bom. Me deixe a par." Chaz se recostou no banco estofado e olhou para ela.

"Notei que você tem algo em comum com Mark..." Ela pegou duas pastas finas verde escuro.

"Além de afeição pela linda irmã dele?" Um sorriso malicioso apareceu em seus lábios.

"Isso vai levar a noite toda se continuar interrompendo..." Ela franziu o cenho.

Foco. Pare de babar. Lembre-se que ele coloca as calças uma perna de cada vez como todo mundo. Pare de pensar em suas calças! "A noite toda? Isso faz parte dos serviços prestados pela Dillon & Weed?" Ergueu uma sobrancelha enquanto tentava, sem sucesso, esconder um sorriso.

Megan não conseguiu suprimir uma risada quando o calor subiu de seu pescoço para as bochechas.

"Amo fazer você ficar corada... é tão lindo." Ele colocou uma mecha de cabelo atrás de sua orelha.

Seu rubor se intensificou. "Posso continuar... por favor?" *Foco, Meg! Oh, me toque de novo... cale a boca, Meg"*

Chaz acenou para que continuasse.

"Certo. A carreira de Mark poderia chegar ao fim com uma lesão e imagino que a sua também. Quero dizer, com uma lesão ou alguns filmes ruins..."

"Vire essa boca para lá." Ele arregalou os olhos em um falso temor.

"Um escândalo ou dois..."

"Deus me livre." Ergueu uma sobrancelha para acompanhar o sorriso de seu rosto.

"Eu sei... uma ideia assustadora. Em um momento, você tem todo esse dinheiro entrando e no outro, não. Não desejo isso para você, mas pode acontecer. Imagino se posso criar um plano de investimento seguro para evitar que perca dinheiro enquanto faço ele crescer... talvez um pouco mais devagar do que um investimento de mais risco, então, se algo der errado, você ainda vai ter tudo o que ganhou... e mais, vai ter alguma renda com isso também."

"Você consegue fazer isso?" Seus olhos se arregalaram.

Megan sorriu. *Finalmente, consegui algum respeito.* "Não posso garantir que não vá perder dinheiro com mudanças nas condições econômicas... com o mercado e tudo o mais. Mas posso diversificar suas participações para minimizar perdas, além de recuperar quaisquer perdas em uma área com ganhos em outra."

"Como faz isso?" Sua expressão ficou séria.

"Estudo, raciocínio, pesquisa e um pouco de sorte." Meg contou os dedos de uma mão.

Ele levantou as sobrancelhas.

"Vou ensinar para você. Encorajo meus clientes a aprenderem sobre investimentos. Mark se recusa a se preocupar. Diz que enquanto tiver a mim, não precisa saber."

O garçom trouxe duas taças de vinho.

"Ele tem razão." Chaz tomou um gole.

"Mas não sou *sua* irmã..."

"Graças a Deus." Seu olhar desceu para decote de sua blusa e então voltou para o seu rosto.

"Juntei três prop..." Megan parou por um segundo para mudar as palavras antes de continuar, "planos de três níveis diferentes de risco." Alcançou a ele uma das pastas verde, ignorando o suor que se reunia na palma de sua mão.

"Posso explicar brevemente e então você pode levar para casa para pensar a respeito do que gostaria de fazer?" Pegou seu vinho e tomou um grande gole, limpando distraidamente a mão trêmula no guardanapo.

Respire fundo.

"Que tal se você me explicar aquele que você mais gostaria de fazer? Você tem um... uh... plano que acha que faz mais sentido, certo?"

"Isso depende de seus objetivos..." ela se esquivou.

"Lá vem você com essa coisa de objetivos de novo. Olhe... você me compara com Mark. Muito esperto. Estou na mesma situação. Então, você deve ter um plano similar ao que fez para ele e que está funcionando."

Ela assentiu. "Plano B"

"Certo. Vamos ver esse... a versão para idiotas, certo?"

Ela assentiu e abriu a pasta. *Maldição. Ele é rápido.*

O garçom se aproximou. "Gostaria de pato?" Chaz se virou para olhar para Meg.

Ela assentiu.

"Eles têm um peito de pato assado fabuloso." Parou e a olhou com divertimento. "Posso dizer essa palavra quando me refiro a um pato?"

Meg riu.

"Tudo bem. *Pierre, deux Canard Roti aux fruites de saison, s'il vous plait.*"

"*Merci, Monsieur*." O garçom fez uma reverência e se retirou.

Megan começou a explicar a Chaz sua estratégia de investimentos: os riscos, a renda potencial, as possibilidades de crescimento e os passivos fiscais.

"Um esquema que fiz para Mark. Ele é dono do apartamento onde moro. Pago o aluguel para ele. Obviamente, pago abaixo do valor de mercado, ainda que a renda ajude a cobrir os custos. Ele e sua esposa, Penny, ficam lá quando vêm à Nova Iorque. Economiza uma grande conta de hotel. O apartamento é confortável, com três quartos, incluindo uma linda e grande cozinha. Quando tiverem um filho, vou colocar o dinheiro do aluguel em um fundo sem impostos para a faculdade dele."

"Matando um monte de coelhos com um apartamento só... misturando as metáforas."

"Essa é a ideia. O valor do apartamento também aumentará com o passar do tempo."

"É um plano brilhante... mas só se você se der bem com seu irmão e Penny. Vocês ficam todos juntos lá?" Chaz tomou um gole de vinho.

"Somos gêmeos, lembra? Sempre nos demos bem. Tenho sorte em ter Penny. Ela é a irmã que nunca tive. Dá certo. Amo quando estão aqui. Você tem irmãos?" Tomou um gole de vinho.

Ele sacudiu a cabeça. "Filho único."

A comida chegou, arrumada artisticamente no prato. O pato de um lado, o arroz selvagem do outro e *Haricot vert* ao redor. Pedacinhos perfeitos de laranja abraçavam o pato, acrescentando cor e um aroma cítrico suave. A fome roeu o estômago de Megan. Quando deu a primeira garfada, o pato praticamente derreteu em sua boca. "Está maravilhoso!" Megan comentou.

"Sabia que ia gostar." Ele sorriu calorosamente.

Enquanto comiam, Chaz a encheu de perguntas. Ela tinha seu pequeno notebook aberto e anotava aquelas que não tinha uma resposta imediata. "Vou conseguir essas respostas para você imediatamente. Quando quer um retorno?"

"Sem pressa." Chaz se recostou na cabine.

"Quando vai tomar uma decisão?" Ela deu outra garfada no delicioso pato.

"Já tomei minha decisão."

"Já?" Seus olhos se arregalaram.

Ele assentiu. Ela esperou que ele dissesse algo. Seu olhar procurou por uma pista em seu rosto.

"E... precisamos do rufar de tambores aqui?" Ela arriscou um sorrisinho.

"Dillon & Weed... não é óbvio?"

"Você está nos contratando?" As sobrancelhas de Meg se ergueram.

"Estou." Os lábios perfeitos de Chaz se juntaram, formando uma linha suave.

"Posso perguntar por quê?" O coração dela bateu mais rápido.

"Quer dizer se escolhi você devido ao seu cérebro ou seus... outros atributos? Cérebro. Gosto de seus outros atributos. Também acho eles... impressionantes. Mas quando se trata de administrar dinheiro, tenho que decidir pelos melhores cérebros, com quem vai trabalhar mais. Você, sem dúvidas."

"Obrigada! Muito obrigada!"

Ele assentiu brevemente. Megan jogou os braços ao redor de seu pescoço e lhe deu um rápido beijo na bochecha, então se encolheu horrorizada com sua atitude. "Oh meu Deus! Mil desculpas. Perdão... não devia ter feito isso... é que... Isso significa muito para mim, para a empresa, para minha carreira..." Pegou o guardanapo para limpar a pequena mancha de batom de sua bochecha, mas ele segurou seu pulso.

"Vamos fazer isso direito," sussurrou enquanto a puxava para seus braços. Abaixou-se, colocando seus lábios sobre os dela lentamente enquanto ela se derretia. Persuadiu a boca dela para que recebesse sua língua. Enamorada por seu charme, sua resistência desapareceu. Quando ele recuou, estava sem fôlego.

"Isso sela o acordo. Sabe, 'selado com um beijo'?" Os olhos escuros dele dançaram. Megan ergueu o dedo até seu lábio inferior. Seu coração acelerou. "Você beija assim na frente das câmeras?"

"Gostaria de um beijo de cena?" Os olhos dele encontraram os dela.

"Qual a diferença?"

"Vou mostrar para você." Chaz levantou as mãos, segurou seu rosto e se moveu para o beijo. Depois, voltou para sua posição.

"Dificilmente isso é a mesma coisa... dificilmente é um beijo de verdade, enquanto o primeiro foi... uh..."

"Foi?" Ele perguntou, aproximando-se dela no banco.

"De tirar o fôlego," ela murmurou, movendo o garfo pelo prato vazio.

Pierre apareceu sem fazer barulho como se alguém tivesse acenado com uma mão mágica.

"Sobremesa, *Monsieur*? *Mademoiselle*?" Megan levantou os olhos, surpresa.

O garçom colocou um pequeno menu de sobremesas na frente deles antes que Chaz pudesse se aproximar mais. "Nos dê um minuto, por favor, Jean Pierre."

O garçom saiu tão silencioso quanto chegara. Chaz se virou para Megan. "Algo doce?"

"Já tive algo doce," ela disse, percorrendo a língua pelo lábio inferior.

Ele segurou sua bochecha e então abaixou a mão.

Capítulo Dois

"**O** que eu preciso fazer agora, para fechar o negócio e você cuidar do meu dinheiro, manter ele seguro e fazer ele crescer... todas as coisas que prometeu?"

"Precisa assinar um monte de formulários. Quando pode fazer isso?" *É isso? Consegui o negócio? Não acredito que foi tão simples. Selado com um beijo.*

Ele pegou o telefone para conferir sua agenda. "Hmm. Pode ser quarta-feira às seis. Posso levar você para um jantar de comemoração depois?"

"Tenho certeza de que estou livre quarta à noite."

"Nenhum encontro quarta à noite, eh?" Ele colocou o telefone de volta no bolso de trás.

"Não disse isso. Disse que estava livre para jantar." *Não pareça patética, sempre disponível. Seja misteriosa. Você é sempre muito sincera, Meg.* Endireitou os ombros e o encarou.

Ele caiu na risada e a abraçou. "Você é revigorante." Ele beijou seus cabelos.

"Alguns diriam rude." Ergueu o queixo na direção dele.

"Talvez. Não eu." O garçom voltou e Chaz se afastou.

"Apenas chá para mim, por favor." Megan passou os dedos pelos cabelos.

"Quero um espresso." Após o garçom desaparecer, Chaz descansou o queixo na palma da mão com o cotovelo em cima da mesa e seus olhos a encarando intensamente. "Agora, me fale sobre você."

"Não tem muito o que falar." Ela deu de ombros.

"Comprometida? Casada? Sem aliança, então presumo..." O olhar dele viajou devagar sobre ela.

"Presumiu que não era. Certo?" Ela sorriu, sentindo os efeitos do vinho. *Ou seria por ter ganho a conta dele? Ou pelos beijos? Estou eufórica com... com ele.*

"Namorado?" Ele levantou uma sobrancelha.

Ela balançou a cabeça.

"Campo livre... gosto disso." Ele se recostou.

"E você? Grandes estrelas de cinema sempre têm uma horda de mulheres atrás deles." O olhar dela procurou por seu rosto.

"E eu evito como se fosse uma praga."

"Torna as coisas mais fáceis para você, não, pode ter uma mulher quando quiser?" Ergueu uma sobrancelha para ele.

"Isso é insultante. Acha que durmo com qualquer coisa? Qualquer uma?"

"Homens não são tão exigentes..."

"Eu sou. Pode ser um suicídio na carreira dormir com a mulher errada."

"Como?" Ergueu uma sobrancelha para ele.

"Não consegue ver as manchetes? 'Chaz Duncan, a 32ª maravilha', quem dormiu com ele noite passada, por Jane Smith." Ele olhou para cima.

"Você é a 32ª maravilha?" Ela flertou e sorriu. *O que está fazendo? Pare de flertar!*

Ele riu. "Não exatamente."

"Então por que se preocupa?"

"As mulheres mentem. Correção - as pessoas mentem. Quando se trata de celebridades, as pessoas mentem. Às vezes, mentem porque querem ser associadas a você... com a sua pessoa... pegar carona na sua fama. Não têm nem ideia do que estão fazendo para você, apenas em como os jornais citam seus nomes."

Megan colocou a mão em seu antebraço. Ele colocou a mão por sobre a dela. *Ele é solitário, muito solitário. Não consegue confiar em ninguém.* "Então, você não dorme com as mulheres que esperam você do lado de fora do teatro ou que te perseguem?"

"Nunca dormi com estranhas e não pretendo começar agora."

"Nunca tentou?"

"Não iria tão longe. Sou humano. Tive minha cota de mulheres. Quando se tem 22 anos e está em seu primeiro musical fora da cidade, hey, claro, é tentador... muito tentador. Posso ter vacilado algumas vezes. Você aprende rápido. Melhor encontrar alguém do elenco... oops. Informação demais por aqui."

Megan viu o rubor subir por seu pescoço pela primeira vez e isso a fez sorrir.

Ele se envergonhou. Suprimiu uma risada.

De repente, ele não parecia Chaz Duncan, a estrela de cinema. Era apenas um homem procurando por uma mulher, uma mulher em quem pudesse confiar. *Essa sou eu. Extremamente confiável...*

"Eu sou confiável," deixou escapar.

O que estou dizendo?

"Está se candidatando para a vaga?" Ela viu o brilho do humor se misturar com o reluzir do desejo em seus olhos.

"Eu? Oh não... não. Não quis insinuar... não, absolutamente não. Nadinha... não."

"Você não precisa me insultar dessa forma. Estou dizendo, ser minha companheira na cama não é tão ruim assim."

"Não quis insinuar..." Megan parou de falar, percebendo que estava apenas se comprometendo cada vez mais.

"Em boca fechada não entra mosca?" Ele levantou uma sobrancelha.

Ela riu. "Culpada. Poderia pedir a conta, por favor?"

"Claro." Jean Pierre apareceu dois minutos depois e Chaz pediu a conta. Megan se atrapalhou em sua bolsa procurando por seu American Express, mas Chaz já tinha pego com o seu.

"São negócios. Deixe a Dillon & Weed pagar pelo seu jantar."

"Nunca deixo uma mulher pagar." Chaz colocou seu cartão sobre a mesa.

"Pense que sou Harvey Dillon." Meg deu uma risadinha.

"Você tem atributos que o velho Harvey não tem. Eu insisto."

"Vou me meter em confusão com o Sr. Dillon se você pagar." Satisfeita por finalmente o ter vencido, sorriu e se recostou.

Chaz parou para pensar um momento. "Nesse caso... devo chamar você de Harvey?" Pegou seu cartão American Express de volta.

Megan riu alto. Espiou para dentro de sua carteira antes que ele o guardasse, procurando por uma aliança reveladora... a ponta de uma camisinha... mas não viu nada. *Talvez esteja dizendo a verdade... ele não dorme com groupies.*

Após colocarem seus casacos, Megan percebeu que os ombros de Chaz se elevaram um pouco e seu corpo se enrijeceu levemente quando se preparavam para sair ao mundo novamente. *O preço da fama. Perda de privacidade. Sete milhões não vêm sem algumas consequências.*

Ele pegou o celular e apertou um botão.

"Pronto," disse com a boca perto do telefone. Colocando o telefone no bolso, Chaz pegou em seu cotovelo e a guiou até a porta da frente. "O carro vai nos pegar em um minuto. Deixo você em casa. Onde mora?"

"Central Park West com a Eightieth Street. E você?"

"Estou ficando na casa de um amigo. Quinn Roberts."

"Quinn Roberts?" Ela o acompanhou porta afora.

"Fazemos teatro regional juntos."

"Ele não é seu rival?"

"Isso é o que a imprensa quer que todo mundo acredite." Olhou para a rua, esperando pelo carro.

"Mas com certeza..."

"Parece que sim, concordo. Quinn tem um contrato para mais dois filmes de aventura sobre a 2ª Guerra Mundial. Eu fui contratado para mais três filmes do *West of the Sun*. Um não tem nada a ver com o outro. Toda essa campanha da mídia... acho que vende. Aqui está o carro. Mulheres primeiro."

CHAZ SEGUROU A PORTA para Megan. A limusine deslizou silenciosamente pela avenida barulhenta e parou na calçada em frente ao The Royal, o luxuoso condomínio de Meg. "Vejo você na quarta. Obrigado pelo trabalho duro e pelo ótimo jantar."

Beijou sua mão novamente e seu olhar parou em seus lábios.

Temendo mais um comportamento inapropriado de sua parte, Meg rapidamente saiu do carro, fechou a porta e acenou. Ficou na entrada de seu prédio enquanto o carro acelerava. Briny, o porteiro, inclinou o chapéu para ela depois de abrir a porta. Assim que entrou em seu apartamento, Meg conferiu as mensagens de seu telefone que desligara durante o jantar.

Tinha duas mensagens de Penny, que provavelmente estava morrendo querendo informações. Ao invés de admitir seus sentimentos por Chaz para a cunhada, Meg se sentou no piano vertical *Woodurff* e tocou. Enquanto seus dedos se aqueciam, pensava sobre o que tocar.

Música popular, claro! Que musicais ele fez no verão? Lembre-se de perguntar.

Após 10 minutos tocando, levantou-se e abriu o banco do piano. Vasculhando a partitura musical, deparou-se com um livro desconhecido contendo todas as músicas do musical *Carousel*.

Deve ser da Penny.

Megan folheou o livro, reconhecendo algumas de suas peças favoritas – "June is Bustin' Out All Over," "You'll Never Walk Alone", e "If I Loved You." Tocou cada peça antes de bocejar, fechar o piano e ir para a cama. *Sem celebridades. Não vire uma groupie. Fique longe dele. Sim, certo.*

Ela adormeceu pensando em Chaz.

MEGAN ACORDOU MAIS cedo e cheia de energia. Pulou da cama e apareceu no escritório 15 minutos mais cedo do que o de costume. Não conseguia parar de sorrir, lembrando das palavras de Harvey Dillon no dia anterior: *"A conta de Chaz Duncan seria uma das maiores contas pessoais que teríamos. Poderia ser uma enorme vitória, Megan."*

Olhou para fora da janela enquanto bebia seu café da *Starbucks*. Uma batida em sua porta aberta fez com que girasse sua cadeira. Harvey Dillon estava à sua porta com um olhar ansioso no rosto. "Então?"

Megan levantou o polegar.

"Você conseguiu a conta de Chaz Duncan?" Ele levantou as sobrancelhas.

"Consegui."

"Tudo? Todos os sete milhões de Dólares?" Levantou as mãos, separando-as.

Ela assentiu.

"Fantástico! Megan, estou tão orgulhoso de você! Vai ganhar um bônus por isso, você sabe."

"Obrigada, Sr... uh, Harvey."

"Todo o funcionário que traz uma nova conta ganha um bônus. Esse será uma bolada, imagino. Precisamos comemorar."

Bielle veio pelo corredor em direção a seu escritório. Harvey a parou.

"Brielle, Megan ganhou a conta de Chaz Duncan. Poderia organizar uma comemoração hoje à noite? Champanhe e *hors d'oeuvres*. Obrigado."

Com um rápido aceno para Megan, Harvey Dillon se virou em direção a seu escritório. Ele não viu a cara feia que Brielle fez nas suas costas, mas Megan viu.

Brielle entrou no escritório de Megan. "Você dormiu com ele?" Brielle estava encostada no batente da porta.

"Somente negócios. Ele gostou do meu plano de investimentos."

"É? Aposto que não foi só disso que ele gostou." Brielle encarou a parte de cima da blusa de seda de Megan, fazendo com que o calor subisse por suas bochechas.

"Negócios entre um homem e uma mulher não precisam envolver sexo, Brielle."

"Oh?" Ela ergueu as sobrancelhas. "Talvez... mas ajuda."

Harvey Dillon voltou e meteu a cabeça no escritório de Megan.

"Quando Chaz vem para assinar os papéis?"

"Quarta-feira."

"Talvez devêssemos esperar e fazer a festa depois. Não que não acredite em você, mas as pessoas já mudaram de ideia antes. Então, Brielle, agende para quarta-feira." Virou-se para sair, mas a voz de Megan impediu.

"Sr., uh, Harvey... não posso na quarta." Megan mordeu o lábio.

Harvey levantou as sobrancelhas.

"Chaz e eu vamos comemorar em um jantar. Eu acho..."

Harvey levantou a mão. "Sem problemas. Clientes em primeiro lugar. Brielle, mude para quinta-feira."

"Não é nada pessoal, Harvey... conversamos sobre isso e pensei..."

"Claro, jantar com o cliente após fechar o negócio é padrão. Não se preocupe. Envie as despesas." Ele desapareceu tão rápido quanto apareceu.

"Jantar inocente de comemoração? Aposto que sim." Brielle comentou antes de voltar para o seu escritório.

Andy entrou logo após Brielle. "Você assinou com Chaz Duncan?"

Megan assentiu antes de voltar ao seu escritório.

"Uau! Isso é incrível! Você é incrível, Megan. Como fez isso?" Andy a acompanhou.

"Nosso plano brilhante mais um pouco de charme." Meg se atirou em sua cadeira com um grande sorriso no rosto.

"Você é minha heroína." Andy irradiava sua admiração com um sorriso enorme.

"Hora de trabalhar, Andy. Precisamos executar o plano. Na quarta-feira, preciso dizer para Chaz... er... Sr. Duncan exatamente onde planejamos colocar seu dinheiro. Então, você tem uma tonelada de pesquisas para fazer. Pegue seu notebook e vamos começar."

Logo após Andy se retirar, seu celular tocou. Era Chaz. "Está se exibindo? O velho Harv te deu um tapinha nas costas?"

"Como sabe?" Megan se recostou na cadeira.

"Sou um peixe grande. Era o esperado."

"Você é. Andy e eu vamos começar a trabalhar em seu plano de investimento assim que desligar." Megan levantou a mão para impedir que Andy entrasse em seu escritório e se sentou novamente na cadeira.

"Quem é Andy?" *Seria um toque de ciúme em sua voz?* Ela sorriu.

"É meu assistente. Muito novo para mim, de qualquer jeito."

"Oh. Bom. Não vai te prender, então."

"Onde está hoje?" Meg descansou os pés no cesto de papel.

"Na *PBS*, filmando uma série da história americana."

"Quem está interpretando?" Bateu um lápis sobre a mesa.

"Thomas Jefferson... com uma peruca vermelha."

"Oh meu Deus!" Megan caiu na risada.

"O que é tão engraçado?"

"Cobrir esses cabelos castanhos maravilhosos com uma peruca vermelha, eu..."

"Maravilhosos, huh?" Ele riu do outro lado da linha.

A mão de Megan voou até a boca. *Cale a boca, Meg!*

"Bem... Sim... é meio bacana, eu acho. Se você gosta de morenas."

Chaz riu. "E você prefere loiros?"

"Prefiro... terminar essa conversa." Megan se ajeitou na cadeira. "Vejo você na quarta às seis."

Após desligar o telefone, Megan se abanou com a mão. Andy entrou no escritório. "Está vermelha como uma beterraba. Era uma ligação de negócios?"

"Não é da sua conta. Anote essas ações. Quero que consiga o p/e e mais os preços de fechamento para cada semana nos últimos dois anos. Faça um gráfico. Vamos começar com a General Electric..."

TERÇA À NOITE, MEGAN segurou Andy no escritório. Trabalharam até às nove para aperfeiçoar o plano de Chaz para o dia seguinte. Exausta, ela finalmente se arrastou para casa. Após atirar as chaves na vasilha de prata ao lado da porta da frente, Megan tirou os sapatos, tirou o casaco e foi até a cozinha pegar uma taça de vinho. Levou o vinho para a sala de estar enquanto conferia seu celular. Cinco mensagens de Penny.

Decidindo terminar com o interrogatório para que pudesse relaxar, Megan discou o número da cunhada. "O que houve?" Megan perguntou enquanto se atirava no sofá, abafando um bocejo.

"Amanhã vai ser seu segundo encontro com Chaz. Imagino que precisamos conversar sobre o que vai vestir."

"São negócios, Penny. Vou usar um dos novos trajes que compramos juntas. Lembra deles?"

"E que blusa? Que brincos? Vai usar uma echarpe? Não esqueça do perfume novo."

"*Lilás*? Eu sei. Comprei um frasquinho para deixar na minha mesa."

"Boa menina! Você nunca me disse como foi seu encontro... er, seu primeiro jantar com Chaz. Mark está assistindo à gravação do jogo, então tenho bastante tempo."

Megan colocou os pés na mesinha de centro. "Não tem nada para contar. Fechei o negócio, só isso."

"Sim, claro, jantar com Chaz Duncan é nada. Todas as vezes que você se preocupou com um cara antes, sempre soube que era porque gostava dele... muito. Então, fale."

"Não tem nada para contar. Apenas jantar, conversas de negócios e então ele me deixou em casa."

"Mentira."

"Sério..." Megan tomou um gole de seu vinho.

"Nem mesmo um beijo de boa noite?"

Silêncio. Megan mordeu o lábio.

"Imaginei. Vamos... sou eu, Penny." Parecia satisfeita consigo mesma.

"Certo, certo, um beijo. Quando disse que tínhamos fechado o negócio..." sentou em cima dos pés no sofá.

"Um beijo?" Depois de dar uma mordida, Penny continuou tentando pegar algo mais no ar.

"Talvez... dois. Dois... e só." Ela se esticou no sofá.

"Hmm. Dois beijos? Mais do que um 'obrigado' está rolando aí." Penny se dissolveu em risadas do outro lado da linha.

"Oh e um beijo de cena. Mas isso não conta porque nem se parece com um beijo de verdade."

"Sério? Não envolve lábios se tocando? Então é um beijo e conta. Três. Já estamos em três e continuamos contando."

"Isso é absolutamente tudo."

Megan não conseguiu segurar uma risada.

"Divirta-se amanhã e... viva um pouco, Meg."

"Boa noite, Penny." Meg se sentou.

A conversa com Penny reviveu Megan. Sem sono, levou sua taça de vinho até o piano e pegou a partitura de *Carousel*. Colocando a taça em um lugar seguro, sentou-se para tocar. Seus dedos continuavam a voltar para a canção "If I Loved You." Como o apartamento estava vazio, Megan engoliu a timidez e levantou a voz para cantar.

Quando parou para trocar de música, o tênue toque do pequeno relógio antigo do escritório invadiu a sala de estar, dizendo a ela que era 11 horas. Megan bocejou. Em meia hora, estava na cama, dormindo em paz.

NA MANHÃ DE QUARTA-feira, Megan estava cansada, mas a emoção do dia bombeou adrenalina por seu corpo. Acordou com uma canção na cabeça e não conseguia parar de cantar "If I Loved You" - mesmo no chuveiro.

Caminhou até o trabalho, saltitando com entusiasmo. Pesquisar por potenciais novos clientes e se reunir com os chefes para criar estratégias para conquistar mais celebridades fez o dia passar rapidamente. Meg achou difícil se concentrar, as palavras nos papéis se misturavam para formar o perfil de Chaz Duncan. Perto do meio-dia, recebeu uma mensagem.

Comida brasileira está bom? Vejo você às cinco. Chaz.

Comida brasileira era pesada, mas romântica. *Uhm, uma caipirinha.* Ela respondeu -

Ótimo! Podemos fazer um brinde com caipirinhas. Vejo você mais tarde.

Megan escolhera seu traje verde esmeralda porque ressaltaria o verde de seus olhos. Por baixo do casaco, vestiu um colete de piquê branco em V, sem blusa. Um robusto colar de ouro com brincos combinantes completava o visual.

"Uau!" As sobrancelhas de Andy se ergueram quando a enxergou vindo pelo corredor.

Ela sorriu.

"Você está... incrível."

"Obrigada, Andy. O plano já foi impresso? Quero dar uma olhada mais uma vez."

"Coloco na sua mesa em cinco minutos." Ele voltou ao seu computador.

Megan retirou a tampa de seu café da *Starbucks* e ligou seu computador. Assim que Andy colocou os planos sobre sua mesa, revisou cada recomendação mais uma vez, conferindo os novos bids e verificando duas vezes erros de digitação ou de cálculo.

Finalmente convencida de que estava perfeito, reclinou-se na cadeira e um pequeno calafrio de realização percorreu sua espinha.

Espere até Chaz ver isso! Amo esse trabalho.

Harvey meteu a cabeça na porta do escritório de Megan. "Tudo bem se Chaz desse alguns autógrafos para os funcionários? Temos vários membros da equipe emocionados para conhecê-lo."

"Duvido que ele se importe. Ele vem hoje às cinco."

"Ótimo. Primeiro assinamos os papéis e depois temos os encontros e cumprimentos. Tudo bem para você?"

"Claro," ela respondeu.

Capítulo Três

À s 17h05min, Chaz passou pelo corredor e parou na porta do escritório de Megan. Pigarreou e exibiu seu sorriso de mil watts. "Desculpe, estou atrasado." Entrou no escritório.

"Está?" Megan engoliu em seco. Ele ficava ainda mais lindo em uma jaqueta de couro cinza escuro com zíper e jeans apertados. Tirou seus óculos escuros e depois a jaqueta.

Os lábios dela se curvaram em um sorriso e ele afundou na cadeira em frente à sua mesa.

"Você está... incrível hoje." O olhar dele percorreu seu corpo.

Você também. Negócios, Meg, negócios!

Chaz usava uma camisa branca de linho com gola redonda. As mangas estavam arregaçadas, revelando antebraços fortes que ostentavam um punhado de pelos escuros. *Maldição, esse cara sabe como se vestir.* Seus cabelos estavam levemente despenteados ao invés de estarem perfeitos. Ele colocou sua jaqueta nas costas da cadeira.

"Onde estão os papéis?"

"Uma pergunta, primeiro. Você se importaria de dar autógrafos para alguns membros da equipe logo depois?"

"Fãs? Claro."

"Venha comigo." Megan se levantou e o levou pelo corredor até o escritório de Harvey Dillon. Secretárias e assistentes ao longo do caminho suspiravam e encaravam. Chaz se virou e sorriu graciosamente para todos.

Harvey explicou toda a papelada. Chaz assinou tudo em vinte minutos e os dois homens apertaram as mãos.

"Bem-vindo a Dillon & Weed, Sr. Duncan."

"Obrigado. Estou ansioso para trabalhar com a Srta. Davis."

"Ela é uma das nossas estrelas mais novas e brilhantes... oops. Acho que isso significa algo diferente para você, não?"

Os homens riram. Megan ficou atrás de Chaz esperando pelo momento certo. Ela pigarreou. "Tenho um plano de ação que gostaria de ver com você, Chaz." Megan fez menção de pegar sua mão, mas se conteve antes de fazer contato. O sorriso em seu rosto disse a ela que percebera. Os olhos dele dançaram.

"Bem, não vou segurar você. Vejo que Megan tem você sob controle. Muito prazer e agradecemos por fazermos negócio." Harvey apertou a mão de Chaz mais uma vez antes dele sair com Megan.

De volta ao seu escritório, ela fechou a porta.

"Traga junto. Veremos isso no jantar. Vamos dar os autógrafos e dar o fora daqui. Estou faminto."

"Não te dão comida no set?"

"Tenho pensado na comida brasileira o dia todo... e em ficar sozinho com você."

E eu tenho pensado em você o dia todo.

MEGAN LIGOU PARA HARVEY antes de arrumar sua maleta e mostrar a Chaz uma mesa na sala de conferências onde mais da metade dos funcionários se enfileiravam. Ele se sentou, deu autógrafos e beijou as mulheres mais velhas na bochecha. Uma loira sensual, usando uma blusa muito decotada, debruçou-se à sua frente de propósito. Ele não conseguiu deixar de dar uma olhada.

Ótimos seios, mas sem nenhuma classe. Esforçando-se demais.

Ela sorriu de forma sedutora para ele quando se levantou.

"Você está em ótimas mãos com Megan, mas se algum dia precisar de mãos... uh... mais experientes, trabalho com isso há mais tempo." Espiou por debaixo dos cílios enquanto escrevia o seu número atrás de seu cartão de visitas antes de passá-lo para as mãos dele. Ele recebeu o cartão, colocou-o no bolso e devolveu o sorriso malicioso com um dos seus.

"Brielle," ela disse enquanto alcançava um bloquinho para ele assinar.

"É um nome incomum."

"É. Combinação de Brinda e Ellen. Nomes de família."

"Um nome que será difícil de esquecer." Ele a devolveu o bloco assinado antes de se virar para próxima pessoa da fila.

Quando terminou, notou que Megan franzia o cenho. Harvey Dillon apertou a mão de Chaz uma terceira vez.

Chaz virou o pulso e espiou em seu Rolex. Inclinando-se para Megan, sussurrou, "Vamos."

Ela assentiu, pegando sua bolsa e seu casaco antes de se dirigir ao elevador. Chaz falou umas poucas palavras em seu celular e então se virou para Megan. "Bobby está lá fora."

Diante do olhar enigmático de Megan, explicou, "Bobby é um velho amigo. É meu chofer quando estou na cidade." Chaz colocou os óculos escuros.

O elevador estava quase cheio, mas eles conseguiram se apertar.

"Chaz Duncan!" Alguém no fundo gritou, sem ser enganado pelos óculos escuros.

Murmurou cumprimentos, suspirou e deu tapinhas nas costas, cumprimentando Chaz. Ele colocou um sorriso ensaiado no rosto, acenando para todo mundo. Megan e Chaz foram os primeiros a sair do elevador, quase correndo para a calçada onde a limusine esperava. Quando a porta se fechou, Chaz se recostou no banco do carro. Soltou um suspiro.

"Odeio ficar preso em um elevador cheio de fãs. Me sinto claustrofóbico. Fico nervoso para caramba." Pegou um lenço para secar o suor de sua testa.

"Para onde, Chaz?" Bobby acelerou.

"Rio de Janeiro."

"Rio? Estamos indo para o Rio?" Megan o encarou.

"É um restaurante na Forty-Sixth Street. Você pensou..." Chaz e Bobby gargalharam.

"Tudo bem, tudo bem. O que foi aquilo com Brielle?" Megan colocou a mão em seu braço.

"Que coisa? Ela estava flertando comigo, então flertei de volta. Fãs amam isso."

"Não precisava ser tão convincente."

"Ciúmes?" Ele ergueu uma sobrancelha.

"De jeito nenhum." Ela se sentou ereta no banco.

Ela está com ciúmes. "Estava... adoro isso." Ele se inclinou e beijou sua bochecha. "Não se preocupe, ela não faz meu tipo." Riu.

"E que tipo ela é?" Meg bufou.

"O tipo chamativo e óbvio. Você é muito mais meu estilo." Ele passou um dedo por sua bochecha.

"Oh?" Ela ruborizou levemente com o seu toque.

"O tipo reservada, esperta... sensual." Beijou as costas de sua mão e observou suas bochechas adquirirem um tom rosado.

O carro se arrastou pela Seventh Avenue, que estava abarrotada com o tráfico da hora do rush. Meg olhou pela janela. Com a atenção longe dele, Chaz aproveitou o momento para a estudar sem ser observado.

Ela parecia tão adorável com a sua franja um pouco torta e seu cabelos castanhos escuros caindo em cachos sobre seus ombros. O verde brilhante de seu traje fazia o verde de seus olhos reluzirem. Seu olhar deslizou até o V de seu colete branco e o volume do decote naquele local. Sua mão ficou inquieta e o desejo de tocá-la chegou perigosamente perto de sair do controle.

As mãos dela eram pequenas e com as unhas bem cuidadas. O esmalte era brilhante, mas de um branco-creme translúcido sutil. Suas pernas magras estavam cruzadas. Espiou um pouco da coxa, onde a saia subia, imaginando de que cor seriam suas calcinhas. Olhou para o colete branco e imaginou que ela estaria usando um sutiã branco ou bege ou ele apareceria através do tecido de cor clara. Isso queria dizer que as calcinhas combinavam. Talvez com renda... muita renda. *Pare! Ela é uma parceira de negócios.*

Sacudiu quase imperceptivelmente a cabeça logo antes de o carro parar. Bobby saltou do carro para abrir a porta. Chaz saiu primeiro, oferecendo a mão para Megan. Sua saia deslizou um pouco mais para cima por alguns instantes quando saiu do carro. Chaz não perdeu nenhum desses centímetros deliciosos. *Mais três centímetros e eu saberia se são brancas e rendadas. Maldição.*

O MAÎTRE D' CUMPRIMENTOU Chaz calorosamente. Mostrou a eles uma calma mesa em uma salinha com apenas duas outras mesas, ambas vazias. As paredes eram pintadas de laranja queimado. As toalhas de mesa eram brancas. Um tecido estampado com uma floresta em laranja, branco e verde cobria as cadeiras e cabines. Pequenas velas acrescentavam um brilho romântico a cada mesa. Chaz se sentou ao lado de Megan na cabine.

"Não sei como podemos analisar isso... a iluminação está terrível." *Mas é romântica para caramba. Resista. Seja forte.*

"Por que não me fala sobre isso? Posso levar os papéis para casa."

Enquanto Megan tirava dois conjuntos de documentos de sua pasta, Chaz pediu duas Caipirinhas.

"Você sabe o que P/E quer dizer?" Ela perguntou, tomando um gole de sua bebida.

Ele sacudiu a cabeça e desabotoou o botão de cima de sua camisa.

"Acho que vamos começar do zero. P/E é a taxa de preços e ganhos, o que significa o preço das ações em relação aos ganhos da empresa. O que você precisa saber é que quanto menor a taxa, melhor a empresa." Megan circulou os números P/E no documento.

"O que é isso?" Chaz ergueu o copo para beber.

"Se o preço de venda das ações for, digamos, talvez 15 ou 20 vezes o valor dos ganhos, então a empresa está bem administrada, indo bem e com um risco menor. Mas se o preço das ações for, digamos, 50 vezes o valor dos ganhos, então a empresa é mais arriscada, talvez não esteja indo tão bem, não ganhando tanto dinheiro quanto poderia ou deveria."

"Entendo. Você usa esse número para escolher ações?"

"É uma referência que uso." Tomou um gole de sua bebida.

"Bom saber." Ele assentiu.

"Quero que você saiba tudo o que puder sobre investimentos. Posso te ensinar."

"Vou gravar o próximo filme de *West of the Sun* em algumas semanas."

"Vai?" Ela soltou a caneta.

"Mas você pode me ensinar pelo *Skype*." Chaz tomou um belo gole do líquido gelado e potente.

"*Skype*?"

"Pelo computador. Posso ver você enquanto me ensina. Sou um cara muito visual." O olhar dele percorreu seu corpo.

"Concordo," ela riu.

"Vou precisar de algo para ocupar minhas noites."

"Oh? Sem membros do elenco para manter você... uh... ocupado?" Ela levantou uma sobrancelha.

"Deve ter. Talvez prefira olhar para você enquanto aprendo algo sobre gerenciamento financeiro." Ele pegou sua mão.

Megan caiu na gargalhada e quase derrubou sua bebida.

"Certo. Claro. Sim. Eu ao invés de atrizes maravilhosas." Soltou sua mão da dele. *Sem mãos dadas, sem demonstrações públicas de carinho... mantenha distância.*

"Não se menospreze, Meg."

O garçom voltou, interrompendo a continuação da conversa. "Deixe que peça para você. Você come bife?"

Ela assentiu.

"Certo. Dois churrascos gaúchos e mais duas Caipirinhas, por favor."

"Aqui," Megan meteu um maço de papéis em um envelope. "Após acabar outra bebida, não tenho certeza se vou lembrar que P/E eu sou."

Chaz meteu o envelope entre eles no banco. Mais duas bebidas chegaram e Megan se acomodou na cabine confortável.

Hora das vinte perguntas. "Como começou a atuar?" Virou-se para olhar para ele.

Ele se mexeu na cabine como se procurasse por uma posição mais confortável.

"Essa é uma história muito chata. Vamos falar sobre você." Recostou-se e pegou seu copo de água.

"Eu sou a chata aqui. Vamos. Uma infância privilegiada e então a Escola de Drama de Yale? Não sabia o que mais fazer da vida?"

Chaz riu sem alegria. Sem abrir um sorriso. "Bem pelo contrário."

O garçom colocou bebidas frescas na mesa.

"Vamos. Conte." Ela tomou um gole da nova bebida.

Os olhos dele se apertaram. Seu semblante se fechou. Um muro invisível surgiu entre eles. *Merda! O que eu fiz? Para onde ele foi?*

"Minha história de vida não é de conhecimento público... e prefiro assim." Seus olhos ficaram sombrios.

"Sou eu, sua conselheira de finanças. Confidencialidade é meu nome do meio." Meg colocou mão em cima da dele.

"É o que todos dizem. Vi carreiras demais serem destruídas por línguas soltas. Nunca vai acontecer comigo." Chaz deslizou a mão e a retirou debaixo da dela.

O gelo no ar fez Megan tremer. De repente, Chaz estava a milhas de distância. *Muito bem, Meg. Que jeito de construir confiança.* "Acha que eu arruinaria sua carreira?"

"Talvez não diretamente, mas se contasse para alguém... fofocas de celebridades são muito suculentas para não serem compartilhadas." Pegou sua bebida.

"Nunca trairia sua confiança."

"Verdade? E quando um amigo fizesse pressão sobre o *verdadeiro* eu?" Levantou uma sobrancelha.

"Não tenho muitos amigos."

"Tudo o que precisa é de um." Chaz tomou um grande gole.

"Você tem problemas de confiança, não?" Meg amenizou seu tom.

"Não sou idiota. Trabalhei duro para chegar onde estou. Não estou prestes a estragar tudo, abrindo a boca para uma mulher." O calor da raiva apareceu em sua voz.

Megan recuou como se ele tivesse lhe dado um tapa no rosto. "Desculpe se você se sente assim comigo." A emoção se acumulou em sua garganta, tornando impossível falar.

"Não é você, é... todo mundo." Chaz colocou a mão sobre a dela, mas Megan se afastou.

Beberam em silêncio por um tempo. Meg procurou freneticamente em seu cérebro por um segredo para compartilhar.

"Que tal se eu revelasse um segredo obscuro sobre mim?"

"Não é a mesma coisa. Não me leve a mal, mas você não é uma celebridade."

"Talvez você não possa usar, mas requer um nível de confiança para contar a você algo que nunca contei para ninguém antes." Ele começou a prestar atenção com os olhos focados no rosto dela.

O muro de gelo entre eles se derreteu um pouco. Megan percebeu que sua expressão se acalmou. "Você não precisa fazer isso."

"Eu quero. Enfim, é hora de contar a verdade para alguém." A emoção brotou em seu peito.

"Isso não vai mudar como me sinto em relação a meu passado." Ele levantou a mão.

"Se não quiser que te conte..." Ela tomou um gole de água para umedecer a boca que ficara seca de repente.

"Por favor... por favor... gostaria de ouvir." Dessa vez, seus dedos se enrolaram nos dela antes que ela pudesse levar a mão para longe. Chaz chamou o garçom e pediu outra rodada.

Megan respirou fundo e soltou o ar devagar. Um piscar rápido manteve as lágrimas à distância. Reuniu os pensamentos e fechou seus dedinhos ao redor do polegar dele. "Meu pai desapareceu."

"O quê?"

"Meu pai desapareceu." Soltou o ar lentamente.

Sua afirmação capturou toda a atenção dele. Sua máscara se dissolveu.

"Meu pai amava escalar montanhas... caminhadas. Era um cara que gostava de ar livre. Mamãe era e ainda é caseira. Ele ia em caminhadas três vezes ao ano com um clube, um grupo de amigos..." Seu peito se apertou a medida que a lembrança se tornava clara. "No dia em que ele saiu para sua última caminhada, ele e minha mãe tiveram uma briga terrível. Eles nunca se deram muito bem desde o começo, mas essa briga foi estrondosa. Ele se foi... nunca mais ouvimos falar dele novamente."

"Você entrou em contato com seus amigos de caminhada?"

Ela assentiu com a mão agarrando sua bebida. "Contatamos. Chamamos a polícia. Procuramos por todos os lugares. Parece que após a viagem, seus amigos foram por um caminho e ele por outro. Minha mãe achou que ele tinha nos abandonado."

Houve um silêncio enquanto Chaz pegava as mãos dela com as suas. "Meu pai e eu nos dávamos muito bem. Meio que entendíamos um ao outro. Minha mãe sempre preferiu Mark. Nunca aceitei que ele nos deixou... abandonou."

"Quantos anos você tinha quando isso aconteceu?"

"Quinze, e ainda sinto saudades."

"Nenhuma notícia dele desde então?"

A emoção sufocou Megan. Um nó se formou em sua garganta, cortando as palavras. Ela balançou a cabeça. As lágrimas - antes mantidas à distância - escorreram por suas bochechas, espalhando-se. Chaz a envolveu em seus braços e a segurou com força. Ela fechou os olhos, deixando que o calor de seu corpo e a força de seus braços a acalmassem.

"Estou honrado por você decidir me contar," ele sussurrou enquanto sua mão afagava seus cabelos.

Megan recuperou a compostura e se afastou.

"E a sua mãe... e Mark? O que eles pensaram?"

"Mark culpou minha mãe e meu pai. Nunca perdoou nenhum deles. Minha mãe se divorciou de meu pai... abandono. Mas também nunca perdoou ele."

"E você? Você perdoa ele?"

"Quando ele não apareceu para a graduação ou não entrou em contato conosco... presumi que de alguma foram ele tinha morrido. Com os triunfos de Mark... papai nunca... nunca..." sua voz oscilou, "teria nos abandonado. Mark tem vergonha... não quer que ninguém saiba. Não contou nem a uma alma. A nenhum de seus parceiros de time... ninguém." Atrapalhou-se com sua bolsa, procurando por um lenço e evitando o olhar solidário de Chaz. Ele seguiu uma lágrima e então a secou com o polegar.

Mark! Merda! Mark! As mãos de Meg ficaram frias, a cor sumiu de seu rosto e um tremor subiu por sua espinha. *Se Chaz contar para alguém...* "Nunca deveria ter contado a você... ele vai me matar se isso vazar. Oh, Deus, se isso chegar aos jornais... por favor... por favor." Os olhos dela se arregalaram. Suas mãos amassavam o lenço enquanto mordia o lábio. *O que estou fazendo? Ele não é meu amigo. É um parceiro de negócios.*

Um sorrisinho apareceu nos cantos da boca de Chaz.

O garçom deixara mais bebidas.

"Agora você entende como me sinto... sobre revelar meu passado."

Deus, ele está certo.

Chaz se inclinou e deu um leve beijo em seus lábios. "Vou levar seu segredo para o túmulo."

"Obrigada," ela sussurrou com o lábio inferior tremendo.

Megan tomou um grande gole de sua bebida quando um pequeno tremor reverberou por seu corpo. Um segundo gole de Caipirinha trouxe calor a suas veias e acalmou suas emoções. Ela respirou fundo.

Chaz se recostou quando a garçonete chegou com a comida. O barulho dos pratos quebrou o humor sombrio.

"Isso parece ótimo," ela disse, olhando para seu prato cheio com bife, arroz e farofa.

Quando o jantar acabou, Chaz abriu o flip de seu celular. Megan colocou a mão no telefone. "Está bom lá fora. Vamos caminhar. Já está quase escuro o suficiente para a maioria das pessoas não reconhecerem você."

Ele digitou no telefone. "Caminhando para casa, Bobby. Encontro você mais tarde."

Caminharam pela Sixth Avenue até chegarem ao Central Park na Fifty-Ninth Street.

"Pelo parque?"

"Está tarde... é meio perigoso."

"Não até depois da meia-noite. Vamos. Seja aventureira." Ele ofereceu a mão. Seu sorriso brilhante a aqueceu. Entrelaçou seus dedos nos dela, guiando-a pelo parque e através do caminho que serpenteava para o norte.

Capítulo Quatro

A brisa ficou mais forte, fazendo Megan enrolar os braços ao redor do corpo para se aquecer. Chaz tirou seu casaco e o jogou por sobre seus ombros. O farfalhar das árvores com as novas folhas verdes da primavera faziam uma música agradável enquanto seguiam seu caminho - apressados para chegarem ao seu destino.

"Deve ter sido horrível para você... quando seu pai desapareceu."

"Por muito tempo tinha a esperança de que ele entraria pela porta. Muitos anos se passaram sem nenhum contato sequer. Não consigo acreditar que ele nos deixaria sem dizer nenhuma palavra."

Chaz colocou os braços sobre seus ombros e a puxou para perto. Ela suspirou e sincronizou os passos com os dele.

"Minha vida também não foi fácil."

Megan olhou para ele.

"Se isso chegar aos jornais, vou saber de onde veio a informação," ele avisou.

Megan jurou com os dedos cruzados. "Eu juro."

"Minha mãe era uma usuária de crack. Nasci no South Bronx sem um pai. Quando tinha nove anos, minha mãe morreu de overdose. Fui morar em lares adotivos. Escapava para o mundo da fantasia... era a única forma para conseguir lidar com a minha vida. Um dia, eu era um cientista brilhante... no outro, um super-herói incógnito... qualquer um exceto que eu era de fato. Fazer de conta me manteve são, embora meus professores não gostassem disso. Os pais adotivos achavam que eu era maluco. Fui arrastado de um lar adotivo para o outro."

Megan suspirou, incapaz de se conter.

"Uma professora do ensino médio, Emily Gold, teve pena de mim. Ela encorajou minhas fantasias, as quais chamava de 'atuar.' A Sra. Gold me tornou a estrela da peça da escola. Assim que escutei os aplausos fui fisgado."

Ela passou o braço ao redor de sua cintura e deu um apertãozinho.

"Pouco tempo depois, Emily e seu marido Max me adotaram. Com a ajuda deles, minhas notas decolaram. Entrei no programa de atores do Colégio de La Guardia. Dali, Escola de Drama de Yale... o resto é bem entediante."

"Estava tão errada."

"Muitas pessoas estão. Principalmente quando escutam Yale. Eu tinha uma bolsa integral lá."

"Que horrível, você - passar por tudo isso. Bolsa integral... uau! Não é fácil. Incrível onde você chegou."

"Os momentos difíceis me tornaram autossuficiente."

"O que aconteceu com Emily e Max?"

"Eles tinham seus sessenta quando fui morar com eles. Estou com trinta e dois agora. Faça as contas. Eles já se foram."

"Sinto muito, Chaz." Ela apertou seu braço.

No momento em que Chaz terminou sua história, tinham chegado à saída do parque que dava para o prédio dela. "Não é uma história bonita. Não quero que se torne pública. Não quero que ninguém sinta pena de mim." Chaz parou.

Ela reconheceu a dor que tremulou no fundo de suas órbitas escuras. Vislumbrou o menino que ele tinha sido agachado e sozinho naquela escuridão.

"Claro. Entendo... mas também não é uma história acabada."

"Com certeza, sou um trabalho em andamento." Ele riu.

"Não vou contar para ninguém... prometo." Ela tirou o cabelo de sua testa para o lado.

O peito dele se encheu quando respirou fundo. Um olhar de alívio apareceu em seu rosto. *Ele nunca disse isso para ninguém? Confiança? Ele confiava em mim?*

Chaz a puxou para as sombras e pressionou seus lábios nos dela. Passou os dedos por seus cabelos enquanto o beijo ficava mais intenso. No momento em que a ponta de sua língua tocou a dela, um formigamento percorreu todo o seu corpo. Quando finalmente ele a soltou, Megan mal conseguia respirar.

"Gostaria de poder fazer com que se sentisse melhor..." Ela murmurou, segurando o rosto dele com as mãos.

"Acabou de fazer isso." Um sorriso começou no canto de sua boca.

Ele não é nenhum pouco o cara que pensei que fosse.

"Não sei porquê estou confiando em você... mal te conheço." Suas sobrancelhas se franziram.

"Não revelaria isso para ninguém... nem sob pena de morte."

"Talvez não precise ir tão longe. Só não poste isso no *Facebook*, tudo bem?"

"Nunca." Megan estava perto o suficiente para sentir o calor vindo de seu peito.

"Obrigado." Ele passou a ponta dos dedos por sua testa. "Acho que se vou confiar em você com sete milhões de Dólares, posso confiar com o meu segredo mais precioso."

Continuaram a sair do parque e a subir a Central Park West, caminhando pelas sombras e sob a luz dos postes.

Negócios, Megan!

Os dois pararam em frente ao prédio dela. Ela não entrou. Ele não foi embora.

"Você pode me telefonar a qualquer momento que quiser saber como seu portfólio está indo. Nós emitimos relatórios mensais, mas vou ficar disponível 24 horas por dia, 7 dias por semana." Ela colocou o peso na outra perna.

"Oh?" Ele ergueu uma sobrancelha. "Posso ligar às três da manhã para... conselhos?"

"Pode não ser muito útil a essa hora, mas.. claro." Ela sorriu.

"E se você não estiver sozinha?" Um sorriso malicioso se abriu em seu rosto.

"Oh, vou estar sozinha."

"Certeza?"

"Certeza. E você?" Ela se encostou no prédio.

"Também estou sozinho no momento." Apoiou-se com a mão no prédio.

Megan o encarou.

"Fico feliz em saber que está... sem compromissos." Os olhos dele brilharam sob a luz das lâmpadas da rua.

"Oh?" Ela ergueu uma sobrancelha para ele.

"Gosto de vir em primeiro lugar com as mulheres da minha vida."

"Agora sou uma mulher na sua vida?" Ela ficou ereta.

"Claro. Você é minha consultora financeira... e uma mulher."

"Você pode não se sentir assim depois que eu analisar seus gastos regulares." Megan cobriu um sorriso com a mão.

"Você vai fazer o quê?" Chaz levantou as sobrancelhas.

"Vou fazer recomendações sobre como pode reduzir seus gastos e economizar mais dinheiro... como, talvez, livrar-se de seu chofer."

"Eu e Bobby crescemos juntos. Bobby me apoia. E eu o apoio. Ele me endireitou quando precisei. Quando não estou aqui, ele usa o carro para tocar seu próprio negócio de motorista. Sustenta a esposa e o filho. Você deveria contratá-lo também, se precisar de um carro."

"Bobby fica. Entendi."

"Você vai analisar cada gasto, cada conta? Faz eu me sentir um pouco nu."

"Está escondendo gastos com prostitutas e não quer que eu veja?" Megan levantou uma sobrancelha.

Chaz ficou vermelho. "Não... mas isso parece... invasivo - ao máximo."

"Tudo faz parte dos serviços da Dillon & Weed. Analiso como está gastando seu dinheiro e sugiro formas ou de cortar despesas ou de gastar de forma mais sábia."

"Hmm. Não sabia que isso fazia parte do negócio."

Megan colocou a mão em seu ombro. "Hey, se estiver desconfortável com isso, então eu passo essa parte. Não é uma visita ao médico. Você precisa concordar... você está no comando."

"Bom." Um olhar de alívio relaxou as feições de Chaz.

"Sem problemas. Só quero que você seja sensato."

"Alguma vez você... *não* é sensata?" Ele ergueu uma sobrancelha.

"Raramente," ela admitiu.

"Vou ver se consigo descobrir algumas coisas menos sensatas nas quais você deveria se meter." Seus olhos brilharam enquanto sorria calorosamente na direção dela.

Megan tentou desviar o olhar, mas sua expressão era tão sexy, tão sedutora. Seus olhos escuros cintilavam, a sombra em sua bochecha convidando um toque e seus lábios tão tentadores que ela não conseguia desviar o olhar; nem mesmo se afastar. Permaneceu em frente ao The Royal, encarando seus pés e então olhando para as estrelas, qualquer lugar menos para os olhos de Chaz Duncan.

"Posso te acompanhar até lá em cima?" Chaz pegou em seu cotovelo.

"Estou segura daqui para frente..."

"Gostaria de ver onde mora. Posso querer adquirir uma casa em Manhattan..."

Megan fez um gesto para que a seguisse. Ele a acompanhou quando entrou.

"Oi, Briny," Megan cumprimentou o corpulento porteiro que segurava aberta a porta de ferro forjado e vidro.

Ele acenou antes de abrir um enorme sorriso.

"Sim, esse é Chaz Duncan. Chaz, Briny."

Chaz apertou a mão do homem. Um pug se levantou de uma posição de sono do lado da mesa do porteiro e esticou as patas da frente.

"Não acredito que Grady Spencer está bem aqui no meu prédio." Briny inclinou o chapéu.

"Avante, tenente!" Chaz fez a saudação que usava no papel de Grady Spencer nos filmes. Briny saudou de volta.

"O que Baxter está fazendo aqui?" Megan perguntou, parando para coçar atrás das orelhas do pug gorducho.

"O Sra. Bender está no hospital, então estou cuidando dele até ela voltar."

"Nada demais, espero."

"A família não me disse," Briny explicou.

A porta do elevador se abriu. Megan pegou Chaz pelo braço enquanto apertava o botão do décimo quarto andar.

"Fãs por toda a parte, huh?" Megan se encostou no fundo do elevador.

"Nunca perde a graça." Chaz sorriu.

Ela abriu a porta, acendendo a luz enquanto Chaz a seguia. Largando as chaves na vasilha de prata sobre o Credenza, Megan tirou os sapatos e mexeu os dedos dos pés.

O espaçoso apartamento tinha um pequeno vestíbulo que se abria para uma grande sala de estar.

"A cozinha fica por aqui," ela disse, indicando uma passagem curva à esquerda.

"Seu quarto?" Ele perguntou com uma risadinha.

"Seguindo pelo corredor, junto com os outros quartos," Meg fez um gesto para a direita, ignorando sua insinuação.

A sala de estar tinha janelas de 3 metros de altura. Um sofá modular de couro preto - pontilhado com almofadas vermelhas, laranjas e brancas - encaixava-se em uma parede. Uma televisão de tela plana impressionante se encontrava de frente para o sofá. Uma mesa de centro cromada e de vidro se encaixava perfeitamente no ângulo reto do sofá. No canto oposto, encontrava-se uma mesa redonda de vidro e quatro cadeiras de ébano cromadas com um design moderno. Alguns nichos de acrílico fumê estavam artisticamente empilhados e cheios de livros e objetos de arte. Cinco grandes pinturas à óleo modernas estavam penduradas nas paredes muito brancas, trazendo calor e um toque de cor para a sala... o toque final perfeito.

"Uau, você decorou essa sala?"

"Com Penny, a esposa de Mark."

"É linda."

A poucos metros do vestíbulo, estava um piano vertical preto com um banco preto debaixo do teclado. Chaz foi até lá e levantou o protetor do teclado. Passou a unha do polegar sobre as teclas. Megan deu um pulo assim que o som ecoou pelo apartamento vazio.

"Quem toca?" Chaz se virou para ela.

"Penny e eu tocamos."

"Toque algo."

Megan abriu a partitura que tinha deixado ali. Chaz se posicionou atrás dela. Ela escolheu a música "If I Loved You." Atrás dela, ele começou a cantar. Sua linda voz de barítono era perfeita para a canção. Ele descansou a mão sobre seu ombro. O calor de seu corpo a aqueceu. Enquanto ele cantava, as palavras reverberavam em sua cabeça, descrevendo como ela começava a se sentir sobre ele. Se ela o amasse, seria capaz de admitir ou ficaria com vergonha como dizia a música? Será que ele acharia que ela seria outra groupie, outra mulher para pegar carona em sua fama?

Quando a canção acabou, Megan soltou um suspiro e fechou a partitura. *Ele não pode saber no que estou pensando. Fique fria, garota. Você não o conhece bem... lembre-se que ele é um cliente.*

"Melhor eu ir." Chaz tirou a mão de seu ombro.

Ela o acompanhou até a porta.

Ele se virou em sua direção. "Posso pedir um favor?"

"Qualquer coisa," ela respondeu.

"Qualquer coisa?" Tinha um brilho sexy em seus olhos quando ergueu as sobrancelhas. Seus lábios adoráveis se curvando em um sorriso convidativo.

Megan o beijou de brincadeira no ombro. "Quase qualquer coisa... você sabe o que quero dizer. O quê?

"Você toca tão bem... vou fazer um teste para um musical da Broadway..."

"Broadway?"

"Vou ter que cantar no teste e preciso de um lugar para praticar..."

"Quer praticar aqui? Comigo tocando?" Ela cruzou os braços.

"Tem sido um trabalho difícil. Tenho tido aulas de técnica vocal, mas estou muito longe da qualidade da Broadway. Isso quer dizer repetições sem fim..."

"Sim!" Megan bateu as mãos, juntando-as. *Certo, agora você é oficialmente uma groupie.*

"Não vou tirar minha conta da Dillon & Weed se disser *não*. Isso é estritamente pessoal... tudo bem se..."

"Eu adoraria! Que emocionante... treinar uma estrela da Broadway!" Bateu as mãos, juntando-as.

"Ainda não ganhei o papel," ele riu.

"Vai ganhar."

"Muito obrigado. Podemos começar em algumas semanas, assim que terminar essa série da *PBS*?"

"Claro. A propósito, quando foi a última vez que comeu uma comida feita em casa?"

"Não sei... talvez dez anos atrás."

"Oh, meu Deus. Na primeira sessão, vou fazer um jantar para você."

"Mal posso esperar." Ele se aproximou. Chaz tirou uma mecha de cabelo de seus olhos. Inclinou-se para beijá-la ternamente. "Boa noite, Meg." Sua respiração fez cócegas.

"Boa noite." Ela tocou sua bochecha por um instante.

Megan observou-o caminhar pelo corredor. O elevador chegou rapidamente. Ela sorriu ao ver que estava vazio antes dele entrar. *Ninguém para deixá-lo desconfortável.* Com um rápido aceno, ele se foi. O corredor pareceu encolher depois que as portas do elevador se fecharam. As luzes do apartamento pareceram mais fracas quando ela entrou. A ausência dele fez o apartamento parecer vazio.

Meg se despiu e foi para a cama. Mesmo depois de várias bebidas, não se sentia cansada. Sua cabeça girava. *Tenho que praticar. Como posso ser boa o suficiente para ensaiar com Chaz Duncan? Tenho que afinar o piano.* Quando começou a fazer uma lista mental do que fazer, o sono a alcançou.

MAIO ERA UM BELO MÊS em Nova Iorque, mas Chaz não via o sol porque passava os dias dentro de um estúdio. Filmando doze episódios da continuação de American History até às nove horas todas as noites. A agenda apertada era necessária já que o programa estava agendado para começar a ser transmitido no dia 4 de julho. Bobby estava com a limusine na porta do estúdio no final do ensaio, esperando para levar Chaz ao The Wellington Arms, o edifício elegante de Quinn Roberts no Central Park West na Seventy-Fourth Street.

Quinn - do alto de seus 1,80m, cabelos castanhos e olhos azuis - estava entre um filme e outro, descansando em casa. Quando a sua série de filmes *The Adventures of Joe Martin* tinha um intervalo, Quinn relaxava em seu apartamento espaçoso. Apreciava a companhia de Chaz e Chaz economizava o dinheiro do hotel ficando na casa de Quinn. Além do mais, ele gostava de sair com seus antigos amigos. Chaz confiava em Quinn... tiveram algumas aventuras juntos.

"Cerveja?" Quinn perguntou para Chaz enquanto fechava a porta da frente.

"Tem algo mais forte?"

"*Absolut?*"

"Perfeito. Gelo?"

Quinn levantou o polegar antes de desaparecer na cozinha. Chaz se encostou na porta por um momento e então se encaminhou para o sofá de camurça marrom chocolate. Atirou-se. Quinn voltou com um copo de vodca com gelo em uma mão e uma garrafa de cerveja na outra.

"Dia difícil?"

Chaz assentiu enquanto tomava um grande gole de sua bebida. "Sra. Jefferson não sabe suas falas." Chaz tirou os sapatos.

"Quem é essa?" Quinn levou a garrafa de cerveja aos lábios.

Chaz colocou os pés na mesinha de centro de carvalho. "Anna Jason." Ele suspirou.

"Sei quem é. Hey, é o maldito trabalho dela. É muito irritante," Quinn disse, colocando sua garrafa em um suporte de copos na mesa de centro.

"Um suporte? Você ainda tem bolas ou virou uma mulher?"

"Eu mesmo esculpi essa mesa. Não vou deixar uma garrafa de cerveja estúpida estragar tudo."

"Certo, certo. Esqueci disso."

"Fale sobre sua nova garota." Um sorriso apareceu no rosto de Quinn.

"Não é uma nova garota, é minha consultora financeira. Você deveria procurar por ela também."

"Ela é gostosa?"

"Sim, e esperta também."

"Ela é sua nova garota, Chaz, confesse. Sou eu." Quinn tomou outro gole de cerveja.

"Não, sério, são negócios. Somente negócios."

"Já a beijou?"

Um calor subiu até seu rosto.

Quinn deu uma risadinha. "Foi o que pensei. É sua nova garota."

"Estou indo fazer o próximo filme de *West of the Sun* mais ou menos daqui duas semanas depois de terminar essa gravação. Então, isso não deve ir longe, não é?" Chaz engoliu o resto de sua vodca e então passou as mãos pelos cabelos.

"Outra garota de curta duração? Não se cansa desse romance todo antes de ir para a cama?"

"Ir para a cama sempre compensa." Um sorriso igual ao do gato de Alice cruzou seu rosto.

"Não da última vez."

"Certo, certo, Rhoda foi uma má ideia." Chaz deu de ombros.

Quinn riu.

"Mais para um desastre."

Chaz deu uma olhada maligna para Quinn. "Essa é diferente."

"Oh?" Quinn levantou uma sobrancelha. "Não ouvi você dizer isso antes?"

"Ela não é do ramo. É esperta e divertida."

"Achei que tinha dito que não namoraria ninguém que *não* fosse do cinema." Quinn tentou esconder um sorriso.

"Meg é... ela me vê como um cara normal. Não é uma tiete. Seu irmão é Mark Davis..." Chaz sentou na ponta do sofá.

"Mark Davis do Delaware Demons?" Quinn se ergueu.

"Sim."

"Nossa, você conseguiu ingressos? Quando vamos em um jogo?"

Certo, Meg. Entendi. Deve ser difícil ser irmã dele. "Ela me mataria. Todo o cara com quem namorou pergunta por seu irmão. Está cansada disso. Me lembra a gente."

"Você quer dizer, 'como é trabalhar com Chaz Duncan?'" Quinn imito uma voz de mulher enquanto batia os cílios.

Chaz bufou e riu ao mesmo tempo. "Podemos comprar ingressos se quiser muito ir.

"Ela é gostosa?" Quinn tomou um gole de cerveja.

"É gostosa e não sabe disso."

"As gostosas sempre sabem disso," Quinn zombou.

"Não essa aqui. Sinceramente... Megan não tem ideia do quanto é gostosa. Ela estava com essas blusas de corte baixo usadas para trabalhar e então se inclinou na mesa na minha frente - e não foi de propósito, foi como se tivesse esquecido o que vestia. Belos seios. Nem sabia que está me mostrando."

"Uma gostosa que não sabe disso? Como você acha essas mulheres, Chaz?"

"Pura sorte."

"Ela tem uma amiga?"

"O que aconteceu com Selena?"

"Não deu certo."

"Sinto muito. Ela era gostosa... fogosa."

"Mais para uma dinamite. Muito irritante. Era exigente e sempre precisava de atenção... constantemente. Nossa." Ele sacudiu a cabeça.

"Meg é independente. Talvez independente demais."

"Achei que era somente uma consultora financeira." Quinn deu um olhar penetrante para o amigo.

"Queria que fosse mais."

"Quando vou conhecer essa mulher perfeita?"

"Por que a apresentaria para você?" Chaz levantou uma sobrancelha para o amigo.

"Achei que queria que eu usasse seus serviços?"

"Não esse tipo de serviço, idiota!"

"Tem medo de uma competiçãozinha?" Quinn endireitou a postura.

"Não é nem besta."

"Não quer estragar as coisas com o 'amor da sua vida'" Quinn colocou a garrafa de volta no suporte.

"Cala a boca, Quinn." Chaz jogou uma almofada no amigo.

Quinn jogou de volta a almofada. Em poucos segundos, uma guerra de almofadas começou na sala.

"MEGAN DAVIS." MEG ATENDEU ao telefone usando sua voz de trabalho.

"Você parece tão... tão oficial"

"Sim. Local de trabalho, lembra." Megan sorriu com o som da voz dele.

Ele riu.

"O que posso fazer por você, Sr. Duncan?"

"Pode jantar comigo essa noite. Tenho o dia de folga amanhã... estão filmando uma cena diferente com um ator que tem outros compromissos. Então, como estou livre amanhã, posso ficar acordado até tarde hoje."

"Até tarde? O que tem em mente?" Megan ergueu as sobrancelhas.

"Jantar. Apenas jantar."

"Sério?" Ela riu.

"Nos dias de filmagem, tenho que estar no estúdio às cinco, então vou dormir bem cedo. Como não estou pronto até as nove da noite, normalmente pego algo rápido, relaxo um pouco e então vou para a cama. Mas hoje, posso ser... uh... sociável."

"Nesse caso... claro. A que horas?"

"Hmm, que tal nove e quinze?"

Megan caiu na risada. "Jantar depois das nove?' Ela soltou seu café.

"Oh, esqueci. Pessoa normal."

"Talvez sobremesa?"

"Ótimo! Sobremesa! Use calça jeans. Eu e Bobby pegamos você na frente de seu prédio às nove e quinze."

"São negócios?"

"Uh... não exatamente. Precisa ser?"

"Bem... você é um cliente... e..."

"Quero saber por que escolheu as ações da The Gregory Company e não as do Colorado Mining. Isso serve?"

"Perfeito... uh... tudo bem. Vejo você mais tarde."

Ela desligou o telefone e descansou o queixo em sua mão. *Um encontro.* Sorriu.

"Olhos sonhadores... deve ter algo a ver com Chaz Duncan." Brielle se encostou no marco da porta com seus cabelos loiros brilhando e seus lábios vermelhos impecáveis.

A raiva deixou as bochechas de Megan quentes. Odiava Brielle a julgando. Brielle deixava seu ciúme por Megan óbvio a menos que Harvey Dillon ou Carleton Weed estivessem por perto. Quando vangloriava Megan. Além do mais, ter o escritório de Brielle bem do outro lado do corredor tornava impossível trabalhar sem ser observada. Megan baixou os olhos para o monitor do computador. "Se pode chamar de olhos sonhadores ficar feliz com a alta do mercado de ações, então acho que sim."

O rosto de Brielle tomou uma aparência azeda. "Então, afinal, o que está acontecendo entre você e Duncan?"

"Estou gerenciando o portfólio dele. Ponto. Tenho que voltar ao trabalho."

Esperando que Brielle se fosse, Megan baixou os olhos para o monitor do computador novamente. A loira percorreu o corredor, parando para dar um sorriso sedutor para Andy. Ela o tocou debaixo do queixo antes de entrar em seu domínio. Com os olhos apertados, Megan observou através da parede de vidro. Vê-la fazer as pazes com Andy a deixou nervosa. *O que ela quer com ele?*

Capítulo Cinco

Às sete horas, Megan voltou para casa e aqueceu algumas sobras de comida. Colocou um jeans e outra blusa que comprara com Penny, uma decotada cor coral. Enquanto comia, Megan se concentrou em relatórios anuais e gráficos do mercado de ações.

Às nove e quinze, subiu no elevador para o rápido passeio até o lobby. Espiou Baxter dormindo em um tapetinho nos fundos. Olhou para ele e depois para Briny.

"Sra. Bender ainda está doente," Briny explicou.

"Baxter tem sorte de ter você." Megan se abaixou para coçar as orelhas do pug adormecido.

Briny assentiu, inclinando o chapéu e depois de abriu a porta para ela.

Chaz estava encostado no carro quando ela saiu do prédio. Segurava uma cestinha quando deu um passo a frente e pegou sua mão.

"Central Park." pegou sua mão, guiando-a para o sul.

"Mas está quase escuro."

"Quanto mais escuro, melhor." Ela vislumbrou um brilho malicioso em seus olhos escuros e o acompanhou.

"O que tem na cesta?"

"Moscato, um vinho doce, taças de plástico e morangos cobertos com chocolate."

A boca de Megan se encheu de água.

"Para onde vamos?"

"Para a trilha." Ele foi até o Central Park West com Megan a seu lado.

"Para a trilha? É escuro e solitário lá... as pessoas se encontram por lá por muitos motivos."

"Está com medo?"

Ela estremeceu.

"Você está comigo. Ninguém vai incomodar você, nada por que ter medo. Também tenho duas lanternas." Chaz segurou mais forte sua mão enquanto a trazia para perto.

"Você conhece o arco de pedra da trilha?"

"Eu tento ficar longe da trilha. Sempre me perco por lá," ela confessou.

"Não se preocupe, conheço o caminho. O arco é meu lugar da sorte."

"Lugar da sorte?" Ela ergueu as sobrancelhas.

"Fui ao arco antes de cada golpe de sorte que tive."

"E está indo lá para ter sorte na sua audição para a Broadway?" Ela acelerou o ritmo para acompanhar seus passos largos.

Ele riu.

"Por que mais seria?" Ela perguntou, olhando para ele quando diminuíram o passo.

"Meu segredo." Ele deu um rápido beijo na ponta de seu nariz.

Quando chegaram à Eighty-First Street, Chaz virou para a esquerda e mergulharam no parque, passando pelo silencioso e vazio parquinho Diana Ross. Entraram cada vez mais no parque sombrio, repleto de bancos e flores da primavera que floresciam.

"Ainda está claro o bastante para se ver as tulipas e íris." Os olhos de Megan se iluminaram com as flores coloridas.

"Vamos ao Jardim Shaekespeare." Chaz a conduziu pela rua pavimentada até o Teatro Shaekespeare e então virou à direita. A cerca de madeira a lembrou das férias no interior e de quando era criança. Florzinhas coloridas brilhavam na luz do dia esmaecida e se combinavam com o brilho das lâmpadas da rua, alinhando-se na cerca. Buquês de rosas cor de rosa e brancas floresciam ao longo do caminho e eram um deleite para seus olhos. As rosas com um aroma doce perfumavam o ar e seduziam seus narizes.

"Esse é um dos meus lugares preferidos," Chaz disse, desacelerando a marcha.

"Nunca vi tantas rosas em um lugar."

Ele colocou o braço em seus ombros. Eles andaram pelo labirinto dos caminhos do parque. "Você sabe o caminho por aqui, não é?"

"Eu disse." Conduziu-a para a esquerda.

"Traz muitas garotas até o arco?" Megan o espiou através da luz que esmaecia.

"Você é a primeira."

Ela deslizou o braço por sua cintura e ficou a seu lado.

De repente, ele parou e apontou. Megan ergueu os olhos. "Como as pedras ficam juntas desse jeito?" Ela se aproximou e observou a estrutura.

Ele deu de ombros. "Nem ideia."

"É um trabalho de arte."

Chaz a levou até um banco de frente para o arco onde poderiam comer. Abriu a cesta e sacou a rolha do vinho antes de servir duas taças. Megan tomou um gole. "Mmm... delicioso."

Ele lhe entregou um recipiente de plástico. Ela o abriu para descobrir uma dúzia de morangos gigantes cobertos até a metade com chocolate. Pegando um entre os dedos, lentamente ela o levou até os lábios dele. Seus olhares se encontraram quando os lábios dele cercaram o morango suculento. Uma mordida fez uma grande quantidade de líquido escorrer por seu queixo. Megan se inclinou levemente, mas se conteve antes de limpar seu rosto com uma lambida. Ao invés disso, tirou um guardanapo da cesta.

"Você ia...?"

Ela sacudiu a cabeça antes de colocar um dedo sobre seus lábios enquanto secava o líquido. Pegando um morango, ele repetiu os movimentos dela exceto que, dessa vez, Chaz lambeu o suco de morango de seu queixo. Seus lábios deslizaram até os dela sem esforço. Ela terminou de mastigar e engoliu enquanto a língua dele passeava por seu lábio inferior, criando uma faísca em sua barriga e acendendo sua paixão.

Ele a puxou para perto até que seus peitos quase se tocassem e a beijou de verdade - seus lábios tocando os dela até que ela os abrisse para ele. Megan colocou as mãos em seus ombros largos, sentindo os músculos rígidos da parte superior de suas costas através do fino tecido de seu blusão. O gosto do morango misturado com a sensação de sua língua deslizando sobre a dela a deixou excitada. Seus mamilos endureceram, desejando seu toque.

Colocando as mãos nas costas dela, ele diminuiu o espaço entre eles, fazendo os seios dela tocarem seu peito. Subiu as mãos e seus dedos brincaram com as pontas dos cabelos dela. Ela não resistiu e cedeu ao desejo de ficar perto dele.

Ele inclinou a cabeça e tornou o beijo mais intenso. Meg flutuou e sua mente se desligou. Tudo o que podia fazer era sentir suas mãos sobre ela, sentir seus lábios sobre os dela, suaves e ainda assim desejáveis. Sentiu seu cheiro intoxicante misturado com o da sua loção pós-barba. O desejo dentro dela atiçou ainda mais o fogo e parecia que suas entranhas estavam queimando. Apertou as coxas, mas isso só fez seu desejo aumentar. Antes que pudesse se controlar, gemeu dentro da boca dele.

Estimulado por sua resposta, Chaz afastou a boca dos lábios dela e a levou até seu pescoço. Seus lábios e sua língua desceram por sua coluna em uma trilha ardente. Habilmente, ele abriu sua jaqueta e deslizou a manga pelo ombro, permitindo que seus lábios continuassem seu caminho por ele. Suas mãos estavam na cintura dela, segurando-a firme. Os mamilos dela doeram com a necessidade de serem tocados. Como se pudesse ler sua mente, Chaz deslizou a mão até sua caixa torácica até que segurou seu seio. Ela engasgou com o formigamento que arrebatou seu âmago quando os dedos dele se fecharam em seu mamilo.

Chaz levantou a cabeça.

"Desculpe. Me deixei levar."

Os olhos dela estavam arregalados e verde escuros de paixão. Duas palavras escaparam de sua boca sem que seu cérebro tomasse conhecimento.

"Não pare." Era quase um gemido.

Seus olhos se encontraram. Megan estendeu a mão e passou os dedos por seu sensual lábio inferior. Ele continuou a encará-la até que ela deslizasse sua mão por seu peito para enrolar os dedos em seu pescoço. Seu gentil puxão trouxe os lábios dele de volta para os seus. Um pequeno suspiro escapou quando ela se rendeu a seu beijo.

Amolecendo, ela se derreteu, sentindo os músculos rígidos do peito dele contra os dela. Ela o queria, desejava-o com cada fibra de seu ser. Arrebatada pela paixão, não parava de pensar... sobre as coisas. Chaz levantou a mão devagar como se lutasse contra o desejo de tocá-la e acabar a perdendo. Mais uma vez, sua mão capturou o seio dela e o apertou gentilmente enquanto seus lábios beijavam ternamente seu pescoço.

"Deixa eu tocar você," ele sussurrou quando seus dedos acariciaram a parte de cima de seu seio exposto.

"Sim," ela murmurou em seu pescoço e fechou os olhos.

Chaz se arrastou para trás, baixou as mãos e se separou dela levemente. "Aqui não." Ele suspirou.

Ela se afastou e removeu a mão de seu peito. Sua pele se arrepiou com o toque gelado do ar. Meg olhou para baixo e viu que os dois primeiros botões de sua blusa estavam abertos, exibindo uma parte do sutiã de renda rosa e muito mais de seu decote. *Uau, ele é sutil. Não senti nada enquanto ele tirava minha roupa.*

Um calor chegou a seu rosto e ela alcançou os botões, abotoando-os novamente. Chaz se inclinou para frente para colocar uma mecha de cabelo para trás da orelha dela. "Você é linda." Os olhos dele escureceram com a emoção.

Ela olhou para suas mãos descansando em no seu colo. *Eu, bonita? Isso é uma piada.* "Não é bem assim..."

Chaz segurou seu queixo. Puxou seu rosto para poucos centímetros do dele. "Seu eu digo que é bonita então você é bonita." Seu olhar ardente misturado com o luar confirmou sua honestidade.

Ela assentiu com um sorriso malicioso brincando em seus lábios.

"Um beijo no arco e então vamos embora." Ele disse, olhando para seus lábios.

Levantaram-se e deram as mãos. Chaz a puxou para perto e deslizou as mãos até seu traseiro e o apertou. Megan deu um grito. Os lábios dele encontraram os dela. Estavam tão próximos que nem mesmo um pedaço de papel passaria no meio deles. Ela passou os braços pelo pescoço dele e relaxou. A medida que a paixão dele aumentava, a excitação começou a crescer dentro dela. Ele a puxou para mais perto. Sentir a sua ereção só fez ela o querer ainda mais.

Ofegando um pouco, Chaz colocou as mãos nos quadris dela para afastá-la de seu corpo. Meg passou as mãos pelo seu peito devagar, imaginando como ele seria por debaixo da camisa. *Ele depila os pelos do peito para os filmes? Espero que não.* A curiosidade a corroía, mas ela não tinha coragem de perguntar. Antes que ele percebesse, desabotoou dois botões de sua camisa e deslizou a mão para dentro. *Oh, Deus!*

Ela gemeu quando seus dedos acariciaram um punhado de pelos finos. A boca dele veio com força até a dela e suas mãos puxaram seus quadris contra os dele. O desejo abriu caminho em seu interior. Instintivamente, ela pressionou os quadris contra ele. Seus dedos detectaram o ritmo acelerado de sua respiração.

Ele a segurou pela cintura e gentilmente a empurrou contra o arco e para longe dele. "Muito rápido," ofegou.

Megan descansou a cabeça na pedra do arco, esperando que sua frieza acalmasse seu desejo, mas não teve sucesso. A presença dele tão perto continuava a atiçar seu fogo.

"Demais," respirou e tentou convencer a si mesma.

A brisa aumentou e a temperatura caiu. Em poucos segundos, ela estava tremendo.

"Hora de levar você para casa." Chaz a enrolou em seu casaco. O tecido fino ainda estava com o calor de seu corpo. Conduziu-a pelo caminho, virou à esquerda, faz uma curva e saiu do parque. Uma vez na avenida, Meg se recompôs. Do outro lado da rua de seu prédio, parou para pegar um lenço. Limpou os lábios dele antes de abotoar sua camisa.

"Apresentável?" Ele perguntou, recuando.

"Bastante." Ela penteou seus cabelos com os dedos.

Atravessaram a rua. Chaz beijou sua mão, deu boa noite, saudou Briny e então desapareceu como um mágico na escuridão da noite.

O CELULAR DE MEGAN tocou assim que ela fechou a porta da frente de seu apartamento e jogou as chaves na vasilha. Uma olhada no espelho dizia a ela que tinha sido bem beijada. Seus lábios estavam levemente inchados. Um rubor atraente em suas bochechas a deixava linda. Atendeu ao telefone enquanto encarava sua imagem.

"Sou eu!" Penny chiou ao telefone.

Megan tirou sua atenção do espelho. Caminhando até o sofá, caiu sentada e descansou os pés na mesa de centro.

"Então... como vão as coisas com Chaz?"

"Indo. São negócios," Megan mentiu para evitar um interrogatório sobre Chaz, honrando seu desejo por privacidade.

"Como consegue resistir a ele?"

Não consigo. "Foi um dia longo e preciso ir para a cama." Meg tirou as pernas da mesa de centro.

"Sozinha?"

"Muito engraçado!" Meg enrolou algumas mechas de cabelo. *Quem dera!*

Penny riu. "Imaginei."

"Ele é muito... bonito e tudo o mais...mas não é meu tipo."

Uma risada alta de Penny fez Meg se sentar. "Ele é o tipo de todas as mulheres," Penny disse.

"E quanto a Mark?" Meg se inclinou para esfregar o arco dolorido do pé.

"Ninguém consegue derrotar Mark. Só estou dizendo..."

"Quando vocês voltam?" Megan mudou de assunto.

"O treino está parado por enquanto. Voltamos para Nova Iorque em breve. Talvez vamos testemunhar algo... íntimo?"

"Penny!"

A risada alta do outro lado da linha fez Meg sorrir. "Desculpe. Não pude resistir. Quero que seja feliz, irmãzinha. Só isso."

"Eu sei. Vejo vocês em breve. Dê um abraço no irmãozão por mim." Meg sorriu.

"Dou sim. Boa noite."

Não estou apaixonada por ele. Isso é ridículo. Sem mais celebridades. Sem mais encontros.

Megan foi ao seu quarto para se despir. Começou a olhar para a cama queen size, visualizando Chaz ali esperando por ela. A imagem lhe deu arrepios. *Pare, Meg! Ele é inalcançável. Um cara como ele nunca se apaixonaria por alguém como você. Desista. Você só vai acabar infeliz. É o que mamãe diria. E estaria certa. Ainda assim, ele é tão... tão beijável... tão interessante.*

Suspirou e puxou as cobertas. Na cama, virou-se para olhar para a lua cheia do lado de fora da janela. Lembrou da sensação dos lábios dele nos seus, de suas mãos a tocando. Estremeceu. *Se continuar pensando nisso, vou ficar acordada a noite toda.*

Meg acendeu a luz e pegou um livro.

A MANHÃ CHEGOU MUITO cedo. Uma Megan cansada se arrastou para fora da cama e para baixo do chuveiro. Só um pouco mais desperta do que antes, saiu de seu apartamento para ir ao escritório, desejando poder voltar para a cama.

Meg olhou para as duas xícaras grandes de café empoleiradas em sua mesa, esperando que a cafeína curasse sua sonolência. Tomando um grande gole, ligou o computador, conferiu os e-mails e imediatamente esfregou os olhos. *Cem novas mensagens! Que diabos?*

Abriu uma por uma apenas para ser saudada por pessoas que não via há muito tempo ou nem ao menos conhecia. Cada um dos e-mails tinha a mesma pergunta - "Então, do que o Chaz Duncan gosta?"

Inferno, alguém vazou para a imprensa que estou cuidando das finanças dele. Agora, de repente, todos os amigos e conhecidos do ensino fundamental e médio são meus melhores amigos.

Conte os segredos de Chaz. Do que ele gosta?

Ele é tão sexy pessoalmente quanto na tela?

Ele é alto? Dizem que ele usa sapatos plataforma.

Ele se passou com você?

Você está saindo com ele? Se não está, poderia nos apresentar?

Já viu a casa dele?

Pode tirar umas fotos com seu telefone e me mandar?

Vai postar fotos com ele no Facebook?

Assim que deletou alguns e-mails, outros apareceram para tomar os seus lugares. Então, um se sobressaiu. Era de Alan Fader, seu namorado da pós-graduação.

Meg, estou tão feliz de encontrar você. Você trocou de e-mail. Vamos nos reconectar online. Ainda faço investimentos bancários aqui na ensolarada Califórnia. Mas nada se compara a cuidar da conta de Chaz Duncan. Parabéns, querida. Vamos manter contato.

Meg sorriu e respondeu ao e-mail de Alan. Estava feliz por se reconectar com ele. Embora, quando decidiram se separar, tenha ficado um pouco magoada por ele não a convidar para ir à Califórnia com ele. Agora, estava aliviada que ele quisera seguir em frente sem ela. Alan era um namorado simpático, estável e sem graça. Um jantar de negócios com Chaz teve mais emoção do que uma semana na cama com Alan. Riu sozinha. *Ele pode ter sido um estudante nota 10 na pós, mas tirou 0 em fazer amor.*

Enquanto deletava os e-mails que agora chegavam aos duzentos, uma dor apertou seu peito. *Coitado do Chaz! Ele não estava brincando quanto a curiosidade das pessoas. Então, esse é o nível de interesse que as pessoas têm? É assustador. O cara não tem privacidade, não é?*

Agora, entendia como a história sobre o seu passado poderia se espalhar na Internet e se tornar viral quase que imediatamente. *Entendo o motivo dele ter medo de contar a qualquer um sobre sua vida.*

Sua falta de privacidade se tornou real para ela, intensificando seus sentimentos por ele. *Não surpreende que esteja sozinho.*

A caminho de confrontar Brielle, pois Megan estava convencida de que tinha aberto a boca sobre ela e Chaz, Harvey Dillon entrou em seu escritório. "Bem, bem, bem... aposto que seu e-mail está agitado essa manhã." O sorriso de Harvey ia de orelha a orelha.

"Como sabe?"

"Liberamos um comunicado à imprensa! Meu e-mail também está atolado. Imagino que todos aqui estejam recebendo perguntas de seus amigos sobre Chaz."

"É justamente o que ele não quer, Harvey. Por que fez isso?"

"Diabos, não posso montar uma divisão de celebridades se é um grande segredo termos um peixe grande como Chaz Duncan, posso? Logo, outras celebridades ricas vão aparecer para nós para prestarmos consultoria financeira." Esfregou as mãos.

Megan poderia jurar tem visto cifrões em seus olhos azuis como a água.

"Agora, temos que dobrar a segurança... impedir que qualquer outra pessoa saiba de seus negócios. Ninguém pode saber em quais ações ele investiu ou quanto dinheiro tem com a gente... nada. Ele é uma pessoa que gosta de privacidade."

"Claro, Megan, claro. Confidencialidade é importante."

O telefone dela tocou.

"Melhor atender. Pode ser a imprensa!" Harvey praticamente deu um pulo.

Megan pegou o telefone fixo. "Megan Davis."

"Olá. Aqui é Tiffany Cowles da revista *Celebs R Us*. Tem um minuto para falar comigo?"

"Desculpe, Sra. Cowles, não tenho nada a dizer." Megan desligou o telefone como se ele fosse uma naja pronta para dar o bote. Pegando seu café, reclinou-se na sua cadeira confortável e girou para olhar pelo janelão. Seu telefone tocou novamente, mas ela o ignorou. Tomou um gole de seu café e olhou para a vasta cidade diante dela. *Por que vim para a Dillon & Weed? O que eu fiz?*

Enquanto seguia com sua busca mental, seu celular tocou. Olhou para a tela. Era Chaz.

"Seu telefone está fora do gancho?" Tinha um traço de irritação na voz dele.

"Duzentos e-mails... o telefone ainda estava tocando..."

"Alguma dessas revistas de fofoca ligou para você?"

"*Celebs R Us*." Ela colocou o café em cima da mesa.

"O que disse a eles?" Uma irritação se misturava com apreensão em sua voz.

"Nada. Praticamente desliguei na cara dela. Não tinha ideia de que Harvey ia comunicar a imprensa."

"Sério? Acho difícil de acreditar. Você não está administrando essa divisão de 'celebridades'? Não sabe de *tudo* o que acontece em sua divisão?"

"Não. Sou nova. Ele não me perguntou. Teria dito que 'não'. Disse a ele que não gostei da ideia, mas parece que ele pensa que outros ricos vão aparecer porque você está conosco."

"E podem aparecer. Cara esperto, o velho Harvey. Tenho que lhe dar crédito por isso. A propósito, não seja muito rude com a imprensa. Eles têm uma boa memória."

"Não me importo com o que pensam. Me importa o que você pensa. Tem que acreditar em mim..."

"Tenho? Por quê?"

"Porque estou dizendo a verdade... porque você tem o poder para humilhar meu irmão... destruir meu relacionamento com ele com um telefonema." Gotinhas de suor apareceram em sua testa.

"Verdade." A voz dele abaixou com uma satisfação presunçosa.

"Daria a você essa munição se tivesse a intenção de te trair?" Ela mordeu o lábio.

"Bom argumento. Provavelmente não. Além do mais, se a coisa ficar muito quente, Harvey vai chorar de tristeza quando eu levar minha conta para outra empresa."

"Não culparia você se fizesse isso. Não tinha ideia no que estava me metendo com esse emprego. Não sirvo para isso."

"Você tem todas as respostas. Vamos segurar a onda... por enquanto." O tom dele ficou mais calmo.

"Chaz, desculpe... eu nunca..." A emoção sufocou Meg. As palavras ficaram presas na garganta.

Ela foi saudada com o silêncio. *Odeio fazer isso por telefone.* Meg queria olhar em seus olhos para saber como ele estava se sentindo e reagindo. "Chaz, não machucaria você por nada nesse mundo," sussurrou.

"Veremos." Ele desligou o telefone.

Megan encarou seu celular por um instante até que o telefone fixo a despertou de seus devaneios. Furiosa com as interrupções constantes, foi até a recepção. "Não passe nenhuma ligação a menos que seja de minha família ou de Chaz Duncan."

Um olhar bobo apareceu no rosto da recepcionista. "Deus, você saiu para jantar com ele. O que ele pediu?" Megan saiu intempestivamente. *Ninguém além de mim é profissional aqui?*

Uma olhada em seu e-mail deixou Megan angustiada; outras duzentas mensagens. Deletou todas elas exceto a de Alan.

Então, como é dormir com Chaz Duncan? Ele é tão bom na cama quanto eu?

Megan deletou o e-mail. Sua garganta se fechou e as lágrimas ameaçaram aparecer. Não queria chorar em frente a seus colegas, então se retirou apressadamente para o banheiro feminino.

Segura dentro de uma cabine com a porta fechada e as mãos trêmulas, apertou os botões do celular e telefonou para a cunhada. Mal se segurando, Meg caiu no choro quando ouviu a voz de Penny.

"Meg? Você está bem? O que aconteceu?" Penny perguntou.

Com a voz trêmula, Megan respondeu, "Está tudo arruinado."

"O quê? Por quê?"

Megan soluçou e colocou a cabeça no colo.

"Estamos indo. Mark e eu estaremos aí amanhã. Vamos pegar o trem cedo."

Megan respirou fundo enquanto seu peito tremia. "Davis, é você que está aí dentro?" A voz de Brielle soou alta e clara.

Capítulo Seis

"O que você quer, Brielle?"

"Quero saber porquê está chorando aí. Você é uma estrela agora. É famosa. Não que mereça..."

"Cale a boca." Megan estava sem paciência. Secou os olhos com as costas da mão.

"Se quer ser desse jeito..."

"Na verdade, quero." Megan saiu da cabine.

Na pia, jogou água no rosto e depois secou com uma toalha de papel áspera. Virando-se para sair, empurrou Brielle enquanto ligava para o chefe.

"Harvey? Não me sinto muito bem. Nada sério. Vou para casa. Posso trabalhar de lá. Você tem meu número, caso precise entrar em contato."

Desligou o telefone, pegou a bolsa e foi até o elevador. Refrescando-se com o ar fresco da manhã de maio, Meg foi para casa. Após uma parada na lanchonete para um sanduíche e uma barra de chocolate, virou a esquina da Eighty-First Street aproximadamente às12h30min e parou. Tinha um homem encostado no prédio da esquina a encarando. Percebeu que ele olhava para algo em sua mão e depois para ela novamente.

"Você é Megan Davis?"

"Quem quer saber?"

"Sou Stan da *Celebs R Us*. Adoraria ter uma declaração sua sobre seu novo cliente, Chaz Duncan."

"Sem comentários," Meg disse e acelerou o passo.

"Aw, vamos! Sou um trabalhador, exatamente como você." Stan a seguiu até a porta.

Briny inclinou o chapéu e abriu a porta para Megan. Levou um instante para perceber que Stan não era bem-vindo. Bloqueou a porta antes de trancá-la, deixando Stan do lado de fora.

Megan sorriu para Briny no caminho para o elevador. Durante toda a subida até o 14º andar, agradeceu a Deus pelo telefone de seu apartamento não estar na lista telefônica. Assim que entrou, tirou os sapatos e o casaco e levou a comida para a cozinha. Megan tentou decidir o que fazer assim que sentou à mesa redonda que ficava de frente para as janelas espetaculares que iam do chão ao teto.

Durante o almoço, pegou o laptop e estudou o mercado assim como os investimentos de Chaz. Criou um formulário simples de atualizações para acompanhar o progresso das ações e fundos. Trabalhar fez com que se sentisse melhor. Com paciência, foi e voltou das informações atuais para os preços de compra. Calculou os ganhos e perdas. *Existe algo seguro - confiável - sobre uma planilha.*

O trabalho a acalmou até que o telefone tocou. Era Chaz. "Achei que estava gravando."

"Estamos no intervalo. Queria ver como você está. O telefone continua fora do gancho?" A voz dele parecia um pouco mais acolhedora do que na última conversa.

"Saí mais cedo. Estou trabalhando em casa. Vou ter um breve relatório para você essa noite." Meg assumiu um tom profissional.

"Um relatório? Para mim?"

"É o meu trabalho. Administrar seu dinheiro e te manter informado. Vou mandar por e-mail."

"Que tal uma vídeo conferência? No caso de eu ter perguntas."

"Não sei como fazer isso."

"Vou te ajudar a fazer isso. Podemos conversar nos vendo. Muito mais fácil do que ficar digitando."

"Perfeito. Uma atualização de quinze minutos às dez da noite?" A rigidez de sua voz desmentia seus sentimentos.

"Por mim tudo bem. Você parece tão... tão... eficiente." Tinha surpresa em sua voz.

"Você é meu cliente, Chaz. Estou fazendo o meu trabalho. Não deveria ficar tão surpreso." Ela desligou o telefone. *Engula essa, senhor! Sou uma profissional.*

Depois de terminar de juntar as informações para o relatório, tirou as roupas de trabalho antes de colocar uma camiseta de malha. Esticou-se no sofá grande e confortável e abriu o livro que estava lendo. Dentro de meia hora, o livro escorregou das mãos de Meg quando ela caiu no sono.

CHAZ ESCOLHEU UMA CAMISETA nova para sua vídeo conferência com Megan. *Não é como um encontro ou algo assim. Não tenho que me vestir para isso. Mas também não quero parecer desarrumado. Ela é só minha consultora financeira. Trabalha para mim. Posso demiti-la a qualquer momento. É só uma atualização de quinze minutos. Ainda assim, gosto de estar bonito. Ela vai se machucar... é minha culpa. Deus, por que me envolvi... e a arrastei para a minha vida louca?*

Às dez em ponto, Chaz se conectou com Megan. Quando a imagem ficou mais nítida, seu olhar se iluminou ao ver o rosto dela. *Ela está um pouco pálida.* Franziu o cenho. *O que ela está vestindo? Hmm.* "Sem terninho essa noite, Srta. Davis?"

Megan ruborizou. "Oh Deus! Claro. Essa é uma reunião de negócios. Já volto." Ela se levantou.

"Espere! Espera! Só estava brincando. Prefiro muito mais esse... como você chama... vestido?" Ele abanou a mão quando as palavras lhe faltaram.

Megan puxou a saia e suas bochechas ficaram cor de rosa. "É um vestido de malha... mais ou menos isso."

"Atraente. Não deixa nada para a imaginação. Enfim, estou muito cansado para ter imaginação agora. Gosto dele."

Ela assentiu, olhou para os papéis e depois para o monitor.

"Pronto?"

Chaz se recostou; feliz em vê-la, olhou para o seu peito. "Manda."

Megan leu o relatório, apontando os ganhos e perdas de cada uma de suas ações. Em seguida, repassou cada fundo mútuo. "Você teve um bom dia hoje. No geral, seu portfólio cresceu dez mil Dólares."

"Ótimo!" Chaz entrelaçou os dedos atrás da cabeça.

"Fixei para que seus dividendos sejam reinvestidos Vai fazer um outro filme em breve, certo?"

"Aproximadamente duas semanas depois do lançamento da série *PBS*."

"Não quero ser intrometida, mas quanto vai receber pelo filme?"

"Três milhões." Seu olhar focou o rosto dela. *Ela não ficou impressionada. Bom.*

"Então não vai precisar do pequeno lucro dos dividendos das ações. Se reinvestirmos, ele vai fazer seu portfólio crescer. Já se parar... fizer uma pausa ou algo assim... podemos ter os dividendos chegando como uma renda direta."

"Você tem tudo sob controle, não é?" *Ela é boa... é incrível.*

Ela assentiu com um sorriso ansioso no rosto.

"Parece bom para mim."

"Então, está satisfeito com nossos serviços?"

Ele riu. "Satisfeito dificilmente seria a palavra que usaria. Mas, se estivesse aqui pessoalmente, poderíamos encontrar uma forma de me satisfazer sem ter nenhuma relação com a Dillon & Weed." *Uma noite com ela seria o paraíso.*

Megan ruborizou e ele achou que o rosa de suas bochechas tinham voltado. "Chaz!"

"Você que perguntou." Ele levantou as sobrancelhas.

"Leve isso a sério. Você... você... parece a *Celebs R Us*... aquela tal de Tiffany."

"Você recebeu uma ligação da Tiffany em pessoa? Estou impressionado. Ela é a editora da *Celebs R Us*. Me persegue há anos. Não a subestime. Se estiver na sua lista de inimigos, ela pode ser brutal."

"Eu sou uma... completa sem importância no mundo das celebridades."

"Não mais, gatinha." Ele sacudiu a cabeça.

"Gatinha?" Um vinco apareceu em seu cenho e seus olhos verdes pareceram perturbados.

"Um apelido carinhoso,"... *suave, quente e doce como uma gatinha.* "Olhe, desculpe, isso é culpa minha."

"Não, não é. Eu aceitei o trabalho. Deveria estar preparada."

"Precisamos nos afastar por um tempo."

Ela remexeu os papéis em seu colo. "E, de qualquer forma, você está ocupada." Ela olhou para o chão.

"Vamos ser notícia ultrapassada em um ou dois dias. Confie em mim." Chaz tomou um gole de café com sua caneca.

"Eu consigo?" O seu olhar se encontrou com o dele.

"Claro." Ele largou a caneca. *Nunca machucaria você.*

"Por quê? Porque quer dormir comigo?"

"Não se deixe levar por um flertezinho inofensivo." Seu tom foi duro.

"Foi só isso, então?"

Dunc, seu mentiroso. A vergonha encheu seu peito. A rápida recuperação dela não o impediu de ver a dor no olhar que surgiu em seu rosto. *Ela quer que eu queira dormir com ela? Hmm.* Afastou-se do monitor. "Está tarde. Tenho que estar cedo no estúdio amanhã. Hora de dizer boa noite."

Ansioso para terminar a chamada, Chaz precisava sair antes que suas mentiras piorassem. Megan assentiu, mas não sorriu. "Obrigado pelo relatório. Está fazendo um ótimo trabalho."

"Fico feliz que esteja satisfeito," ela ficou nervosa, "Digo, feliz com o relatório."

"Bons sonhos, gatinha."

"Igualmente."

O monitor ficou branco e Chaz bateu na testa com a palma da mão. *Idiota! Imbecil! Você a magoou, insultou e mentiu para ela. Não era um flerte inocente, você quer dormir com ela.*

Chaz chutou a lata de lixo, quebrando-a. Então, atirou sua caneca do outro lado da sala e ela se espatifou na parede. Fazendo promessas entre os dentes, ele limpou a bagunça e foi para a cama.

NA SEXTA-FEIRA, A VIDA estava mais calma. Megan trabalhou no escritório, conferindo os investimentos de Mark e Chaz. Pesquisou novas ações e explorou outros fundos mútuos. O telefone tocou algumas vezes enquanto Jolie, na recepção, deixava as pessoas passarem. Uma delas era Tiffany Cowles. Ela não chegou a editora da *Celebs R Us* deixando uma recepcionista a impedir.

"Megan Davis."

"Realmente é você, não?"

"Quem é essa?" As sobrancelhas de Meg se contorceram.

"Tiffany Cowles. Não se lembra de mim?"

"Desculpe, deveria?"

"Ouch! Ela morde. Hey, você pode se livrar de mim rapidamente me contando o que eu quero saber."

"E isso seria?"

"Tudo sobre Chaz Duncan."

"Não tem nada para contar, Srta. Cowles. Sou sua consultora financeira. Nossa relação é estritamente profissional." *Principalmente depois do que ele disse noite passada.* Suspirou.

"Você já não jantou com ele?"

"Olhe, não vou falar com você, então não desperdice o seu tempo nem o meu..." Meg se moveu para desligar o telefone.

"Não desligue" Tiffany gritou ao telefone.

"O que você quer?" O tom de Meg era impaciente. *Inferno, tenho trabalho a fazer. Não tenho tempo para essa bobagem.*

"Tenho algo para oferecer."

"Tipo?"

"Dinheiro. Vinte mil Dólares por alguma informação bombástica sobre Chaz Duncan... como, de onde ele realmente é. Não acredito nessa bobagem de Yale Drama School."

"Adeus, Srta. Cowles." Megan desligou o telefone. *Uau! Posso ver como alguma groupie desembucharia qualquer coisa que tivesse sobre Chaz por esse tanto de dinheiro. Cowles não sabe com quem está lidando.*

O telefone tocou novamente. Meg atendeu.

"Nunca mais desligue na minha cara, Megan Davis." Tiffany Cowles berrava no telefone.

"Olhe, não estou interessada em seus esquemas, seu dinheiro ou em você. Não me ligue de novo."

"Mas e o seu irmão, Mark?"

"O que tem ele?" As mãos de Megan começaram a suar.

"Quer que eu comece a vasculhar seu passado? Deve existir algo que nenhum de vocês quer ver em nossa revista, eh? Todo mundo tem segredos, Srta. Davis."

O suor brotou na testa de Megan. "Também não vou sucumbir a uma chantagem, Srta. Cowles. Repito, nunca mais me ligue."

Megan bateu o telefone. Um calafrio de medo percorreu seu corpo. *Mulher maligna. E se ela descobrisse sobre papai? Mark vai ter que lidar com isso porque nunca atiraria Chaz aos leões.*

Com a mão trêmula, Meg pegou a xícara de café para beber o resto do líquido morno. *Estava vendo os fundos imobiliários, eu acho.* A jovem se inclinou, espiando o monitor do computador à medida que sua concentração voltava ao trabalho.

UMA SEMANA DEPOIS, Meg colocou a chave na porta de seu apartamento e descobriu que ela já estava aberta. Medo pulsou em seu corpo conforme abria a porta cuidadosamente.

"Hey, irmãzinha!" Seu irmão Mark foi na sua direção, rindo quando ela deu um pulo.

"Mark! Você me assustou!"

"O que tem aqui para temer? Briny abriu a porta."

"Estou sendo perseguida por todo mundo desde que peguei a conta de Chaz Duncan."

"Huh, isso? Achei que Dunc seria bom para você. Fazer você sair um pouco."

"Ando me escondendo o tempo todo, agora. Semana passada tinha até um cara me esperando na esquina."

Penny Davis saiu da cozinha para dar um abraço em Megan. "Não é exatamente a primeira página, mas você está no primeiro terço do livro, Meg," Penny disse depois de dar um beijinho nos lábios de seu marido. Ela se atirou no sofá.

"O que quer dizer?"

"Também não é uma foto ruim." Penny abriu sua nova *Celebs R Us* na página sete.

"Oh, meu Deus." Meg se afundou no sofá ao lado de Penny. Mark arrancou a revista das mãos de Megan. Sua irmã se encostou, atordoada. "Stan. Aquele rato. Estava me esperando quando virei a esquina."

"'Queridinha Quente de Harvard Cuida de Chaz Duncan.' É uma manchete, irmãzinha." Mark comentou depois de ler em voz alta.

"O que foi que eu fiz? No que estou me metendo?" Meg escondeu o rosto entre as mãos. O telefone dela tocou. Olhou para a tela. Chaz.

"Mil desculpas, Meg..." Ele começou.

"Já disse, não é sua culpa. Você convive com isso todos os dias."

"Você vai se acostumar. Espere. Estão me ligando. Tenho que ir. Boa noite, gatinha."

Meg colocou o telefone no bolso. "Essa coisa de divisão de celebridade não é para mim. Odeio a atenção da mídia."

"Mas ele tem que lidar com isso. Publicidade vende ingressos," Mark disse.

"Eu sei. Mas eu não sirvo para isso." Megan se retirou para o quarto. *A mesma velha porcaria das celebridades. Eu não quero isso. Chaz, você é incrível, mas adeus.*

Continuou a trabalhar duro gerenciando o dinheiro de Chaz, fazendo um relatório para ele todas as noites pelo computador. Como Harvey previra, a Dillon & Weed recebeu meia dúzia de ligações de outras celebridades perguntando sobre gestão financeira. Harvey levou Megan para almoçar para parabenizá-la pelo ótimo começo com a nova divisão. Ela gemeu internamente com a ideia de ficar mais tempo sob os holofotes, mas encarou com determinação os compromissos agendados por Harvey. Tinha Mark e Penny quando chegava em casa para ajudá-la a esquecer de seu crescente desconforto com seu emprego. Relaxava com eles à noite. Chegar em casa se tornara a melhor parte do dia.

Uma noite, quando o elevador se abriu, o aroma delicioso de uma lasanha caseira flutuou pelo corredor, seduzindo Megan em direção à porta. *Penny está cozinhando!*

Meg entrou e tirou os sapatos. Um sorriso se abriu em seu rosto quando respirou fundo, saboreando o aroma de dar água na boca. Entrou na cozinha somente para interromper um momento íntimo. Penny cortava alface para a salada de frente para o balcão com Mark às suas costas. Ele tinha os braços ao redor dela e o rosto enterrado em seu pescoço. Megan não conseguia ver suas mãos, mas o gemido de Penny não deixou dúvidas quanto às suas atividades. Saiu na ponta dos pés, abriu a porta da frente e então a bateu.

"Sinto o cheiro de lasanha!" Gritou, colocando a bolsa sobre a Credenza.

"Timing... nunca foi seu forte, irmãzinha," Mark gritou da cozinha.

Meg pendurou o casaco, dando ao seu irmão e Penny tempo para se separarem. Após alguns instantes, Penny chamou Meg à mesa. Lasanha, salada e cerveja esperava por eles.

"Temos novidades," Mark começou e puxou uma cadeira para a esposa.

"Você está grávida?" Meg deu um pulo, encarando a barriga de Penny.

Penny riu. "Ainda não. "Devagar, Meg."

"Sim. Você vai ser titia um dia... mas não hoje. Nós vamos para Paris." Mark colocou o guardanapo no colo.

"Paris!" Os olhos de Meg se arregalaram.

"Foi uma surpresa de aniversário que Mark me fez. Duas semanas em Paris. Mal posso esperar."

"Tão romântico. Que maravilha!" Meg murmurou.

"Acha que consegue se virar sem nós, irmãzinha?" Mark tomou um gole de cerveja.

"Ela vai ter Chaz para lhe fazer companhia." Penny moveu as sobrancelhas.

"Vai sair com Dunc? Achei que fossem negócios?" Mark perguntou.

"São... mas... bem, saímos... talvez uma vez?"

"Fique longe dele. Ele é encrenca." Seu semblante se fechou.

"Por que diz isso?" Meg espetou a alface com o garfo.

"Ele é famoso. Provavelmente trepou com todas as atrizes do mundo. Vai usar você e depois ir embora. Esses caras... caras famosos... não se interessam em compromissos."

"E você?" Megan perguntou.

"Eu sou diferente. E Penny... bem..." Mark se remexeu no assento.

"Está dizendo que ele não poderia me amar?" Lágrimas embaçaram seus olhos.

"Não, não, irmãzinha, nunca diria isso," sua voz ficou mais suave.

"É exatamente isso o que está dizendo." Piscar rapidamente não impediria o choro.

"Não quis dizer... é só que... provavelmente ele é o tipo de cara 'ame-as e abandone-as'. Não é bom o bastante para você."

"Ele não é assim. Não é justo julgar quando não o conhece."

"E você conhece?" Seu irmão ergueu uma sobrancelha.

"Melhor do que você." Tomou um gole de cerveja.

"Hey, só estou tentando cuidar de você... mas se quiser ser uma idiota, vá em frente." As sobrancelhas de Mark se franziram à medida que uma expressão de raiva aparecia em seu rosto. Ele se levantou.

"Mark! Não precisa ser o papai. Não tem que me proteger de nada."

"Alguém precisa ser já que ele não está aqui. Bastardo." ele murmurou no caminho para a cozinha.

Megan o seguiu. Mark foi até a janela da sala de estar. Megan se aproximou silenciosamente por trás dele e colocou a mão em seu braço. "Eu sei que só está tentando cuidar de mim. Mas já tenho 28 anos de idade, Mark."

"Duh! Eu também!" Ele tirou sua mão de seu ombro.

"Não pode me proteger de tudo. Além do mais, como sabe que Chaz vai partir meu coração?"

"Não quero que acabe como... outra groupie. Você é boa demais para isso."

Megan beijou sua bochecha antes dele se afastar. "Obrigada, mala. E, enfim, o que sabe sobre groupies?"

"O suficiente. Jogo em times profissionais tempo o bastante. Uma noite em Miami..."

"Oh?" Ela levantou uma sobrancelha.

"Deixa pra lá." Ele ruborizou até mesmo as raízes de seus cabelos loiros. "Eu apenas sei, certo. Sei como os caras podem ser."

"Não o Chaz. Você não o conhece bem"

"Verdade. Mas ele é um cara. Um cara bonito. As garotas vão atrás dele. Sei com toda a certeza do mundo o que isso significa." Não conseguiu evitar uma risadinha.

"Fale, Mark." A voz de Penny vinda detrás o fez dar um pulo. Os gêmeos se viraram e a viram de pé, com os braços cruzados, postura ereta e com uma linha sombria na boca.

"Oh, inferno. Não vamos por esse caminho. Desde você, querida, ninguém... sério." Mark a puxou em sua direção. Aninhado em seu pescoço, murmurou palavras que Megan não conseguiu entender. De repente, ela era a estranha.

"Vocês dois querem ficar sozinho, então eu vou..."

Mark a alcançou e agarrou seu braço enquanto ela passava. Segurou-a no lugar. "Antes que vá. Tenha cuidado, Meg. Dunc parece razoável, mas é melhor ele se cuidar. Se ele machucar você..."

"Eu sei... você vai mata-lo. Te amo, seu mala." Ela deu um tapinha na mão dele.

"Também te amo, irmãzinha." Ele a abraçou rapidamente.

Imagino o que Mark fazia antes de conhecer Penny. Hmm. Talvez seja melhor não saber. Riu sozinha e foi para o quarto.

O REPÓRTER PAROU DE rondar o prédio uma vez que Chaz não apareceu mais. Então, no dia seguinte, Mark, Penny e Megan saíram para jantar sem serem seguidos. Comeram sem interrupções, exceto por algumas dezenas de pessoas pedindo o autógrafo de Mark, o que era normal. Ele atendeu a cada fã com uma assinatura acompanhada de um sorriso tímido. *Por baixo de sua masculinidade estúpida, Mark ainda era um cara humilde.*

Depois de Mark e Penny irem embora naquele dia, o apartamento pareceu ficar maior. Megan percorreu o espaço cavernoso como um mármore solitário em uma caixa de sapatos, comendo sozinha enquanto fazia anotações para sua chamada para Chaz. Acostumada ao barulho do irmão, a falta de ruídos a deixou nervosa. Tendo muito tempo até dar seu relatório a Chaz, tomou um banho antes de vestir seu roupão cor de rosa e verificar as horas. *9h45min. Hora de me vestir.*

A campainha tocou. Alarmada porque o porteiro não a tinha interfonado, Megan pegou uma lata de spray de pimenta que guardava no Credenza perto da porta. Esgueirou-se até a porta da frente para espiar pelo olho mágico bem no momento em que a campainha tocou novamente. Assustada além da conta devido ao barulho alto, deu um pulo. Era Chaz. Abriu a porta. "O que você está fazendo aqui?"

"Estou aqui para o meu relatório diário."

"Mas por que..."

"A gravação acabou. Estou livre. Não tenho hora para acordar amanhã. Posso entrar?"

Megan abriu completamente a porta. "Claro. Claro." Sua mão livre juntou as lapelas do roupão.

Assim que Chaz entrou, percebeu seu olhar imediatamente analisando seu corpo. Seus cabelos bagunçados pelo vento não arruinaram em nada o efeito que seu rosto tinha sobre ela. Seu corpo magro fazia maravilhas com um jeans e uma camiseta. *Ele é maravilhoso.*

"Não está vestida e também não está me esperando. Esperando outra pessoa ou ele acabou de sair?"

"Estou percebendo um toque de ciúme?" Ela ergueu as sobrancelhas.

"Por que estaria com ciúme? Você é apenas minha consultora financeira... como já me disse diversas vezes." Ele se aproximou.

Megan apertou a cinta do roupão. Uma sensação de formigamento subiu por seu pescoço quando se deu conta de que estava quase nua. Chaz se aproximou ainda mais, "E?"

Megan engoliu em seco, com o olhar preso em seus olhos que dançavam com um brilho malicioso. Embora recuasse, ele continuava a se aproximar até que o encosto do sofá a parou. Ele não parou até que suas mãos estivessem na cintura dela. Envolvendo-a em seus braços, beijou-a apaixonadamente. Suas mãos subindo e descendo por suas costas e em seguida pelos quadris. Suaves e quentes, seus lábios separara os dela, permitindo que sua língua se enrolass a dela. Um calor se espalhou por todo o seu corpo a medida que o peito duro dele pressionava o seu peito macio. Abruptamente, ele recuou, afastando-se levemente.

"Puta merda, você não está vestindo nada!"

"Acabei de tomar um banho. Não planejava ter visita a essa hora," ela balbuciou com o calor subindo por seu pescoço.

"Não estou reclamando. Longe disso." Inclinou-se para cheirar seu pescoço. "Seu perfume é maravilhoso. Qual é?"

"Se chama 'Luscious Lilac'... sal de banho e espuma."

"Uma banheira de espuma? Queria ter estado aqui para ser *sedutor* com você."

"O que faz você pensar que seria convidado a se juntar a mim?" Uma ruga cresceu em sua sobrancelha.

"Posso ser muito... uh... persuasivo." Seus lábios capturaram os dela novamente. Embora ela o recusasse, ele colocou as mãos em seus cabelos para segurá-la enquanto deixava o beijo mais intenso. Ela congelou. Hipnotizada por sua voz profunda, seus olhos escuros e risonhos, e seu cheiro masculino misturado com pinho, Meg se entregou, derretendo-se por ele. Lentamente, as mãos dele soltaram seus cabelos enquanto seus braços a envolviam, segurando-a com força. Ele tinha gosto de café fino quando sua língua gentilmente acariciava a dela enquanto suas mãos deslizavam para segurá-la por trás. As mãos dela deslizaram por seu bíceps e um pequeno calafrio percorreu seu corpo. Quando ela pensou que pararia de respirar, ele se afastou e então lhe deu um tapa gentil na bunda.

"Vista-se. Preciso pedir um favor."

Os olhos dela se arregalaram com a familiaridade de seu gesto. Ele colocou as mãos juntas em frente ao peito. "Por favor, gatinha?" Seus olhos escuros imploravam.

Megan se retirou para o quarto. Pegou um vestido Jersey justo de cor turquesa que com certeza se ajustava a suas curvas. O vestido lhe dava suporte o bastante para tornar as roupas de baixo desnecessárias. Chaz abriu a parte de cima do banquinho do piano. Deu uma passada pelas músicas. "Espero que não se importe."

Meg balançou a cabeça. "Qual é o favor?"

Capítulo Sete

"Lembra quando perguntei se poderia tocar para que eu praticasse antes da minha audição da Broadway? Bem, a audição foi marcada para daqui duas semanas.

Combinei de me juntar a produção de *West of the Sun* logo em seguida. Então, só tenho duas semanas para me tornar *muito* bom para um show da Broadway. Você me ajuda?"

"Claro. Sabe o que quer cantar?" Meg folheou as músicas, procurando pelo livro de *Carousel*.

"Eu cantei *Grease* com Quinn no festival de verão. Mas essa não é a música certa para isso. Esse é mais um musical tradicional da Broadway. Tem alguma sugestão?"

"Aqui. Vamos tentar essa... e essa aqui também." *South Pacific* estava logo abaixo de *Carousel*.

Meg abriu o livro de Carousel. "Tente essa." Tocou algumas notas de "You'll Never Walk Alone" e de "If I Loved You." Mudou para "Some Enchanted Evening" e "This Nearly Was Mine."

Chaz espiou a música por sobre seu ombro e cantarolou algumas notas. "Se escutar até o fim, vou saber quais são as duas certas."

Meg começou com exercícios de aquecimento. Chaz se sentou a seu lado. Em alguns minutos, seus dedos estavam ágeis.

"Se eu cantar, você tem que cantar comigo. Você sabe essas músicas melhor do que eu."

"Oh, não posso!" A timidez paralisou temporariamente seus dedos.

"Por favor, faça isso por mim? Torne mais fácil para eu cantar. "

Quando cantaram juntos, suas vozes se misturaram bem e a timidez de Megan diminuiu.

Quando ela terminou de tocar a última nota da última música, ele suspirou.

"Quais as duas você mais gostou?" Ela perguntou, alongando os dedos.

"Quais você gostou?"

"Isso tem que ser com você, não comigo."

"Gostei de "If I Loved You", mas estou indeciso quanto a segunda."

"Todo mundo conhece 'Some Enchanted Evening' e 'You'll Never Walk Alone' é bem difícil. Que tal 'This Nearly Was Mine'?"

"As duas são um pouco tristes, não?" Ele se virou para vê-la no banquinho do piano.

"Emotivas, talvez. Mas ainda um verdadeiro soco no estômago."

"Você me ajuda?" Seus ombros se encostaram.

"Claro. Vai ser divertido."

"Muito trabalho árduo e entediante."

"Não tenho medo de trabalho árduo." O calor da coxa dele encostada na sua causou um formigamento dentro dela.

"Só tem medo de mim," ele deu uma risadinha.

"Também não tenho medo de você." Meg ergueu o queixo.

"Não acredito em você." Ele se aproximou. Ela recuou um pouco.

"Viu? Você tem medo de mim."

"Talvez tenha medo de mim... um pouco."

Chaz riu. "Não pense em mim como 'Chaz Duncan.' Pense em mim como 'Dunc' - o cara de South Bronx, que tem um pouco de charme, boa aparência e é louco por você."

Meg respirou fundo. "Você é?"

"Você não percebe?" Pegou a mão dela.

"Por que eu? Você poderia ter qualquer uma em Hollywood, mulheres muito mais bonitas... mulheres lindas. Por que quer a mim?"

"Imagino que considere algumas delas mais bonitas. Eu não. Nenhuma delas tem a metade da beleza que você tem por dentro." Tomou-a em seus braços, apertando-a enquanto a beijava apaixonadamente. O desejo se acendeu em suas veias e foi até seu coração. Ela perdeu as mãos nos cabelos brilhosos, escuros e sedosos dele. Os músculos do peito dele pressionaram o seu enquanto seus dedos passavam por seu pescoço. Ele libertou seus lábios e começou a plantar beijinhos descendo de seu queixo até os ombros. Deslizou o vestido justo para o lado. Cada beijo deixava uma pequena queimadura.

Abaixando ainda mais o vestido, Chaz expôs seu seio e não perdeu tempo para o explorar. Primeiro, sua mão o segurou, apertando gentilmente e sentindo seu peso. Em seguida, seus dedos foram ao trabalho, beliscando levemente os bicos entre os nós de seus dedos. Sua boca acompanhou. Sua mão, que descansava na coxa dela, ergueu a saia. *Não pare.*

"Deixe eu amar você," ele sussurrou.

MEG LUTOU CONTRA A decisão de dormir com ele. No entanto, o crescente calor de seu corpo rapidamente queimou todos os pensamentos racionais de sua cabeça. Seu coração já tinha se decidido. Ela o queria, queria como nunca quisera outro homem antes. Não era simplesmente ela cedendo aos seus avanços sexuais; era ela sendo dominada pela necessidade, respondendo a cada toque dele. Acariciou o pescoço dele, dando mordidinhas com seus lábios quentes e movendo os ombros para trás para facilitar o acesso a seus seios. O vestido caiu até sua cintura.

"Podemos continuar isso em algum lugar mais confortável?" Ele arrancou sua camiseta e colocou no banquinho.

Os olhos dela se arregalaram com a visão de seu peito magnífico. Bem desenvolvido, sem ser "marombado" e coberto o bastante com pelos escuros para ser masculino, era sexy sem ser exagerado. Sua mão se estendeu para tocá-lo então ele se aproximou. Assim que seus dedos encontraram sua pele, a eletricidade disparou através dela como se fosse um raio.

"Me toque... eu quero você." Os lábios dele formaram as palavras a milímetros de sua orelha.

Ela tentou juntar o vestido a seu redor, mas só conseguiu cobrir a parte debaixo. Ela pegou sua mão para o levar até o quarto. Assim que chegaram, suas mãos empurraram o vestido para o chão. Ele tirou as cuecas boxer com o olhar grudado em seu corpo nu. Ela arrancou as roupas de cama. Ele tateou em sua carteira antes de deixar as calças caírem no chão.

"Você é maravilhosa." Ele a encarava ousadamente enquanto seus dedos procuravam e, finalmente, encontravam uma camisinha.

"Você também." O olhar dela viajou de seus lábios perfeitos até seu peito fabuloso. Então, vinha seu abdômen firme e bem definido que levava até sua cintura estreita. Suas cuecas obscureciam o resto dele, exceto por sua crescente ereção. Ela fez um gesto para baixo com a palma da mão e ele deixou cair as cuecas antes de chutá-las para o lado. *Tudo nele é perfeito. Oh, meu Deus.*

Chaz se deitou e a puxou. Hesitando por um instante, ela colocou o joelho em cima da cama. "Você não vai parar agora, vai?"

Ela balançou a cabeça, dissolvendo qualquer dúvida remanescente sobre se entregar a ele. Ela o queria, simples assim, quer Mark ou qualquer outra pessoa aprovasse ou não. Chamas a lambiam por dentro e sua agonia implorava por satisfação. Sua boca ficou seca quando o viu deitar em sua cama e seus dedos estavam inquietos para tocá-lo.

Ele se sentou. "Gatinha, quero você mais do que quis qualquer outra pessoa. Por favor, não me abandone. Você não me quer também?"

"Meu Deus... você está brincando? Quero... preciso," ela disse, caindo em seus braços.

Ele riu quando caíram enrolados na cama. Rindo, puxou-a para perto antes de sua boca avançar com vontade sobre a dela, tirando seu fôlego. Suas mãos exploraram seu corpo, deslizando sobre sua pele macia e aveludada, tocando, sentindo e a excitando. Afastou sua boca para beijar abaixo da orelha dela. Parou de beijar seu pescoço tempo o suficiente para sussurrar, "Eu quis você desde o primeiro dia que te vi."

"Acho que eu também."

"Acha?" Ele se afastou para olhar dentro de seus olhos.

"Oh, Deus, não pare. ...acho... sim. Achei que queria Chaz Duncan, mas descobri que realmente queria Dunc, o cara do Bronx. Vamos ficar sentados conversando ou você vai fazer amor comigo?" Franziu o cenho, fingindo se preocupar com ele.

"Dunc, huh? Você entendeu, gatinha." Puxou-a de volta para a cama e beijou de seu pescoço até seus seios. Uma mão beliscava o mamilo de um seio enquanto sua boca reivindicava o outro. Meg fechou os olhos e tentou respirar. Percorreu com a mãos seus ombros e desceu até as costas. O joelho de Chaz relaxou entre os dela. Ela os afastou lentamente para que ele pudesse deslizar a mão por sobre sua barriga, indo até a junção de suas coxas. Meg suspirou quando seus dedos encontraram o meio de suas pernas, explorando, acariciando e a provocando.

"Deus, você é tão... tão...," ele murmurou.

Meg colocou seus lábios sobre os dele e suas mãos passearam de seu abdômen até mais abaixo. Enrolou os dedos ao redor dele. Um tremor percorreu seu corpo quando ela segurou mais forte. Ele beijou a pele macia de sua barriga e se agachou entre suas pernas. Olhou dentro de seus olhos antes de sua cabeça desaparecer. Ao primeiro toque de sua língua, Meg gemeu.

"Oh, Deus... Dunc..."

Seus gemidos ficaram mais altos à medida que sua língua se movia por sua intimidade. Levantando a cabeça, seus dedos substituíram a língua e mantiveram o ritmo. Meg arqueou as costas quando a paixão subiu como uma espiral dentro dela, ameaçando explodir.

"Eu vou..." ela murmurou logo antes de um orgasmo tomar conta de seu corpo em uma onda de prazer que ia da cabeça aos pés.

A mão dele deslizou sobre sua pele e segurou seu seio novamente.

"Oh, meu Deus..." ela ofegou.

Seu olhar buscou a ereção dele e ela era impressionante. "Acho que você me quer..." ela murmurou, fechando os dedos ao redor dele.

Ele riu e levou a mão até a camisinha que tinha deixado em cima da cama.

"Sem pressa, mas, inferno, preciso de você agora!" Ele estava quase ofegando.

Meg abriu mais as pernas. Ele entrou devagar e deu um suspiro. Ela gemeu quando se uniram. Assim que ele estava dentro, ela enfiou os dedos em seus ombros. Ele começou a se mover devagar, tão devagar que a deixou louca. Ela subia e descia os quadris.

"Mais rápido?"

"Deus..." ela fechou os olhos, "sim..."

"Esperei muito para ter pressa agora," ele murmurou.

Ela abriu os olhos e viu ele a encarando de volta. Seus olhos estavam tão escuros de desejo que eram quase pretos. Percebeu sua fome e sua necessidade por ela. Descansando a cabeça na dobra do pescoço dele, os pelos de seu peito faziam cócegas em seus seios enquanto ele entrava e saía. Seu corpo estava em chamas.

A paixão queimava em sua barriga e se espalhava por seus membros. Levantou o joelho para permitir que ele fosse mais fundo. Ele a preenchia completamente. Seu orgasmo crescia lentamente com a pressão se acumulando a cada movimento. Fechou a boca sobre o ombro dele à medida que o controle se derretia sob seu calor. Quando inclinou a cabeça para trás com um longo gemido, ele beijou seu pescoço e percorreu a língua por sua coluna.

Com um grito abafado, ela alcançou a satisfação uma segunda vez. Seus músculos se apertaram antes de liberar o calor por todas as partes de seu corpo. Meg nunca tinha vivenciado algo tão intenso com nenhum outro homem. Abriu os olhos. Chaz continuou a se mover dentro dela. Ela descansou as mãos em seu traseiro e seus dedos subiam e desciam com os movimentos de seus quadris.

De repente, ele aumentou a velocidade, entrando com intensidade e rapidez. Gemeu alto quando o alívio tomou conta dele. Após alguns movimentos intensos, parou. Deitaram-se com a respiração pesada e com o suor se misturando, fazendo um barulho de sucção entre suas barrigas. Seus dedos se entrelaçaram. Ele segurou suas mãos acima da cabeça dela na cama. Seus lábios buscaram os dela para um beijo lento e gentil.

"Eu nunca..." mas suas palavras foram sugadas por outro beijo.

Com relutância, ele soltou suas mãos antes de se levantar sobre os cotovelos.

O silêncio entre eles era fácil quando toques suaves e beijos substituíam as palavras. Meg afastou os cabelos de sua testa e então o beijou no mesmo lugar. Ele beijou a ponta de seu nariz.

Chaz se levantou e entrou no banheiro. Megan se cobriu até a cintura com um lençol. Minutos depois ele voltou, caminhando com postura. Ela notou que seu olhar pousou em seus seios quando ele deitou na cama. Meg se aninhou, descansando o queixo em seu peito e ouvindo o ritmo constante e rápido de seu coração. Os dedos dele percorreram seus cabelos.

"Você é adorável" ele sussurrou, "de todas as formas." Meg sorriu e ele beijou seus cabelos.

"Amanhã é sábado. Sem trabalho. Você fica?" Ela olhou para ele.

"O que eu sou, um cachorro? Fica... imagino que também quer que eu implore e caminhe a seu lado?"

Ela caiu na risada.

"Não, você já fez essas duas coisas!" Os dois riram histericamente. Meg riu e chegou a beirada da cama, quase caindo, mas Chaz segurou sua mão e a puxou de volta.

"Estou com fome." Megan se sentou e colocou as mãos sobre seus ombros.

"O que você tem?"

"O que acha de sorvete e calda quente de chocolate?"

"Vamos nessa!" Chaz pulou da cama e pegou as cuecas.

Meg se enfiou no vestido Jersey, pegou sua mão e o levou até a cozinha. "Hmm," ela cantarolou enquanto abria a porta da geladeira, "hortelã, chocolate, baunilha ou biscoito?"

"Tem todos esses aí?" Chaz deu uma espiada.

"Mark ama sorvete."

"Fico com hortelã."

"Saindo. Fico com chocolate." Meg alcançou os dois potes de sorvete para Chaz.

Depois, abriu o armário e olhou em volta.

"Taças?" Ele perguntou.

Ela apontou para outro armário. Alcançando o fundo de um armário, achou o que queria.

"Aqui!" Pegando um pote de calda de chocolate, exclamou, "Para o micro-ondas!"

Encheram as taças com sorvete e então as regaram com calda de chocolate derretido. Cada um mergulhou em seu doce, devorando-o até que estivessem pela metade. "Troca!" Meg começou a dar colheradas de seu sorvete na boca de Chaz. Terminaram o sorvete alimentando um ao outro. Lamber as gotinhas no queixo um do outro logo se transformou em lamber calda quente de chocolate de outras partes do corpo.

Chaz espalhou calda quente de chocolate em seu mamilo antes de o atacar com a boca.

Os gemidos dela o deixaram excitado. Ela abaixou a mão para descobrir que ele estava duro. "Sorvete como um afrodisíaco." Meg deu uma risadinha.

"Você é o afrodisíaco." Chaz enterrou o rosto em seu peito antes de a puxar para cima dos ombros. "Já chega. Hora de fazer amor, mulher!" Ele carregou até o quarto uma Meg dando risadas.

Chaz a jogou na cama somente para se atirar por cima dela segundos depois. Pairando sobre ela, beijou-a com vontade, demandando uma resposta apaixonada. Meg não o decepcionou, beijando-o com igual paixão enquanto enroscava as pernas em sua cintura. Ele mergulhou dentro dela, sentindo-a completamente. Entrou com vontade e rapidez enquanto ela movia os quadris em seu ritmo. O suor de acumulou entre eles. Os gemidos preencheram o ar enquanto seus corpos se emaranhavam em paixão ardente. Chegaram ao clímax rapidamente e ao mesmo tempo.

Exausta, Meg apagou a luz. Chaz deitou de costas com os braços cruzados sobre a cabeça. Ela aninhou a cabeça em seu ombro. Imediatamente, ele deslizou o braço ao redor de suas costas antes de passar seu outro braço ao redor dela, abraçando-a gentilmente. Um som alegre escapou da garganta dela quando se aconchegou mais perto.

"Tenho que garantir que você não vai desaparecer durante a noite," ele sussurrou, puxando sua cabeça para dar um beijo em sua testa.

Incapaz de formar palavras, Meg fechou os olhos e o sono veio rapidamente.

O SOL QUENTE DE JUNHO apunhalou seus olhos às seis horas da manhã seguinte. Chaz resmungou e se virou, enterrando o rosto no travesseiro. Meg se levantou para fechar as cortinas. Rastejou de volta para a cama e se aninhou em seu corpo quente. Após ele a puxar para perto, suas mãos começaram a vagar.

Como resposta, ela passou a mão por suas costas e nádegas. Quando se virou para encará-la, Chaz se mostrou completamente pronto para fazer amor.

"O que dizem é verdade... ereção da manhã?" Megan enrolou os dedos ao redor de sua ereção.

"Sou seu primeiro?" Ele segurou sua bochecha com voz suave e inquisidora.

"De jeito nenhum!"

"Então isso não deveria se novidade."

"Não passava a noite na casa do Alan. Era tipo uma rapidinha e boa noite. Nada como o que tive com você ontem à noite... duas vezes." Ela focou o olhar em seu rosto. "Feliz com seu pequeno ego, não é?"

O sorriso dele ia de orelha a orelha.

"Meu objetivo é satisfazer minha mulher." Chaz passou a mão por seus cabelos.

"Oh? E agora eu sou *sua mulher*?" Seu tom era provocativo, mas ela queria saber onde estava com ele.

Um olhar tímido passou pelo rosto dele. Ela riu quando ele a alcançou e a envolveu em seus braços fortes. Ele começou a mordiscar seu pescoço. As chamas adormecidas da noite anterior se ergueram como se ardessem dentro dela. Em todo o lugar onde ele tocava, a excitação aparecia. Suas mãos, língua e lábios trouxeram o desejo ardente até suas veias. Ela passou a mão em seu peito com cada dedo apertando seus músculos enquanto pressionava os quadris contra ele. A mão dele que estava embaixo de seu joelho puxou sua perna para o lado para que pudesse facilmente deslizar dois dedos para dentro dela.

"Oh meu Deus," ela exclamou e fechou os olhos.

Ele empurrou os dedos para dentro dela e a ouviu gemer a cada movimento.

"Por favor... oh, Deus, Dunc..." O fogo ameaçava a consumir à medida que o desejo crescia.

Ele retirou os dedos para colocar a mão atrás dela. Segurando-a, ele a apertou e puxou para cima de sua ereção. Ele se cobriu. Ela estava tão molhada que ele deslizou facilmente para dentro dela. Megan estava quase ofegando. Chaz fechou os olhos e gemeu, enterrando o rosto em seu pescoço.

"Você é tão... tão... incrível," ele sussurrou.

Os amantes se sacudiam juntos, conectados de corpo e alma. Meg desligou sua mente e deixou os sentidos tomarem conta. Seu coração se abriu e permitiu que ele entrasse e marcasse território. As palavras "eu te amo" borbulharam em sua garganta, mas ela se recusou a dar-lhes voz. Ao invés disso, elas de dissolveram e desapareceram. O calor subiu por seu corpo como se fosse um míssil recém lançado. Tentou deixar para lá, mas os anos de controle intenso eram difíceis de ser superados. Ficou tensa.

"Deixa vir, gatinha," Chaz murmurou e finalmente seus movimentos insistentes e constantes quebraram suas barreiras. O corpo dela se movia no ritmo dele. Suor brotou na testa dele e pingou sobre seu pescoço. Erguendo-se sobre os cotovelos, ele abaixou a boca até seu seio e o chupou. A energia percorreu do bico até o coração e destruiu qualquer vestígio de controle que ela tinha. O orgasmo cresceu dentro dela como um maremoto e percorreu seu corpo, acelerando a corrente elétrica de satisfação até cada terminação nervosa. Ela fechou os olhos e gritou de alegria.

Sentindo o olhar dele, abriu os olhos e encontrou os dele, pretos de paixão à medida que entrava forte e rápido. Então seus olhos se fecharam. A cor se espalhou de seu peito até o pescoço enquanto gemia e dizia o nome dela. Seus cabelos se amontoaram um pouco na testa banhada de suor. Abriu os olhos devagar e Megan podia jurar ter visto o olhar do amor dentro deles. No entanto, desapareceu tão rápido quanto apareceu, substituído por um resplendor.

Chaz continuou a se mover dentro dela por alguns instantes para prolongar a satisfação dela e a sua própria. "Não quero parar... nunca quero parar," ele murmurou.

Megan levou a palma da mão até sua bochecha e acariciou sua barba crescida. *É sexy para caramba... Ele é sexy para...* Os lábios dele interromperam seus pensamentos quando roçaram doce e suavemente contra os dela. "Essa é uma maneira incrível de se acordar," ela disse com um sorriso no canto da boca.

"Ao seu dispor. Posso dar um jeito de acordar você assim todas as manhãs."

Assim que as palavras saíram da boca dele, um calafrio tomou conta de seu coração. Ele se afastou. Algo no peito dela se apertou. *Todas as manhãs? Adoraria ter ele aqui todas as manhãs. Nunca vai acontecer.* Surpresa com sua própria reação, a expressão de Meg se fechou.

Pegou seu roupão de uma cadeira próxima à cama e o vestiu. "Café," ela disse, indo para a cozinha. Chaz desapareceu dentro do banheiro assim que ela saiu do quarto. Quando chegou ao balcão da cozinha, Meg se escorou por um momento. *Pare. Pare. Não pense nisso. Ele é uma estrela de cinema. Você vai ter seu coração partido. Afaste-se. Só se divirta. Mas eu não faço sexo recreativo.*

Seguiu no piloto automático, preparando o café e pegando frutas frescas e iogurte para o café da manhã. No momento em que o café começou a pingar na cafeteira, Chaz apareceu vestido com suas cuecas e colocando camiseta.

"Bom dia."

Ela retribuiu o cumprimento e então andou apressada pela cozinha, evitando seu olhar, arrumando a mesa e pegando a comida.

"Hey," ele disse, agarrando-a por trás pelos braços. "Devagar. Eu não mordo."

Ela tentou evitar seu olhar, mas não conseguiu.

"Qual o problema?" Seus olhos castanhos se tornaram piscinas de preocupações à medida que suas sobrancelhas se arqueavam.

"Nada. Nada."

"Acabei de ter a melhor... uh... manhã da minha vida e achava que você também. Agora, você não olha para mim? O que aconteceu?"

Ele a encurralou entre a mesa da cozinha e a geladeira. Levantando o queixo dela com os dedos, forçou que olhasse para ele.

"Megan... sou eu, Dunc. O que houve?"

Ela olhou dentro de seus olhos e amoleceu. Suas mãos agarraram a cintura dele à medida que se aproximava. Ele enrolou os braços ao seu redor, segurando-a. As lágrimas começaram a se formar à medida que um pequeno tremor percorria o peito dela. Descansou a bochecha no peito dele, incapaz de conter algumas lágrimas. Secando-as com a mão, esperava manter suas emoções longe do escrutínio dele, mas Chaz a segurou à distância de um braço. *Não tem como escapar, agora.* Baixou a cabeça, ainda tentando esconder.

"Se essas fossem lágrimas de alegria, bem, eu entenderia, mas..." um sorriso atravessado se abriu em seu rosto.

Ela balançou a cabeça. "Foi ótimo. Você foi fantástico... o melhor de todos."

"Então, por que as Cataratas do Niágara?" Ele descansou a mão sobre seus cabelos.

"Não quero um compromisso." *Não quero que você me deixe.*

Chaz virou o rosto como se tivesse sido esbofeteado. Seu rosto se fechou.

"Quem disse alguma coisa sobre compromisso?" Ele soltou os seus braços.

Ótimo! Belo trabalho, idiota! "Não quis dizer isso... quis dizer... não quero... me apegar a você. Você é uma estrela de cinema que conhece mulheres fabulosas o tempo todo. Está longe a maior parte do ano. Não quero me apaixonar por você só para ter meu coração pisoteado."

"Quem disse alguma coisa sobre amor?" Chaz se afastou.

Megan segurou seu olhar. Ela viu rapidamente um lampejo de dor aparecer e desaparecer.

"Ninguém... e isso é bom, certo?" Meg esfregou uma lágrima de sua bochecha.

"Um pouco de desejo desenfreado entre amigos." Ele se recostou na geladeira.

Ela agarrou a mesa atrás dela quando suas palavras a atingiram como uma rajada forte de vento.

"Está falando sério?" A dor das lágrimas voltou aos seus olhos. Respirou fundo para se estabilizar.

"Você está?" Os braços dele cruzados.

"Por que sempre sinto como se estivesse jogando xadrez quando converso com você?" Ela empinou levemente a cabeça.

"Talvez porque nós estamos. Não é assim que é entre os homens e as mulheres? Um jogo de xadrez. Ele move um peão, ela sacrifica um bispo e, no final, é um xeque-mate... dado pela vida. Não é isso o que a mulher quer?"

"Não com o homem errado."

"E como você determina quem é o homem certo?"

"Se soubesse, estaria casada agora... deixando minha mãe orgulhosa."

Chaz caiu na risada. O barulho alto deixou Meg assustada. "Não disse isso para ser engraçado."

"Mas foi. Uma das coisas que amo em você é que você não tem, ou talvez tenha, a intenção de ser engraçada." Seu corpo se inclinou à medida que as risadas continuavam a ricochetear em seu peito.

"Uma das coisas que *ama* em mim?" Seus olhos se arregalaram. Suas mãos caíram até sua cintura e ali descansaram com confiança.

"Não quis dizer dessa forma. Nossa, não posso dizer nada perto de você sem me meter em encrenca?" Segurou a cafeteira sobre uma caneca vazia, "Café?"

"Sim, por favor. Não sei o que falei."

Chaz voltou sua atenção para encher as canecas com café e ignorou a pergunta. "Começando de novo... Bom Dia." Ele se inclinou para dar um beijinho em sua bochecha.

"Bom dia." Meg pegou sua caneca e tomou um gole.

O silêncio pairou pesado na cozinha enquanto tomavam café. Meg olhou para fora da janela com medo de olhar para Chaz, principalmente porque ele a encarava. Seu olhar a lembrou de um cobertor de lã que cobria cada parte dela com um calor suave. *Não se acostume a isso... Não importa o quanto seja bom.*

Capítulo Oito

Quando se aventurou a olhar na direção dele, seu olhar parou em suas mãos. Seu corpo formigou quando se lembrou do toque gentil e excitante de seus dedos em sua pele. Um súbito desejo de sentir suas mãos em seu corpo a fez levantar os olhos até os dele. *É isso o que Mark e Penny sentem? É por isso que não conseguem manter as mãos longe um do outro?*

Como se lesse seus pensamentos, Chaz aproximou sua cadeira. Passou os dedos em seus cabelos.

"Não vamos falar sobre o amanhã ou o para sempre. É aqui que quero estar agora, com você. Podemos deixar assim?" A ponta de seus dedos fez cócegas em seu pescoço, causando um arrepio na espinha.

Pare de planejar as coisas - aproveite o momento.

"É aqui que também quero estar.

Ela puxou gentilmente o pescoço dele e ergueu seus lábios até os dele.

APÓS UM LONGO BANHO fazendo amor com Megan debaixo da ducha quente, Chaz planejou encontrá-la para ensaiar mais e para jantar. No caminho de volta para a casa de Quinn, cada centímetro dele brilhava intensamente. Queria saltar. Queria correr. Mas era Chaz Duncan e não queria chamar atenção.

Quinn estava sentado na mesa da cozinha, coçando a barba por fazer e bocejando.

"Madrugou?" Chaz perguntou enquanto servia uma caneca de café e se juntava ao amigo.

"Sim. Você também?"

Chaz sorriu.

"Então, *agora* posso chamar ela de sua namorada?" Quinn alongou os braços por sobre a cabeça.

Chaz abriu mais o sorriso, mas não respondeu. "Quem foi a sua garota de sorte ontem à noite?"

"Deandre. Lembra dela?" Quinn se levantou.

"Dee? Claro. Achei que eram apenas amigos."

"Amigos podem tomar um porre, não podem?"

"Com certeza." Chaz riu. "Quando vocês vão..."

Quinn levantou a mão.

"Nunca vai acontecer. Nos mataríamos em uma semana."

"Melhores amigos na escola, mas não são amigos com benefícios agora?" Chaz levantou as sobrancelhas enquanto abria a geladeira.

"Não. Isso é bobagem, sabia. Amigos com benefícios. Ou acaba se casando ou estragando a amizade. Vai voltar para a sua namorada hoje à noite?"

"Não é minha..."

"Desista, Dunc!" Quinn interrompeu, levantando a voz.

Chaz tirou um pote de molho picante da geladeira e então procurou salgadinhos nos armários. "Certo, então talvez ela seja. Ela também toca piano. Vou ensaiar lá hoje à noite."

"Ensaiar... sim, claro. Ensaiar para o que... um filme pornô?" Quinn caiu na risada com sua própria piada.

"Para a Broadway."

"Não brinca?" Quinn parou de rir e se sentou.

"Sim."

"Você tem uma audição para *Rainy Sundays*?"

"Tenho. Estou enferrujado para caramba. Meg tem ótimos musicais. Estou praticando na casa dela."

"Praticando? Acho que você já sabia como..." Chaz agarrou o amigo em uma chave de braço e interrompeu os comentários. Quinn riu quando Chaz o levou para o chão.

"Não estou enferrujado nisso... Embora *você* provavelmente esteja. Quanto tempo faz, Quinn? Seis meses?"

"Não tanto quanto você quando fizemos *This Side of Heaven* no norte do estado."

"Obrigado por trazer isso à tona. E quanto a Cleveland, quando você desmaiou em cima daquela garota com dois Ds? Alguém tinha que tornar os sonhos dela realidade!" Chaz sorriu.

O rosto de Quinn ficava vermelho à medida que lutava para se libertar. Os dois homens brigaram e lutaram no chão até ficarem exaustos.

"Trégua?" Chaz perguntou.

"Trégua." Quinn concordou.

Os homens se levantaram e então se afastaram.

"Boa sorte na audição de *Rainy Sundays*. Quando vai ser?"

"A audição não vai acontecer nas próximas duas semanas. Era para eu fazer a audição dentro de uma semana, mas você sabe... duvido que isso aconteça."

Quinn levou o molho e os salgadinhos para a sala de estar e ligou a TV no jogo do Mets. Chaz pegou o telefone. Abriu a lista de contatos, rolou para baixo até encontrar o nome certo e então discou. "Hey, Evan, é o Chaz. Tenho um pedido para você. Não muito grande, mas preciso que entregue hoje às seis horas. Consegue fazer isso? Ótimo... aqui vai o que quero..."

"Vem para casa hoje à noite?" Quinn perguntou com um toque de ciúme na voz.

"Não espere acordado," Chaz riu quando fechou a porta.

USANDO UM BIGODE FALSO e um boné de beisebol, Chaz chegou ao The Royal. Briny o parou, "Qual apartamento, senhor?"

"Briny, não me reconhece?"

Briny o mirou com olhar penetrante antes de sacudir a cabeça.

"Grady Spencer!"

"Oh! Sr. Duncan?" A boca de Briny se abriu em um sorriso.

"Shhh. É segredo." Chaz levou o dedo aos lábios.

"Claro, claro. Leio os jornais. Entendo. Só um minuto." Briny interfonou para o andar de cima antes de permitir sua entrada.

Chaz saudou o porteiro como se fosse Grady Spencer enquanto ia para o elevador.

Carregava um buquê de rosas cor de damasco, na verdade, dois buquês. A ponta de seus dedos formigava antecipando o toque suave da pele macia de Megan. Lambeu os lábios distraidamente ao pensar nela. *Não estrague tudo, Dunc.* Um pouco de suor umedecia a palma de suas mãos. Seu coração começou a acelerar um pouco. *Imagino o que ela está vestindo? Algo fácil de tirar? Calcinhas de renda? De que cor? Sem calcinhas?* Riu sozinho quando entrou no elevador vazio e sorriu à medida que imagens de seu corpo nu apareciam em sua mente.

O baixo som do piano invadia o elevador à medida que ele se aproximava do 14º andar. O ritmo e o balanço equilibrado dos dedos acertando cada nota em uma sucessão sincopada chamou as cordas vocais de Chaz. Ele começou a fazer as escalas no elevador para aquecer a voz. Andando pelo corredor e cantando cada nota junto com o piano estava criava uma nova conexão com Meg. Seus batimentos cardíacos aceleravam quanto mais se aproximava da porta.

Tocou a campainha e segurou o buquê gigante de flores em frente ao peito enquanto esperava que ela abrisse a porta.

MEG DEU UM PULO PARA trás quando Chaz empurrou o enorme buquê de rosas para ela. Eram deslumbrantes, cada uma mais perfeita do que a anterior. A delicada cor de damasco sempre foi a sua favorita.

Seus olhos se arregalaram quando viu o homem estranho de bigode usando um boné de beisebol.

"Eu te conheço?"

Chaz riu enquanto tirava o bigode e o boné. Meg caiu na risada. "Um mestre dos disfarces... algum dia vai parar de me surpreender?"

"Espero que não," ele respondeu e colocou a peça peluda no bolso de trás. Largou o boné em cima do Credenza.

Megan olhou para as flores.

"Como sabia? Que são minhas favoritas?"

"São belezas delicadas assim como você."

Um sorriso se abriu em seu rosto enquanto olhava para ele. "Água," ela disse, indo para a cozinha enquanto Chaz ficava para trás para fechar a porta.

As duas horas seguintes foram de ensaio. Fizeram uma pausa de vinte minutos para discutir sobre onde ele estava mais fraco e o que precisava mudar.

Às seis horas, Briny interfonou e mandou o entregador da Zabar subir ao apartamento de Megan.

"Ah, o jantar chegou," Chaz disse, esfregando as mãos uma na outra. "Estou faminto."

"Jantar? Meg olhou para ele.

"Claro. Não pedi que cozinhasse para mim, só que tocasse para mim. Jantar é mínimo que posso fazer."

Antes que ela pudesse perguntar mais alguma coisa, a campainha tocou. Chaz atendeu a porta para ela e recebeu as embalagens de comida. Deu uma gorjeta de 20 Dólares antes de fechar a porta. Meg o ajudou a levar a comida até a pequena mesa de ébano escondida no canto direito da enorme sala. Puxou um pouco a mesa. Chaz colocou suas cadeiras atravessadas para que pudessem aproveitar a vista do Central Park. "Sente! Vou servir você."

Ela riu. "O que você sabe sobre servir comida?" Sua mão descansou em sua cintura.

"Você brinca, mas eu tenho experiência. Cuidei da minha mãe durante seus piores momentos com as drogas. Aprendi a fazer comidas básicas. Sempre era eu que arrumava a mesa e servia a comida."

"Desculpe." Megan colocou a mão em seu braço.

"Não precisa pedir desculpas. É bom ser autossuficiente," disse enquanto desembrulhava uma embalagem com carne.

"Parece gostoso. O que é?"

"Uma ceia fria. Vamos ver... isso é filé mignon frio ao ponto... do outro lado, arrumado perfeitamente, são tomates cobertos com fatias de mussarela e manjericão. No meio tem salada de batata alemã. Sem maionese, com menos gordura... não por você. Mas tenho que cuidar do meu peso."

A boca de Megan se encheu de água enquanto Chaz arrumava gentilmente o grande prato montado artisticamente. Ele a alcançou um guardanapo. Então, desembrulhou uma garrafa gelada de cidra espumante *Martinelli*.

"Nada de álcool quando estiver cantando," explicou.

Outra travessa tinha feijões verdes frios.

"Oh, meu Deus, esqueci o aperitivo!" Prontamente, Chaz destapou uma travessa com o maior camarão cozido frio que ela já tinha visto. Um pote menor tinha molho cocktail.

Megan estendeu a mão, pegou um camarão, mergulhou-o no molho e deu uma mordida. Estava perfeito.

"Está absolutamente delicioso! Oh, Chaz! Que refeição. Deve ter custado uma fortuna."

"Agora, nesse momento... a senhora que lida com o dinheiro está fora nesse final de semana. Apenas o melhor para a adorável senhora que toca piano para mim... que me deixa deitar na cama dela."

Por um momento, ficaram em silêncio enquanto se entregavam às delicias culinárias. Megan estava mais faminta do que imaginava, comendo com ansiedade. Limpou um pingo de tomate do queixo dele e depois lambeu o dedo enquanto o olhava. Ele mordeu o outro lado de um camarão que estava para fora de sua boca e se conectou brevemente com seus lábios. Megan podia sentir seu sangue começar a subir à medida que olhava para seu corpo vestido com uma camiseta apertada e jeans. Saber o que estava por debaixo daquelas roupas trouxe uma sensação de prazer a certas partes de seu corpo.

Quando o banquete acabou, ela se virou e perguntou. "Café?"

"Com certeza. Preciso ficar acordado e ter algo para acompanhar a sobremesa."

"Sobremesa? Acho que não." Megan deu um tapinha na barriga.

"Mas é Tiramisu."

"Tiramisu! Minha sobremesa favorita! Como sabia?"

"Palpite de sorte."

Passaram a meia hora seguinte tomando café e lentamente alimentando um ao outro com a sobremesa cremosa em uma colher compartilhada. Quando a comida acabou, Meg percebeu o desejo nos olhos dele antes de levar os pratos para a cozinha.

"Disciplina," Chaz resmungou.

" Huh?" Ela olhou para ele enquanto enxaguava a louça antes de colocá-la na lavadora.

"Disciplina... dever antes... de prazer." Chaz juntou os restos de comida e colocou na geladeira.

"Isso quer dizer?"

"Quer dizer que tenho que cantar por mais uma hora antes de arrancar suas roupas e fazer amor apaixonadamente com você." Chegou por trás dela, enrolando os braços por sua cintura, enterrando o rosto em seu pescoço e seus lábios fazendo uma trilha quente em sua coluna sensível.

"Trabalho... piano..." Megan conseguiu soltar rapidamente antes que suas mãos chegassem a seus seios.

"Claro." Chaz baixou as mãos e se afastou. "Não consigo resistir, Meg."

Ela tocou as duas músicas repetidas vezes por uma hora enquanto Chaz cantava. Ele parou a cada meia hora aproximadamente para repetir as notas nas parte que estava fora do tom.

Após fazer gargarejo com água salgada, sussurrou para ela, "Sem conversa para mim agora. Devo descasa minha voz. Tenho outras coisas para fazer com a boca."

Pegando-a pela mão, levou-a para o quarto.

DUAS SEMANAS PASSARAM voando para Meg. Ela passou os dias observando investimentos para Mark e Chaz e depois se encontrando com potenciais clientes celebridades. Duas atrizes e um famoso político se encontraram com Harvey Dillon e Meg. Pareceram impressionados.

As noites passaram com ela comendo comidas fabulosas que Chaz mandava entregar de uma grande variedade de restaurantes, de gregos a franceses, de gourmet chinesa até comida de delicatessen vindas de algum lugar qualquer depois que ela tocava piano para ele. Conforme os dias passavam, Meg percebeu uma melhora notável em seu canto assim como em sua performance. Ele mostrava emoção em sua voz. A perfeccionista em Megan ficara cética no começo, mas, após observá-lo trabalhar dia após dia, acreditava que ele tinha uma chance de conseguir o papel. Depois de cada sessão, Chaz fazia um gargarejo e então se retiravam para o quarto, aquecendo os lençóis com sua crescente paixão.

Meg esperava que Chaz se cansasse dela. Esperou com muita ansiedade para que sua paixão morresse. Ao invés disso, parecia que ela aumentava. Também o desejava cada vez mais a cada dia.

Manter seu coração aparte, seguro e protegido se tornou impossível. O charme de Chaz se entranhou em sua pele. Pela primeira vez em sua vida, outro homem além de seu irmão cuidava dela. Isso a emocionava quase tanto quanto a amedrontava.

Deitada na cama após fazer amor na noite anterior a audição, Megan começou a tagarelar. "Quando você vai para a próxima gravação de *West of the Sun*?"

"Sábado. Isso me dá dois dias para me acomodar antes que os ajustes finais comecem."

"É daqui dois dias." Ela mordeu o lábio.

"Vou sentir saudade de nosso tempo juntos." Ele rolou para o lado e seus dedos percorreram os cabelos dela.

"Chaz... não quero ser uma consultora financeira de celebridades."

"Por que não?" A mão dele parou.

"Não sirvo para ser o centro das atenções. Não sei o que dizer para os repórteres."

"Isso inclui se encontrar comigo?" Ele se sentou.

Ela hesitou.

"Bem?" O lençol deslizou lentamente até a cintura dele.

"Não exatamente, mas não quero a atenção, você... você se dá bem com ela..." Meg desviou o olhar.

"Eu sei como lidar com ela, mas não quer dizer que gosto. Sou legal com todo mundo. Converso sem dizer nada. Você vai se acostumar com isso. Não é tão terrível quando se tem as recompensas da fama, como dinheiro..."

"Não preciso desse dinheiro todo. Não quero ser famosa... *'Queridinha de Harvard'*... ugh! Odeio isso." Fez uma careta.

"Você vai aparecer e me visitar em um final de semana?" Ele mudou de assunto, entrelaçando os dedos com os delas.

"Voar até... onde vai estar filmando?"

"Arizona."

"Voar até o Arizona por um final de semana?" Suas sobrancelhas se ergueram.

"As pessoas fazem isso o tempo todo. E vou ficar louco sem você por dois meses, talvez três."

"Talvez três!" Ela se sentou e se expôs a seus olhos.

"Três meses sem isso... sem você." Ele colocou a mão em seu seio e se curvou para beijá-lo.

"Três meses... ainda bem que não estamos apaixonados nem nada disso." O rosto dela virou uma máscara para esconder suas emoções.

A cabeça dele se ergueu e seus olhos procuraram pelos dela.

"Quero dizer, esse tipo de separação, se você estiver loucamente apaixonado, isso seria uma tortura, não?" Um pouco de suor surgiu em seu lábio superior.

Chaz afastou a mão e se recostou. "Sim, sim... claro. Se eu amasse você, iria... hey... a letra da música." Ele sorriu.

Ela riu. "Se eu amasse você, não seria capaz de ficar longe por três meses."

"Talvez seja apenas dois. Você pode vir me visitar. Às vezes, eu tenho um dia de folga. Poderíamos ficar juntos. Eu compro a passagem."

"Eu tenho dinheiro o suficiente para comprar uma passagem para o Arizona," ela fungou.

"Não quis dizer isso, mas... não esperaria que você pagasse." Levou a mão dela a seus lábios.

Ela puxou uma cutícula. *Três meses!* A dor queimou em seu peito.

"Também podemos nos ver todos os dias pelo computador. Você vai continuar com meus relatórios diários?"

"Se conseguir clientes novos... posso não ter tempo."

"Oh, claro." Ele franziu o cenho, "Não gosto muito da ideia de dividir você."

"E eu? Você vai estar no set com um monte de mulheres lindas... não vai sentir saudade nenhuma de mim." Meg mordeu o lábio.

"Sim, eu vou."

"Mas você vai estar namorando..."

"Vou estar trabalhando, não namorando," Chaz a interrompeu com uma careta. "Você vai estar aqui em Nova Iorque com um zilhão de homens ricos e bonitos... namorando."

Meg balançou a cabeça.

"Sim, você vai," ele insistiu.

"Não vou. Quem eu poderia namorar depois de ter estado com você?"

Ele riu. "Hah! Muitos caras. Todas aquelas celebridades de quem vai estar cuidando de seus dinheiros. Você será rica e famosa... vai se esquecer de Dunc, o cara do Bronx." Ele se afastou.

Megan colocou as mãos em seus ombros. "Nunca poderia esquecer de você... nunca."

"Você diz isso agora... mas quando o Wealthy Wally de Wall Street aparecer, você vai se derreter em seus braços. Não serei nada além de uma lembrança, talvez uma doce lembrança, mas ainda assim, uma lembrança."

"Não diga isso! Eu é que serei uma lembrança." Lágrimas nublaram seus olhos quando ela afastou o olhar.

Chaz ficou imóvel e o silêncio pesou no quarto. Levantou a mão até a nuca de Megan para acariciar seus cabelos suavemente.

"Oh, não, Meg, você jamais poderia ser apenas uma lembrança para mim. Nunca será... você é insubstituível."

Lentamente, ela virou o rosto cheio de lágrimas para encontrar o dele. Ele lhe deu um beijo carinhoso nos lábios antes de puxá-la em direção a seus braços. Com o rosto enterrado em seu peito nu, ela chorou. "Não quero terminar," ela lamentou.

"Então, não vamos." Ele apertou os braços ao redor dela.

Ela relaxou por um momento em seu abraço antes de secar os olhos com a mão.

"Venha para Phoenix comigo, Meg. Preciso de você..."

Ela assentiu e ele sorriu, "Então, está decidido."

Meg espiou o relógio. "Oh! São onze horas da noite. A que horas é sua audição?"

"Onze e meia. Tem muito tempo." Ele beijou seus cabelos.

"Tirei o dia de amanhã de folga. Posso fazer um belo café da manhã para você."

"Sem leite, ele cria muco nas cordas vocais." Ele levantou a mão.

"Entendido. Deveríamos dormir um pouco." Meg se afastou dele e se deitou na cama.

"Certo." Chaz deitou-se a seu lado e a tomou em seus braços. Ela se virou de lado para que ele pudesse ficar de conchinha com ela, enrolando um braço ao seu redor e descansando a mão sobre seu seio. Uma sensação de felicidade invadiu Meg. *Como vou dormir novamente sem ele ao meu lado?*

MEG ACORDOU CEDO NA sexta de manhã. Desligou o alarme e dormiu até às oito horas. Esquecendo-se que tinha o dia folga, pulou da cama. Chaz abriu um olho. "Hmm, que visão adorável, mesmo a essa hora." Seu olhar percorreu seu corpo nu.

"Volte a dormir," ela se descobriu, pegando o roupão e se dirigiu para a cozinha.

Não demorou muito para que o delicioso aroma de café passado se espalhasse pela cozinha. O som do bacon estalando na frigideira alertou Meg que abaixou o fogo. Serviu sua primeira xícara de café e se sentou por um instante, bebendo o líquido quente enquanto olhava pela janela. *Meu primeiro caso real de amor.* Sorriu. *É maravilhoso. Ele é maravilhoso.*

O cheiro de bacon frito alcançou seu nariz e a tirou de seu devaneio. *Oh, meu Deus! O bacon!* Foi direto para o fogão para virar o bacon e abaixar o fogo. Preparar o café da manhã ocupou sua mente, mas seu coração cantava e ela não conseguia parar de sorrir.

"O cheiro está bom aqui." A voz profunda de Chaz a assustou. Ela levantou os olhos conforme ele abaixava os lábios para roçar seu pescoço.

"O café da manhã está quase pronto," ela disse.

"Não me lembro da última vez que alguém preparou um café da manhã para mim." Ele a abraçou por trás.

Meg terminou de cozinhar os ovos e serviu a comida em dois pratos. Chaz os pegou no balcão e os colocou na mesa enquanto Meg pegava os talheres. Comeram em silêncio por um tempo. "Esse é um grande dia para você." Ela se aventurou.

"Minha primeira audição na Broadway."

"Está nervoso?"

"Aterrorizado," ele admitiu antes de colocar uma garfada na boca.

"Você vai ser ótimo. Está preparado." Meg pegou uma tira de bacon e mastigou.

"Graças a você, estou tão preparado quanto poderia estar."

"Então, não deveria ficar nervoso."

"Não funciona assim," ele riu. "Além do mais, ficar um pouco nervoso é bom. Deixa você afiado."

"Sei que você será ótimo." Ela apertou seu braço.

Depois de terminarem de comer e lavar a louça, Chaz ergueu uma sobrancelha, "Banho e depois aquecer a voz?" Ele levantou uma sobrancelha.

"Melhor você tomar banho sozinho. Já são quase nove horas."

Ele pegou sua mão e a levou até o banheiro. "Você sabe qual é a melhor cura para os nervos?" Ele disse sobre seus ombros.

"Uh..."

"Tomar banho com minha namorada," Chaz sorriu.

Ela riu quando ele fechou a porta do banheiro atrás dela.

Às dez horas, Chaz estava na porta, preparando-se para sair. "Preciso me trocar na casa de Quinn e depois voltar para lá depois da audição para fazer as malas."

"Consegue estar aqui às cinco? Vou fazer o jantar para variar." Ela segurou seu queixo.

"Estou curioso para provar sua comida. Vejo você às cinco."

Abraçaram-se. Chaz lhe deu um longo beijo.

"Boa sorte," Meg disse da porta, ouvindo-o fazer as escalas e aquecendo a voz até o elevador chegar.

Capítulo Nove

Ela se vestiu e foi até o mercado. *Essa noite será uma noite para ser lembrada.* Às quatro, Meg estava se maquiando freneticamente. Suas mãos tremiam enquanto tentava aplicar o rímel, então, parou para respirar fundo. *Acalme-se. Está tudo pronto. Relaxe!* Colocou um vestido de verão sexy com nada além de calcinhas por baixo. O padrão de florzinhas verdes e turquesa em um fundo branco enfatizavam seus olhos verdes escuros e, claro, Chaz com certeza notaria seu decote.

CHAZ CUMPRIMENTOU BRINY enquanto esperava que porteiro contatasse Meg. Com o peso da audição fora de seus ombros, Chaz se sentia cinco quilos mais leve. Movia de uma mão para a outra o grande buquê de rosas cor de rosa que trazia.

Nossa última noite juntos por... meses. O nervosismo voltou. *Ela poderia lidar com isso? Ela ficará comigo? Ela se apaixonou por Dunc ou por Chaz? Preciso dela... como o ar... como comida.*

"Pode subir," Briny inclinou o chapéu.

Chaz o saudou como Grady Spencer.

"Aye, aye. Descansar." Briny riu quando Chaz se encaminhou para o elevador.

Poderia estar imaginando, mas pensou que podia sentir o cheiro de uma comida caseira mesmo ainda estando no elevador. *Está vindo da casa de Meg?*

Quando a porta do apartamento se abriu, Chaz se deparou com uma linda visão, Meg em um vestido de verão sexy ao mesmo tempo que o aroma da comida de dar água na boca o saudaram. Entrou antes que ela pudesse falar e a tomou em seus braços. Depois de um beijo amoroso, afastou-se.

"Então?" Ela perguntou.

Ele levantou uma sobrancelha.

"A audição? Como foi?" Ela colocou as mãos na cintura.

"Oh, isso! Foi boa." Ele sorriu.

"Disseram alguma coisa?"

"Nunca dizem. Vou saber em algumas semanas. Dei o meu melhor e só posso torcer. O que está cozinhando?"

Meg lhe entregou uma garrafa de champanhe *Piper Hiedsieck*.

"Para comemorar. Você abre, eu pego as taças."

"Amo champanhe. O que está cozinhando?"

"Nada chique - o bolo de carne de minha mãe. É o favorito de Mark," ela falou da cozinha.

Chaz parou de girar a tampa do champanhe. Passou os olhos pela mesa posta para dois com louças e prata de verdade. Um caroço subiu por sua garganta. Baixou a garrafa e piscou rapidamente. *Bolo de carne. Ninguém faz um bolo de carne para mim desde... minha mãe.*

Megan apareceu na sala com duas taças de champanhe nas mãos.

"Por que você não..." ela começou até que viu seu rosto.

"O que houve?"

Ele levantou a mão, ainda piscando, enquanto inspirava profundamente.

"Você está bem?" Ela franziu as sobrancelhas e colocou uma mão em seu ombro.

Ele passou as costas da mão nos olhos e se afastou.

"Eu fiz algo..." a voz dela foi sumindo.

De costas, ele balançou a cabeça incapaz de falar. Meg chegou por trás e enrolou os braços em sua cintura para abraçá-lo.

"Seja o que for... amo você, então não..." Meg parou de falar, a mão voou até a boca e ela se afastou.

Chaz se virou rapidamente para ver que seu rosto estava ruborizado. Ela evitou seu olhar.

"O quê?" Ele fez um barulho.

"Esqueça isso. Apague de sua memória... amigos com benefícios..."

"Você disse o que eu penso que disse?" *Ela disse.*

Meg o levou de volta para a mesa. "Champanhe," ela pediu, mudando de assunto.

Chaz pegou a garrafa e tirou a rolha ainda olhando para ela.

"Meg... você acabou de dizer...?" *Ela disse que me ama.*

"Não repita. Nós dois ouvimos. Agora, esqueça isso." Ela se ocupou arrumando os garfos que não precisavam ser arrumados.

Chaz serviu a champanhe nas taças, olhando distraidamente para Meg.

"Vou pegar o bolo de carne."

Ele tomou um gole grande do champanhe fino quando ela saiu da sala. Depois, inspirou profundamente antes de soltar o ar devagar. *Acalme-se. Bolo de carne e "Amo você." Não consigo lidar com isso.*

Megan se aproximou da mesa de jantar carregando um prato com o bolo de carne coberto com um molho espesso de tomate, batatas alinhadas de um lado e vagem do outro.

"Está... está lindo," Chaz disse com os olhos cheio de água.

Meg colocou o prato na mesa. Como ele secou os olhos com um lenço, ela se aproximou e o abraçou. "Qual o problema? Não gosta de bolo de carne? Era a receita mais fácil que tinha. Mark ama, então imaginei que você também gostaria."

"É o meu favorito." Suas palavras mal podiam ser ouvidas.

"Então, por que está triste?"

Ao invés de responder, ele afastou os seus braços, agarrou a champanhe e a terminou antes de encher novamente a taça. Sentou-se onde ela indicou.

Megan começou a cortar o bolo em fatias de 2,5cm. "Então, me sirva."

A boca dele salivou enquanto ela cortava a carne perfeitamente marrom.

"Deus, isso parece ótimo. Nos feriados, quando minha mãe estava bem... entre seus surtos com drogas... ela fazia bolo de carne. Não tínhamos nada, nem dinheiro, então comíamos massa a maioria das vezes. Cupons de alimento complementavam seus cheques de bem-estar. Bolo de carne era a comida especial mais barata que ela conseguia fazer."

"Então, virou seu favorito."

Ele assentiu.

"Ela fazia um bolo de carne extraordinário. Eu amava. Seu bolo de carne era a única coisa que distinguia os feriados para mim. Ela sempre dava um jeito de me dar um presentinho junto com o bolo de carne no Natal, mas na Ação de Graças e na Páscoa, só tínhamos o bolo de carne. Esperava por dias. Depois que ela morreu, nenhuma das minhas famílias adotivas fez bolo de carne. Estava de volta ao macarrão. Na Ação de Graças, tínhamos peru, recheio e purê de batatas, mas não tinha muito mais o que fazer."

"Você também ama peru?"

"Amo tudo o que tem de normal na Ação de Graças... assistir à parada, jogos de futebol, comer demais..."

"Mas você não tem muito disso, certo?" Megan perguntou confusa.

"Quando não se está acostumado a grandes porções, basta uma porção normal para ficar cheio. Mas nunca tive muitos bolos de carne depois da minha mãe."

"Mesmo na casa dos Gold?"

"A casa dos Gold era um palácio se comparada às outras famílias adotivas. Mas eram mais velhos, cuidando do peso e do colesterol. Tínhamos toneladas de frango... e um lindo peru na Ação de Graças. Fiquei doente na minha primeira Ação de Graças lá porque comi demais. Não tinha limite de comida na casa deles." Chaz pode ver Megan lacrimejar. Segurou a mão dela.

"Não chore, gatinha. Foi há muito tempo e apenas por alguns anos. Eu tive feriados, presentes e ótima comida na casa dos Gold."

Algumas lágrimas percorreram suas bochechas quando ele beijou sua mão.

"Não consigo imaginar como foi isso. Como você ficou tão... tão... caridoso, depois disso?"

Chaz riu. "Os Gold eram pessoas muito generosas. Aqueles foram os anos mais felizes da minha vida. Emily tocaria piano para mim, para que eu pudesse praticar canto... assim como você fez."

Megan sorriu. "Então, eu lembro Emily Gold?" Megan levantou uma sobrancelha.

"Dificilmente!" Ele caiu na risada. "Vai deixar eu experimentar? Não consegue ver que estou babando aqui... não só por você."

Meg pegou um pedaço generoso com a espátula e colocou em seu prato. Ela arrumou as batatas e a vagem antes de acrescentar um pouco de molho sobre a carne. Para aplacar seu estômago faminto, Chaz deu uma garfada assim que ela terminou de servir seu prato. Ele fechou os olhos por um momento enquanto mastigava. Embora o gosto não fosse exatamente o mesmo, era próximo o bastante. Jurava que podia ver sua linda mãe o observando comer com uma expressão preocupada no rosto. "Então, Chaz, como está?" ela perguntou.

"Está ótimo, mãe, como sempre," respondeu, engolindo garfadas enormes da carne saborosa antes que ela desaparecesse.

"As garotas com quem sai não cozinham para você?"

"Elas esperam que eu as leve para comer fora." Ele pescou outro pedaço.

"Mas, às vezes, elas retribuem... não?" Meg cortou seu bolo de carne com o garfo.

Ele sacudiu a cabeça. "Algumas mulheres não querem cozinhar até que tenham um anel em seus dedos. Uma mulher que gosta de cozinhar é um... tesouro."

"Você tem saído com o tipo errado de garota," ela resmungou antes de experimentar um pedaço da carne saborosa.

"Isso é o paraíso. Como fez? É... é mágica. Eu amei." Ele colocou outra garfada na boca.

"E eu achei que o grande negócio seria a sobremesa."

"Sobremesa?"

"Fiz uma torta de maçã."

Chaz se engasgou com a comida, tossindo e se afogando. Megan correu até a cozinha e voltou com um copo de água. Ele parou de tossir e tomou um gole antes de falar. "Você fez uma torta de maçã para mim?"

"Qual a grande novidade?" Ela deu de ombros.

"Nunca tive uma torta de mação caseira antes."

"Oh, meu Deus." Os olhos dela brilhavam com lágrimas não derramadas. Beijou-o. "Você é uma grande surpresa para mim." Recostando-se, Meg estudou seu rosto.

"Por quê?"

"Porque você é esse ator famoso e rico e, ainda assim, muitas coisas que acho comuns nunca existiram na sua vida."

"Ah, esse é o ponto. Para manter o público longe de saber sobre Dunc, o cara do Bronx, aquele que ainda tenta seguir com sua vida."

"Agora, eu entendo." Megan se concentrou na comida. Chaz terminou a sua e pediu mais, e também comeu tudo.

Quando Megan trouxe a torta, Chaz se inclinou para cheirar a criação quente. O aroma provocou suas papilas gustativas da mesma forma que a página central de uma revista sexy provocaria seu corpo. "O cheiro está fantástico. Fez tudo isso para mim?"

Megan cortou uma fatia da torta. "Por que não? É uma comemoração... com sorte, você conseguirá o papel... estará na Broadway..."

"Então, poderemos ficar juntos o tempo todo." Ele terminou a frase dela.

Depois da refeição, Chaz encheu a lavadora de louças e limpou tudo, insistindo para que Megan relaxasse. Quando voltou para a sala, secando as mãos em uma toalha, parou ao vê-la. Obviamente, ela tinha mudado. Agora, usava uma camisola muito curta de tiras e com um babadinho na parte debaixo, provocando seu outro apetite.

"Ah... agora eu vejo qual é a verdadeira sobremesa, eh?" Seu olhar parou em seus seios.

Ela riu e se aproximou. "Já que você tem que ir embora amanhã, não queria perder tempo."

"Gatinha, você me tenta além dos limites... de novo." Chaz a levou de volta para o quarto.

MEGAN ESTAVA DEITADA na cama enquanto seus dedos brincavam com os pelos de seu peito. *Todas as vezes... nunca senti nada assim fazendo amor antes. Alan poderia ter aulas com Chaz.* Quando olhou para os seus olhos, viu um olhar gentil e amoroso a cobrindo, protegendo-a como uma casa protege as pessoas da neve e da chuva. Os dedos dele percorriam seus cabelos e seus lábios tinham um sorriso suave.

"Nunca tive um homem... que fizesse amor assim comigo antes," Meg admitiu com o sorriso descendo para o seu peito novamente.

"Isso é uma vergonha. Você merece ser bem amada... todos os dias."

O relógio do quarto marcou dez horas. "Hora de outro pedaço de torta." Chaz beijou a cabeça de Meg.

"Com fome novamente?"

Megan se levantou enquanto Chaz descia da cama. Então, de repente, ele a agarrou pela cintura e a jogou de volta na cama antes de pular a seu lado. "Não sei o que quero mais... um pedaço de torta ou um pedaço de você... de novo." Sua boca a cobriu com um beijo intenso.

"Agora, tenho que competir com a torta?" Ela ergueu uma sobrancelha, tentando não sorrir.

"Posso comer um pedaço de torta enquanto faço amor com você?" Ele sorriu.

"Quanta coragem!" Megan pulou da cama e pegou um travesseiro.

Chaz colocou as mãos em posição de defesa. "Agora, Meg... só brincando..."

Ela bateu nele com o travesseiro e depois caiu na risada. Chaz pegou o outro travesseiro da cama para bater em seu traseiro. Ele riu quando ela arregalou os olhos, indignada.

"Me bater com o travesseiro, você vai?"

Chaz fugiu, correndo nu pelo corredor com Megan - também nua - perseguindo-o. Quando chegou à sala de estar, ela arremessou o travesseiro. Isso o desequilibrou e ele caiu no chão. Pulando sobre ele, ela montou em seus quadris. Ele agarrou seu pulso com uma mão e, com a outra, a atacou com o travesseiro. Os dois riam tanto que mal conseguiam respirar. Megan se inclinou para assoprar em seu pescoço. Quando ele caiu na risada, ela aproveitou o momento para pegar seu travesseiro. Ele levantou o dele para acertá-la novamente, mas ela o bloqueou. Ele a abraçou com um braço e jogou o travesseiro atrás dela.

Ela se afastou alguns centímetros. Quando ele estava prestes a beijá-la, um barulho foi ouvido. Suas cabeças se viraram para a porta da frente a tempo de verem Mark e Penny atônitos, parados na entrada, largando suas malas.

Megan gritou. Penny puxou Mark para o corredor e fechou a porta enquanto os amantes nus batiam em rápida retirada para o quarto. Meg fechou a porta do quarto e se encostou nela. A porta da frente bateu, indicando que Penny e Mark estavam dentro do apartamento.

"Oh, meu Deus," Meg soltou o ar.

Chaz cobriu o rosto com as mãos.

"Merda! Mark vai me matar."

Meg assentiu lentamente, "primeiro você e depois eu."

"Melhor eu ir." Chaz pegou as cuecas.

Megan colocou a mão em seu braço. "Não!"

Ele parou.

"Essa é nossa última noite juntos por... talvez três meses. Tenho o direito de 'passar a noite' com você... sou uma mulher, não uma criança."

"Você não precisa me dizer isso," ele disse com os olhos brilhando.

Megan pegou o roupão no gancho detrás da porta.

"Isso é estranho para você, Meg. Eu deveria ir."

Ela pegou o seu braço. "Por favor, fique. Eles estão cansados e de mau humor depois de uma longa viagem de avião. Podemos ficar no meu quarto e lidar com eles no café da manhã. Por favor... Dunc?"

Ele se aproximou e colocou as mãos sobre seus ombros. Ela levantou o queixo para receber seu beijo que logo se tornou apaixonado. Quando ele a apertou, sentiu-se mole em seus braços. Chaz a colocou na cama e pairou sobre ela. As mãos dela amoleceram sobre seus ombros e seus dedos mergulharam levemente em sua carne. Um gemido suave escapou de sua garganta.

"Quero ficar com você essa noite." Com a ponta da língua, ele tocou o bico de seu seio, deixando-o duro.

"Me ame," ela sussurrou, deslizando as mãos em suas costas.

"Com prazer," ele murmurou.

Megan apertou os olhos para estudar seu rosto perfeito. *Quero lembrar dele de perto.*

Chaz entrelaçou os dedos com os dela e segurou suas mãos enquanto beijava e dava mordidinhas em seu pescoço e peito. Quando a soltou, ela perdeu os dedos em seus cabelos grossos enquanto a boca dele a deixava em chamas.

"Sua pele... tão macia..." ele murmurou. As mãos dele deslizaram sobre seus seios e barriga e depois foram até suas coxas e subiram novamente.

Megan tocou seu peito. *Minha parte favorita... não... bem... talvez... quase.*

"Amo o seu corpo." Ele foi beijando-a até chegar em sua barriga.

"Não brinca." Ela riu e se inclinou, colocando a palma da mão sobre seu peito e beijou seu pescoço. Um gemido escapou de seus lábios, encorajando-a a continuar beijando-o, seguindo até a parte sensível de sua garganta onde podia sentir seu coração bater cada vez mais rápido. Gentilmente o empurrou e passou as duas mãos sobre seu peito antes que seus lábios seguissem plantando beijos. Seus gemidos se tornaram mais altos quando a mão dela escorregou ainda mais e o agarrou. Ele atirou a cabeça para trás e fechou os olhos.

"Deus, Meg." Seu toque o fez ficar duro.

Ela sorriu com o olhar de paixão no rosto dele. Chaz passou a mão sobre suas costas e traseiro. Apertou seu traseiro e deslizou dois dedos para o meio de suas pernas. Ela teve um sobressalto de surpresa quando ele a penetrou. Ele se sentou - olhos quentes de desejo - e a jogou novamente na cama. Seus lábios se fecharam nos dela e sua língua demandava uma entrada enquanto seus dedos entravam e saiam de seu íntimo quente e molhado. Um pequeno gemido, preso na garganta dela, incitava-o. Ele levantou a cabeça para olhar dentro de seus olhos enquanto ela movia os quadris de forma compassada com sua mão.

"Dunc, oh Deus, Dunc," ela gemeu e fechou os olhos.

Baixando a cabeça, ele beliscou levemente o bico de seu seio antes de o lamber e chupar intensamente. Seus dedos saíram de dentro dela, mas continuaram a acariciar sua pele sensível.

"Quero você, Meg." Ele sussurrou.

"Me possua," ela ofegou.

"Seja minha."

"Eu sou... por favor..."

Com as duas mãos, ele abriu suas pernas e parou um instante para observá-la. Muito excitada para ficar envergonhada, ela ofegou e abriu os braços. A mão dele agarrou um joelho, levantando-o enquanto a penetrava, gentilmente no começo. Depois, com um movimento forte, ele foi mais fundo.

A paixão escureceu suas feições e seus cabelos brilharam na luz fraca da lâmpada da mesinha de cabeceira. Seus olhos se iluminaram e sua boca sexy sorriu. Olhar para ele fazia o seu desejo aumentar. O calor percorreu todas as suas veias, provocando todas as suas terminações nervosas. O fogo lambia seus músculos, seu interior ardia conforme ele entrava e saía possessivamente, demandando seu corpo, seu espírito e seu coração. Megan ficou sobrecarregada com a paixão dele e com a dela, misturadas para criar um ato de desejo. Precisava dele física, emocional e mentalmente.

Conforme seus corpos se moviam, Meg virou a cabeça para o lado e enterrou o rosto em seu pescoço e ombro. Fechar os olhos permitia que ela se concentrasse nas sensações que ele causava em seu corpo. A pressão começou a se formar. Seu desejo se intensificou, dobrou e triplicou até que ela mal conseguisse suportar.

"Dunc!" Ela gemeu quando seu corpo tremeu com o alívio e o prazer que escorria perna abaixo. Seus dedos agarraram forte os ombros dele. Quando se acalmou, ainda com a respiração irregular, ele diminuiu a velocidade e parou.

Apoiado nos cotovelos, Chaz se inclinou e beijou seu nariz. "Mulheres primeiro." Um sorriso sexy surgiu em seus lábios.

A boca dela reivindicou a sua e ela o beijou com tudo o que tinha a oferecer. Ele aumentou o ritmo. Os dedos dela agarraram suas costas através de um fino feixe e suor. O calor entre seus corpos continuou a aumentar conforme ele penetrava cada vez mais forte.

"Oh, sim," ela murmurou conforme seu corpo respondia.

Ele entrou cada vez mais forte, cada vez mais rápido. O segundo orgasmo de Megan a percorreu pouco antes dele perder o controle e explodir dentro dela. Por um instante, o único som era a respiração irregular dos dois amantes exaustos.

A última vez em meses. Meg não conseguia mais evitar a realização devastadora. Lágrimas surgiram em seus olhos quando descansou a bochecha em seu ombro.

Chaz dava beijos leves debaixo de sua orelha e ao longo de seu pescoço conforme suspirava de satisfação. "Queria que você pudesse ir comigo amanhã," ele disse quando se afastou e rolou para o lado.

"Por favor, me abrace," ela sussurrou com a voz trêmula.

Ele a envolveu em seus braços fortes e descansou o queixo em sua cabeça. Ela apagou a luz na mesinha de cabeceira. *Próxima melhor parte... dormir ao lado dele a noite toda.*

Eles se ajeitaram de conchinha e Chaz apertou os braços ao redor dela, puxando-a para mais perto. "Como vou dormir sem você?" Ele murmurou nos cabelos dela.

"Só três meses..."

"Talvez dois. Reze para que sejam dois."

Antes que pudesse responder, ela adormeceu.

CHAZ E MEG FICARAM quietos como camundongos até às sete horas da manhã seguinte, esperando não incomodar Mark e Penny. Tomaram banho juntos, aproveitando seus corpos uma última vez antes que Bobby fosse buscar Chaz às nove e quinze.

Megan vestiu sua roupa de trabalho antes de se dirigir para a cozinha para fazer o café. *O aroma provavelmente vai acordá-los.* Mordeu seu lábio inferior, ansiosa por evitar um confronto com seu irmão.

Meg quebrou dois ovos em uma panela quente e os ouviu fritar, afastando de sua mente os pensamentos sobre o que estava acontecendo com sua vida e seu coração. *Você conhecia o seu estilo de vida antes de se envolver.* Deu um pulo quando Chaz apareceu atrás dela e colocou as mãos em sua cintura. Um sorriso percorreu seu rosto quando ele se inclinou para morder seu pescoço.

"Posso ter você como café da manhã?" Suas mãos se enrolaram na cintura dela e foram até seus seios, segurando-os.

"Acho que você já teve." Ela riu quando os dedos dele encontraram seus mamilos e os circularam.

"Nunca é o suficiente," ele murmurou em seus cabelos.

"Tire as mãos de minha irmã."

Chaz pulou para trás de Megan. Um Mark sonolento coçou a mandíbula com uma mão enquanto passava a outra pelos cabelos rebeldes. Suas cuecas abaixo dos quadris. Puxou-as um pouco para cima quando avistou Chaz e Megan.

"Bom dia. Café?" Megan tentou manter seu tom suave.

"O que você está fazendo aqui, Dunc?"

"Tenho me encontrado com Meg... já a algum tempo."

"Quanto tempo? Não pode ser tanto tempo assim."

"Mark, isso não te diz respeito." O calor da raiva subiu pelo rosto dela.

"Você está transando com minha irmã. Tratando ela como uma groupie." Mark cerrou os punhos e avançou para Chaz.

"Não é assim, Mark. Me importo com ela. Isso não é pegação." Chaz levantou as mãos para Mark.

"O que diabos você está fazendo?" Megan gritou e avançou em direção ao irmão.

"O que você deveria ter feito. Esse cara precisa de limites."

"O que eu e Dunc fazemos não é da sua conta."

"Oh? Então, agora, é 'Dunc' para você também? Quando isso aconteceu? Quando você a comeu?" Com uma ameaça nos olhos, Mark se virou para Chaz.

Chaz ruborizou. "Pode vir, Davis." Chaz cerrou os punhos e os colocou em frente ao rosto.

"Não me provoque..."

"Mark, se afaste. Nada disso é da sua conta. Se não morássemos juntos, você não saberia nada sobre minha... uh... vida privada."

"Com certeza. Mas nós moramos, irmãzinha. Quero saber que jogo está fazendo com Meg."

Mark olhou para Chaz.

"Isso é entre eu e Meg. Não estou saindo com mais ninguém. Ela não é uma groupie... é minha namorada. Minha e somente minha – se é que isso é da sua conta. Ao contrário dos atletas, não tenho problemas em ser fiel a uma mulher," Chaz devolveu, entrelaçando os dedos com Meg.

Um cheiro de queimado seguido de um alto barulho do detector de fumaça chamou a atenção deles.

"Maldição! Os ovos!" Meg exclamou, pegando a panela e a afastando da chama antes de desligar o bico do fogão.

"Nem todos os atletas transam por aí," Mark disse enquanto abria bem a janela da cozinha.

"Você está brincando, certo?" Chaz soltou uma risada sem graça.

"Falo sério. Eu não faço isso e existem outros..."

"Conto nos dedos de uma mão, Mark." A raiva cintilou nos olhos de Chaz, "Não gosto de groupies. Já passei por isso. Não transo por aí... e não gosto de você me acusando assim na frente de Meg."

"Meninos... meninos. Voltem para os seus cantos." Meg levantou as mãos.

"Entendo que ela seja sua irmã, Mark, mas ela não é um bebê. Tem o direito de ter um relacionamento adulto comigo. Não vejo como o que fazemos diz respeito a você."

"Tenho que proteger minha irmãzinha. Você não tem um irmãozinho ou irmãzinha?"

"Sou filho único."

"Ela é minha irmãzinha e eu a defendo. Sempre defendi e sempre vou defender. Ninguém mexe com Meg."

"Não estou mexendo com ela. Eu... eu..." Chaz parou.

"Olhem! Estou aqui, sabem. Na sala. Vocês falam como se eu não estivesse aqui. Posso cuidar de mim mesma. Obrigada, Mark, mas acho que posso cuidar das coisas. E, Chaz, Mark tem boas intenções, mas posso responder por mim. Obrigada pela proteção, meninos."

"Está na hora de você se acostumar com Meg tendo sua própria vida, Mark," Penny entrou na cozinha.

Ela se dirigiu para a cafeteira. Mark pegou uma caneca. Ela serviu café, colocou leite e açúcar, e tomou um gole antes de colocar a mão sobre o braço de Mark.

"Algum dia, Meg vai se casar, Mark. Vai colocar outro homem a sua frente. Você tem que aceitar isso."

"Eu vou, eu vou. Mas um astro de cinema? Você acha que ele está comprometido com ela? Acho que ele é um jogador."

Mark, Penny e Meg se viraram para olhar para Chaz. *Bem, você é? Acho que não, mas talvez esteja errada.*

"Espere um minuto!" Chaz levantou a mão. "Não sou um jogador, não estou mexendo com Meg. Ela é... ela é especial, não é como o resto." Olhou para o relógio.

Eles continuaram a encará-lo. *Não diga eu te amo para ele... não.*

"Meus sentimentos por Meg são particulares. Tenho que ir," Chaz se retirou da sala.

Meg largou sua caneca e se dirigiu para a porta da frente, parando no arco para se virar para o irmão. "Muito obrigada, Mark. Pela forma que intimidou meu namorado."

Quando chegou à porta da frente, Chaz se virou e a puxou para um último beijo. Meg se derreteu.

"Tenho que ir. Ligo hoje à noite."

Ela não conseguiu esconder um olhar de dúvida. *Essas palavras são o beijo da morte.*

"Falo sério. O tempo vai passar rápido... então ficaremos juntos de novo em breve."

O olhar dela o acompanhou conforme saía pela porta. *Vou ter notícias suas novamente ou isso vai se tornar apenas uma bela lembrança?*

Capítulo Dez

Mais tarde, naquela noite, Megan recebeu uma mensagem de Chaz dizendo que tinha mil coisas para resolver antes de ir para Phoenix e que ligaria para ela quando chegasse lá. *Sim, sim, claro. Tudo bem. Foi divertido. Vou te ligar - as famosas últimas palavras de um homem.*

Ela parou de falar com Mark como uma forma de evitar o assunto de seu romance com Chaz. Concentrando-se em seu trabalho, Megan fez gráficos, analisou ações e fundos mútuos e marcou alguns encontros com novos clientes potenciais. Algumas pessoas que a contataram on-line enquanto cuidava da conta de Chaz Duncan permaneceram receptivas. Conversou com elas no horário de almoço e antes ou depois do trabalho.

No sábado, estava cansada e se escondeu do mundo debaixo das cobertas. Uma batida na porta a despertou. "Sou eu," Penny disse do outro lado da porta.

Megan vestiu seu roupão e abriu a porta. Penny a entregou uma caneca de café do jeito que ela gostava. "Não pode se esconder aí para sempre. Mark está arrependido, Meg. Por favor... Venha conversar com a gente. Ele está fazendo ovos e bacon."

"Mark? Você avisou os bombeiros?" Meg tomou um gole de café enquanto acompanhava sua cunhada. O aroma apetitoso a tirou de sua concha.

"Ele tem praticado e está muito bom agora. Você vai ver."

Era dez horas quando Megan se sentou à mesa. O cheiro de bacon frito atiçou a fome em seu estômago. O bacon de Mark estava crocante, mas não quebradiço, exatamente como ela gostava, e os ovos estavam bem cozidos sem passarem do ponto. Ela se jogou sobre a comida como se não comesse há semanas. "Está delicioso, Mark. Bravo!"

O irmão sorriu e fez uma reverência. Megan parou de aplaudir para atender ao telefone quando esse desviou sua atenção. Era Chaz. "Hey, gatinha, como está?"

"Chaz?" Ela saiu da cozinha, procurando por um lugar privado para conversar com seu amado.

"Não pareça tão surpresa. Eu disse que ligaria."

"Acho que não acreditei muito."

"O que eu preciso fazer para te convencer que não estou brincando com você... declarar amor eterno?"

"Não faria mal."

Chaz riu e Megan se pegou sorrindo.

"Achei que tínhamos decidido não nos apaixonar?"

"Sim. Claro. 'Se eu amasse você'... desculpe, esqueci." *Ouch. Não era o que eu queria ouvir.*

"Estamos de acordo então." Ele disse devagar. Ela percebeu uma certa relutância.

"Como foi a viagem?"

"Phoenix é quente e seca. Também tem o clima perfeito para gravar cenas ao ar livre."

"Alguma mulher do elenco com quem deveria me preocupar?"

"Ninguém capaz de fazer um bolo de carne como você."

Ela riu.

"Se ver fotos minhas com mulheres do elenco, ignore. Jantar com a mulher que interpreta seu par romântico é algo obrigatório. É só publicidade. Não quero que pense que estou saindo com Anna Jason ou outra qualquer. É somente publicidade. Certo?"

"Certo. Nunca tive um cara que me dissesse para ignorar seus encontros com outras mulheres."

"É meu trabalho, Meg."

"Imagino que seja."

"Gatinha... dá um tempo. Está saindo para jantar com alguns caras para tentar conseguir suas contas?"

"Talvez..." *Não. Somente uma cantora de ópera e uma autora.*

"Oh?" O inconfundível tom de ciúme em sua voz fez Meg abrir um sorriso. *Te peguei!*

"Nada com o que se preocupar, Sr. Duncan. São somente negócios."

"Touché. Não se apaixone por ninguém, Meg. Me promete." O tom de súplica em sua voz a acalmou.

"Como posso prometer isso?" *Mark sempre disse para não parecer muito fácil. Faça um cara ter trabalho senão ele perde o interesse.*

"Tente."

"Tudo bem. Eu prometo." *Como poderia me apaixonar por outra pessoa se estou apaixonada por você?* "Digo o mesmo para você." Meg mordeu o lábio.

"Sem problemas. Você é a única."

Meg afundou no sofá e apoiou os pés na mesinha de centro. "Você fala de forma tão doce."

"Se estivesse aí, faria mais do que falar."

"Estava pensando nisso também." Lembranças de seus beijos lhe causaram um arrepio na espinha.

"Tenho que ir. Nos falamos em breve. Am... até logo."

E o telefone ficou mudo. *Ele quase disse. Pelo menos ele ligou.*

MEG SE JUNTOU A MARK e Penny por três dias na praia, no feriado de Quatro de Julho. Todos pareciam ter companhia, exceto ela. Ainda assim, o oceano de Fire Island era lindo e ela leu dois livros nos momentos em que não estava choramingando por Chaz. Alguns homens tentaram ficar com ela na praia, mas quando se tem champanhe, não se sai de casa por uma cerveja. Ninguém se comparava a Chaz. Se *ele* quisesse ter um relacionamento com ela ou não, seu coração pertencia a ele. Então, sorria para os bonitões na praia, mas voltava para o quarto sozinha.

Quando voltaram para a cidade, Megan ficou surpresa em ver um angustiado Briny trabalhando em seu dia de folga. Baxter se encontrava deitado no chão atrás dele. "Posso falar em particular com você, Sta. Davis?"

Ela assentiu e Briny a levou para a parte detrás do lobby enquanto Penny e Mark - cheios de bagagem - subiam as escadas. "Qual o problema, Briny?" Megan segurou seu antebraço.

"A Sra. Bender morreu ontem."

"Oh, meu Deus, sinto muito."

"Ela tinha noventa anos, então não foi de todo ruim. Mas tenho um problema."

"Qual?"

"Baxter. A família disse que não vai ficar com ele e o senhorio disse que fez uma exceção enquanto a Sra. Bender estava doente, mas cachorros não são permitidos no prédio. Não quero entrega-lo para a carrocinha. Vão matar. Ele só tem três anos. O que faço?" Sua mão tremia quando a colocou no bolso para pegar um lenço para secar o suor da testa. "Cachorros são permitidos aqui, não são?"

Ele assentiu.

"Por que não fico com ele até você encontrar um lar permanente?"

"Ficaria muito agradecido. Passeio com ele enquanto está no trabalho... não cobro nada."

Megan sorriu.

"Combinado."

Briny pegou a coleira, tigelas de comida e de água e o único brinquedo que ele tinha. Quando Megan se aproximou do pug gorducho, ele abanou o rabo e ofegou com sua língua cor de rosa de fora. "Ele é fofo."

"É um bom cachorro também, Srta. Davis. Não faz nada dentro de casa. Também não come a mobília. Mas é um pouco solitário. Acho que sente falta da Sra. Bender."

Megan pegou a coleira e o levou até o elevador. *Talvez devesse ter perguntado para Mark primeiro. É o apartamento dele. Talvez devesse me mudar.*

Quando entraram no elevador, ela acariciou Baxter que continuou a abanar o rabo. *Espero que Mark goste de cachorro. Ele gostava. Hmm.* Ela começou a suar conforme andava pelo corredor. Baxter entrou correndo no apartamento assim que abriu a porta. Meg tirou os sapatos e colocou as chaves na bandeja de prata. Andou devagar até a sala de estar e encontrou Penny sentada no chão, acariciando Baxter e rindo.

"Você me deu um susto enorme... ou deveria dizer que esse cachorrinho deu. Quem é ele?"

"O nome dele é Baxter e vou ficar com ele até Briny encontrar uma casa para ele."

"Ele é adorável."

Quando Mark chegou na sala, Baxter correu até ele e pulou em seus braços. Mark caiu no sofá e Baxter ficou em pé sobre seu peito, lambendo seu rosto. Mark riu.

"Ele é maravilhoso." Penny sorriu.

"Eu sei. Muito amigável. Sua dona morreu e ele perdeu sua casa. Estou pensando em mudar o nome dele."

"Que tipo de cachorro ele é?" Mark perguntou para a irmã.

"É um pug." Megan se atirou no sofá.

"Com certeza é um carinha adorável. Como vai chamar ele?" Mark coçou atrás das orelhas do pug gorducho.

"Pensei em Grady," ela disse com um sorriso malicioso.

"Onde ouvi isso antes?"

"É o personagem de Chaz nos filmes."

"Faz sentido." Mark acariciou o cachorro que insistia em tentar lamber seu rosto sempre que tinha a chance.

"Então está tudo bem ficarmos com ele?"

"Achei que tinha dito que era temporário?" Ele levantou uma sobrancelha para a irmã.

"Sim, bem, gosto dele. E você fica fora a maior parte do tempo. Chaz ficará fora por três meses. Então, pensei que o Grady aqui poderia ser uma boa companhia."

Mark olhou para sua irmã, entregou-lhe a coleira e sorriu "Claro. Ele parece um carinha divertido. Sinta-se à vontade."

Megan se levantou para o abraçar e sorriu para Grady.

"Grady é seu novo nome, parceiro, tudo bem? Vamos comprar comida para cachorro."

Penny se juntou a Mark no sofá e se aconchegou em seu ombro. Megan saiu do apartamento.

DEPOIS DO JANTAR, MEGAN se esticou na cama para ler. Grady subiu e se juntou a ela. Deu voltas em uma pequena área nos pés da cama, atirou-se e começou a roncar. *Acho que ele vai dormir comigo essa noite.* Ela sorriu. *Imagino que se não consigo dormir com Dunc, Grady é a segunda melhor opção.*

Ela começou a rir. Os olhos de Grady se abriram e ele começou a latir. O telefone tocou. Chaz.

"Hey, gatinha."

"Olá, Chaz. Como vai o filme?"

"Bem. Uma boa quantidade de bobagens, mas isso era de se esperar. Sentiu saudade?" Sua voz pareceu tranquila.

"Tenho um novo homem para me fazer companhia."

"Oh?" A tensão repentina em sua voz era óbvia.

"Sim. Ele está aqui agorinha mesmo. Na verdade, ele vai passar a noite aqui..."

"Dormir onde?"

"Na minha cama." Megan não conseguiu se controlar e começou a rir.

"O quê!" A raiva deixou o telefone quente.

"Isso mesmo." A mão dela tapou sua boca antes que uma gargalhada escapasse.

"Quem é esse cara?"

"O nome dele é Grady." Ela se segurou.

"Grady! Está de brincadeira? Grady? Que... por que está rindo?" A raiva se transformou em desconfiança.

"Não estou... rindo... estou..." ela baixou o telefone e soltou uma gargalhada.

"Conta." A voz dele estava calma novamente.

"Certo, só um minuto." Ela respirou fundo e soltou algumas risadas.

"Quem é esse cara?"

"Lembra de Baxter? O pug da Sra. Bender?"

"Aquele que Briny estava cuidando?"

"A Sra. Bender morreu e Briny ganhou a custódia de Baxter. E me deu. Ele é a coisinha mais doce. Já que sinto muita saudade de você, seu novo nome é 'Grady'."

Agora era a vez de Chaz dar risadas. Grady foi até ela, lambeu seu rosto e deu voltas novamente - dessa vez mais perto de Meg - antes de se atirar de novo. "Grady é um pug. Você gosta de provocar... me deixou preocupado." Chaz riu.

"Ele é a coisinha mais fofa. Você pode ver pelo computador."

"Melhor. Quero ter certeza de que 'Grady' é um cachorro de verdade."

"Está com ciúmes?"

"Um pouco. Afinal de contas, ele está dormindo com você e eu não."

"Bom. Enquanto você está aí com milhares de mulheres sensuais, estou aqui aconchegada com o Grady."

"Queria que você estivesse aconchegada com *Grady Spencer*."

"Eu também. Amanhã vou começar seu relatório financeiro da semana. Você vai ter tempo?"

"Vou. Tenho que ir. Acordo cedo amanhã. Bons sonhos, gatinha."

"Bons sonhos, Dunc." Megan desligou o telefone e suspirou. Ela se virou e pensou em Chaz. Grady lambeu seu nariz e em seguida sentou a seu lado, colocando a cabeça em sua perna.

NA MANHÃ SEGUINTE, Grady estava em cima de Megan choramingando.

"Imagino que queira sair, né?" Ele choramingou novamente.

Megan tirou o lençol de cima dela e levantou da cama. Vestiu seu vestidinho Jersey, colocou as sandálias, pegou a coleira dele junto com algumas sacolas vazias e se encaminhou para o elevador. "Bom dia, Sam."

"Bom dia, Srta.," o porteiro da manhã inclinou o chapéu para ela. "Então está com o Baxter agora, não é?"

"Baxter? Oh, Grady... você quis dizer Grady. Mudei o nome dele."

"Deu o nome do personagem que seu namorado interpreta nos filmes, não é?"

"Ele não é meu namorado."

"Não é o que o aquele fotógrafo diz."

"Que fotógrafo?"

"Aquele que aparece todas as manhãs perto das onze, perguntando sobre você e aquele cara. Pergunta se ele esteve aqui."

"E o que você diz?" Megan colocou a não no peito.

"Digo 'Bom dia, Sr. Lindo dia, não?' e só isso."

"Deus te abençoe, Sam." Megan se inclinou e deu uma bitoca na bochecha do porteiro.

Ele ficou ruborizado. "Só fazendo meu trabalho, Srta."

Oh, meu Deus. Tem alguém aqui todas as manhãs. Megan fez uma careta e gemeu alto. Grady parou de repente, levantou o focinho com o cheiro que chamava sua atenção na calçada e latiu para ela. "Concordo, Grady. Ele tem coragem para bisbilhotar por aí."

"Sempre conversa com seu cachorro?"

De repente, Megan olhava para o rosto robusto e lindo de Quinn Roberts.

"Quinn Roberts?"

"Sim," ele disse, estendendo a mão.

"Megan Davis."

"Megan Davis? Oh, não, não é *a* Megan Davis?" Ele levantou as sobrancelhas.

Ela riu. "Não sei. Quantas Megan Davis existem por aí?"

"A... uh...amiga de Chaz Duncan'?"

As bochechas dela ficaram vermelhas. "Culpada." Ela caminhou pela avenida.

"Ele tem bom gosto." Ele foi andando com ela.

"Obrigada. Seu rubor se intensificou.

"Cachorro novo?"

"Peguei ele ontem."

"Faz sentido. Chaz teria mencionado um cachorro."

"Por quê?" Na esquina, Megan e Quinn começaram a voltar.

"Ele ama cachorros. Alimentava cachorros de rua quando trabalhávamos juntos. Muito irritante ter vira-latas andando ao redor do teatro. Posso te pagar um café?"

"Adoraria. Talvez possa me contar algumas coisas sobre o Sr. Duncan."

"Uh oh. Sinto que vai ser um interrogatório." Ele parou quando chegaram ao prédio dela.

"Deixe eu levar Grady de volta. Desço em um minuto."

Ela deixou Quinn sentado no lobby do The Royal enquanto levava Grady para casa. Uma olhada no espelho e se assustou. Aplicou um pouco de blush e de batom, colocou sandálias mais atraentes e escovou os cabelos.

Antes de sair, correu até Penny e Mark que se moviam lentamente em direção à cozinha.

"Podem dar comida para o Grady?" Megan perguntou.

"Claro," Penny disse, coçando os cabelos emaranhados.

"Onde está indo tão cedo em um domingo?" Mark esfregou os olhos sonolentos e bocejou.

"Vou tomar um café."

"Com quem?" Penny perguntou de forma casual.

"Uh... Quinn Roberts?"

Instantaneamente os olhos de Penny se arregalaram. "Quinn Roberts!"

"Vai dormir com ele também? Eles não são amigos? Está se transformando em uma vadia groupie, Meg?" O rosto de Mark transpareceu preocupação e um breve lampejo de raiva brilhou em seus olhos.

"Não seja idiota! Nunca faria isso com Chaz."

"Não quero ter que bater nesse cara antes do café da manhã, certo?"

"Ah, Mark, você sempre sabe o que dizer para fazer o meu dia feliz." Ela riu quando fechou a porta.

O elevador a levou para o lobby rapidamente. Conforme se aproximava, o olhar de Quinn percorria suas curvas e ele sorria em admiração.

"Pronta," ela disse.

"Como disse antes, Chaz tem um ótimo gosto." Ele se levantou e os dois seguiram em direção à *Starbucks*.

Capítulo Onze

Em uma quinta-feira quente no final de julho, Megan colocou seu vestido Jersey favorito, pegou suas anotações e se sentou em uma cadeira confortável na frente do computador. Grady dormia em sua cama e roncava baixinho. Meg remexia nos papéis, lendo e relendo, preparando-se para sua conferência com Chaz.

Finalmente, ligou o computador e esperou pela chamada de Chaz. Era nove e meia em Nova Iorque. Ela esperou. E esperou. E esperou. Nos seus pés, Grady se ajeitou em uma posição mais confortável e Megan se remexeu na cadeira. Depois de vinte minutos, a cadeira se tornou dura e um castigo para continuar sentada. Ligou para Chaz, mas a ligação caiu direto na caixa de mensagem. Às dez horas, pegou os papéis e os guardou. *Talvez esteja gravando ou regravando ou seja lá o que for que está fazendo por lá. Talvez esteja passando as falas. Tenho certeza de que ele tem uma boa explicação.*

Às onze, levantou e foi até a cozinha preparar uma xícara de chá. Mark estava agarrado na esposa enquanto Penny lavava a cafeteira na pia.

"Hey, estou aqui. Não comece nada," Megan avisou encolhendo os ombros.

"O que está fazendo acordada?"

"Deveria fazer uma conferência com Chaz sobre suas ações da Perkins Products e o fundo mútuo imobiliário. Mas ele não apareceu."

"Vejo que ele anda ocupado... muito ocupado." Mark se afastou de Penny e foi até o balcão. Ele pegou um jornal colorido e atirou na mesa na frente de Meg.

A manchete gritava: "Chaz Duncan acompanha Anna Jason à Première da nova série *PBS*," e logo abaixo tinha uma foto de Chaz com a mão na parte de baixo das costas nuas de Anna Jason. Meg se jogou em uma cadeira da mesa da cozinha. "Ele... ele tem que fazer essas coisas. Ele me disse para não ficar chateada por ele ter que sair com mulheres pela... pela publicidade. Pelo trabalho dele. Anna Jason?" Meg pegou o jornal e o examinou com cuidado.

"Acho que ele está sacaneando você. Ele está saindo com essa tal de Anna. Olhe como ele está com a mão nas suas costas." Mark voltou para pia e pegou um pano de pratos.

Ele faz a mesma coisa comigo. Por dentro, ela estava destruída, mas não poderia dar mais combustível para o seu irmão. "Tenho que confiar nele, Mark. Ele me disse que faria coisas desse tipo."

"Claro, então ele pode escapar impune e ainda vir para Nova Iorque e transar."

"Não fale desse jeito!" Megan se levantou rapidamente e tinha raiva na voz.

"É a verdade. Encare a verdade, irmãzinha, você é uma dentre tantas."

"Não acredito nisso." Lágrimas de raiva apareciam em seus olhos enquanto o medo da traição a corroía por dentro. *Ele não faria isso. Ele me disse. Tenho que acreditar nele, não?*

"Onde você acha que ele estava essa noite, Meg?" Mark colocou a cafeteira de volta em cima do balcão.

"O que quer dizer?" Ela se inclinou sobre a mesa, preparando-se.

"Quando você estava aqui, deprimida, esperando para que ele ligasse. Não sou burro só porque não sou um aluno nota 10." Ele jogou o pano de pratos para Penny.

"Oh Deus," ela murmurou segurando a cabeça com as mãos e se jogando na cadeira novamente.

"Mark!" Penny bateu nele com o pano.

"O quê? Quer que ela saiba a verdade, não quer? Não quero que ele a deixe de coração partido."

"Acha que ele saiu com Anna Jason?" Meg perguntou, levantando os olhos.

"Com certeza que sim. Ele poderia ter te mandado uma mensagem... ou algo do tipo."

Megan levantou e correu para o quarto. Grady correu atrás dela, latindo. Pegou o celular de sua mesa de cabeceira e abriu sua caixa de entrada. Ali estava. Uma mensagem de Chaz. Sorriu aliviada enquanto abria a mensagem.

Desculpe por essa noite. Compromisso de publicidade. Não fique chateada pela

Foto comigo e Anna. Promovendo a série PBS. Você

Ainda é a minha garota.

Meg leu novamente a mensagem enquanto voltava para a sala de estar.

"Tem uma mensagem dele?"

Ela assentiu.

"Ele fala sobre a foto no jornal e se desculpa por essa noite."

"Aposto que sente muito. Viu os peitos daquela garota?" Mark fez um gesto com as mãos.

Penny deu um peteleco em seu braço. "Você não está ajudando. Desde quando você presta atenção em 'peitos'?"

Megan se sentou no sofá. "Eu amo Chaz. Certo. Pronto. Falei. Concordamos em não nos apaixonarmos. Tarde demais. Já estou apaixonada. Isso não vai funcionar se eu não confiar nele. Tenho que acreditar nele... dar uma chance. Quando você está na estrada, Penny tem que confiar que não está saindo com garotas que pegou no bar do hotel como o resto do time. Certo?"

Mark foi até ela e passou os braços por sobre seus ombros "Penny e eu somos casados. Fizemos votos, declaramos nosso... amor - não dê mole. Que merda, você e Chaz não... na verdade, vocês dois combinaram. Como se cumpre votos ou promessas que não se fez?" Os olhos de Megan se encheram de lágrimas. Ela escondeu o rosto nos ombros de Mark.

"Não sei. Mas eu preciso. Não consigo evitar. Eu o amo. Então, tenho que confiar nele... até ele trair essa confiança. Chaz é... tem... a vida não foi fácil para ele. Ele não é de confiar facilmente. Ele vai se declarar... um dia desses. Sei que vai. Se for exigente, sacana e controladora, ele vai cair fora. Preciso mantê-lo de maneira mais solta."

"Isso é muito inteligente." Penny acariciou o ombro de Meg.

"O que esse cara tem de tão especial... digo, além de ser bonito e ter dinheiro?"

"Você não entenderia." Meg secou os olhos com a mão.

"Você costumava conversar comigo sobre os caras," Mark retrucou.

"Isso é diferente, é algo íntimo. Hey, eu não queria amá-lo. Lutei contra isso desde o começo. Quem precisa de mais celebridades? Odeio ser o centro das atenções e não quero essa vida... me esquivando da mídia e cuidando cada palavra. Mas é tarde demais."

"Você é boa demais para ele. Não aceite qualquer coisa, Meg. Se ele partir seu coração, terá que se ver comigo."

Mark se levantou. Meg o acompanhou e ficou na ponta dos pés para beijar sua bochecha. "Obrigada, mala."

"De quem é a vez de sair com Grady?" Penny perguntou.

Meg e Mark apontaram um para o outro.

CHAZ ESTAVA PRONTO para a próxima conferência que eles agendaram. Na verdade, estava adiantado. Meg correu até o computador quando ouviu a notificação da chamada, passando um batom nos lábios de forma apressada antes de sentar à frente de um Chaz carrancudo. "Olá," ela disse, desconfortável com o seu olhar.

"O que estava fazendo com Quinn?"

"O quê?"

"Quinn Roberts. Ainda não viu a *Celebs R Us*? A foto de vocês está estampada na primeira página. A manchete diz, 'Quinn Roberts "Pega Emprestado" a Garota de Duncan Para... Consultoria Financeira?"

"Isso é ridículo!" Megan falou indignada.

"Mas vocês estão lá, juntos. Você está saindo com ele? Vou matar Quinn."

"Nos encontramos por acidente na Centarl Park West. Estava passeando com Grady."

"Acidente? Claro," Chaz zombou sem que a desconfiança deixasse seu olhar.

"Sim, exatamente isso! E ele me convidou para tomar um café. Não tinha ideia de que alguém estava tirando fotos da gente."

"Então, você saiu com ele?" O tom triunfante na voz de Chaz fez a raiva de Meg crescer.

"Saímos para tomar um café... hey, não foi você que disse 'sem compromisso'? Isso me deixa livre para tomar um café ou fazer qualquer outra coisa com quem eu quiser."

"Não foi isso que quis dizer..."

"Oh, então o que quis dizer? Liberdade para você, mas não para mim? Você pode sair com Anna-bonitona e colocar as mãos nela em público, mas eu não posso tomar uma xícara de café com Quinn? Isso não funciona para mim, Chaz."

A expressão de Chaz ficou mais calma e Megan soube que tinha vencido. "Não quis dizer isso. Não quero sair com mais ninguém... e não quero que você saia também."

"Então agora estamos falando de um relacionamento exclusivo?" Megan cruzou os braços.

"Acho que sim. Você vai ver Quinn de novo?"

"Não tinha planejado isso. Passamos o tempo todo falando sobre você. Ele é seu amigo. Não deu em cima de mim nem nada parecido. Ele me contou algumas histórias bem engraçadas sobre vocês dois em Pine Grove."

"Não deu em cima de você? Bom."

"Claro que não. E Anna?"

"Aquilo foi pela publicidade. Eu te disse. Coloquei a mão nas suas costas... se fosse na frente, entenderia sua raiva. Meg, talvez você não queira estar com alguém que apareça nos jornais com outras mulheres de vez em quando."

"Não quero. Nunca quis. Odeio essa palhaçada de celebridade e você é a última pessoa com quem gostaria de me envolver."

Chaz ficou a encarando em silêncio. Ela sabia que tinha ido muito longe. "Está dizendo que quer que nossa relação seja apenas de negócios?"

Ela podia ver o suor em sua testa. *É a última coisa que quero. O que eu fiz?*

"Não, não, não. Não quero isso. Eu... eu... Quero ficar com você. Não quis dizer o que isso da forma que pareceu ou algo assim."

"Por favor, não quero te perder. Você é tão diferente... especial. Não sou bom com as palavras, não sei o que dizer a não ser que... minha vida não seria a mesma sem você."

Os olhos dele diziam exatamente isso. Meg podia ver que ele falava de coração, que não estava atuando. Um sorrisinho apareceu em seu rosto.

"Sinto o mesmo," ela disse com uma voz suave.

"Você quer ficar comigo?" Ele perguntou.

"Quero. E você?"

Ela podia ver o pescoço dele se ruborizando. "Estaria aqui se não quisesse? Não tive muitos relacionamentos longos, Meg. É difícil nessa profissão. As mulheres acham que querem sair com você até a imprensa começar a se meter. Quando se deparam com fotos desagradáveis delas mesmas por toda a mídia, normalmente elas fogem."

"Posso entender o porquê."

"Tentei namorar somente atrizes, mas aí encontrei mulheres que consideravam dormir comigo um caminho para suas carreiras."

"Sério?" Ela soltou suas anotações.

"Não demorava muito para estarem me empurrando na direção de alguém para apresentar a elas ou então amando toda a publicidade. As coisas ficam feias bem rápido depois disso."

"Então você fica sozinho a maior parte do tempo?"

"Sozinho é mais seguro." Chaz levou a xícara de café até os lábios.

"Você gosta disso?"

"Está louca? Você é diferente. Nunca conheci alguém como você."

"Claro, não me surpreende. Mulheres nerds não estão no topo da sua lista." Ela mordeu o lábio.

"Só porque é inteligente não quer dizer que é nerd."

"Muito menos sou uma gostosona."

Chaz deu um sorriso estranho para ela. "Eu acho que é. Se estamos sozinhos e ninguém pode ver, por que está usando tanta roupa? Por que não fica mais *confortável*?"

"Você quer que eu tire a roupa aqui, na frente do computador?"

"Devagar e com música seria incrível." Ele moveu as sobrancelhas. Ela riu. "Acho que não!"

"Um cara pode tentar, não pode? Sinto falta de seu corpo."

As bochechas de Meg ruborizaram e ela desviou o olhar.

"Te deixei envergonhada, gatinha? Não fique envergonhada. Você tem um corpo lindo."

As bochechas dela ficaram mais quentes e ela começou a mexer nos papéis.

Vamos falar sobre Perkins. Separei alguns números..."

"Adoraria poder beijar você nesse momento."

Meg largou os papéis e levantou os olhos. O olhar sexy no rosto de Chaz fez o calor percorrer suas veias. Ela examinou seu rosto, seus cabelos caindo nos olhos, a barba no rosto e levantou a mão como se fosse tocá-lo, em seguida, baixou-as. "Também adoraria," ela sussurrou.

"Vamos ser exclusivos... tudo bem? Sem sair com mais ninguém."

Ela assentiu, hipnotizada pela intensidade de seus olhos escuros. Ele sorriu e colocou a palma da mão no monitor. Ela levantou a mão para encostar na dele.

"Odeio estar tão longe. Quando pode vir para cá? Vou ter um dia de folga daqui uns dez dias. Mando um e-mail com a data. Você pode vir?"

"Sim."

Um sorrisão apareceu em seu rosto lindo, mandando calor para Meg através do computador. "Mal posso esperar para ter você aqui comigo... na cama."

"Dunc... sinto sua falta."

"Não vai demorar muito agora, gatinha. Aguenta mais um pouco. Sobre o que quer conversar?"

A sensação do papel em sua mão lhe trouxe de volta à missão original da ligação. "Perkins. Perkins Products. Queria rever alguns números com você antes de recomendar que invista..."

Chaz se recostou, entrelaçou os dedos atrás da cabeça e sorriu. "Fale, garota dos investimentos."

PARA CHAZ, O DIA SEGUINTE foi de paradas e mais paradas. Uma peça do equipamento de som estragou. Seu coadjuvante teve uma crise de tosse. Tudo parecia atrasar as filmagens. A ansiedade de ver Meg o deixou um pouco nervoso e impaciente. Queria apressar tudo para poder passar um tempo com ela. Essa euforia era algo novo para Chaz. Várias pessoas comentaram sobre o seu constante sorriso e a sua falta de rabugice no set, mesmo com tudo dando errado. *Finalmente me apaixonei. Deus, isso é ótimo.*

Na quinta-feira, encontrou um canto quase tranquilo e conferiu seu telefone ante do jantar. Ali estava... Outra razão para se alegrar, uma mensagem de Allie, seu agente.

Está sentado? Você conseguiu o papel em Rainy Sundays. Próxima parada... Broadway.

Chaz deu um salto e um grito, o que deixou a sala imediatamente em silêncio.

"Eu vou fazer um musical da Broadway!"

Uma salva de palmas junto com a boa notícia acabou com seu apetite. *Meg!*

Depois de encontrar um local mais calmo, telefonou para ela. Caiu na caixa de mensagem então deixou uma mensagem misteriosa, desejando dar a notícia pessoalmente. E enquanto comia, bolou um plano.

No dia seguinte, Chaz teve a manhã de folga porque o equipamento precisava de mais reparos. Colocou a mão no bolsa e encontrou o cartão de visitas que procurava. *Brielle! Esse era o nome dela. Certo.*

Sentou-se e escreveu um e-mail:

Brielle, preciso de um favor. Gostaria de fazer uma surpresa para Meg. Por favor, transfira $25.000 da minha conta para a dela. Não conte para ela. Me avise quando tiver feito e eu mesmo conto para ela. Minha senha é spencer500. Muito obrigado.

Chaz.

Depois de enviar o e-mail, recostou-se e sorriu sozinho. *Forma perfeita de agradecer por sua ajuda. Não acredito que vou para a Broadway. Agora podemos ficar juntos. A vida poderia ficar melhor que isso?*

A euforia de conseguir o papel iluminou seu caminho. O enorme sorriso transparecia a alegria de seu coração em ter o apoio de seus colegas de trabalho, a devoção de Meg e um papel muito cobiçado - um que desejara por toda a sua vida.

EM NOVA IORQUE, A EMOÇÃO de Brielle ao ver o e-mail de Chaz se transformou em frustração e logo em seguida em ciúme. Olhou para o escritório de Megan por sua janela. A morena trabalhava duro com os olhos grudados na tela do computador enquanto fazia anotações. Completamente atenta em seu trabalho, nunca notou que Brielle a encarava. *Vagabunda. Provavelmente está dormindo com ele. Quem não dormiria? Está formando seu departamento. Vai virar vice-presidente muito antes de mim. Não vai mais.*

Um sorriso maldoso apareceu em seus lábios e, quando Megan finalmente percebeu, Brielle parecia lhe olhar de forma amigável. Megan sorriu suavemente antes de voltar ao trabalho. *Continue enfiada em seu trabalho... para ver o que vai conseguir. Vou te derrubar e você nunca vai saber o que te acertou.*

Brielle se recostou na cadeira com os olhos fechados, tramando algo. Quando os abriu, uma sensação de triunfo tomou conta de seu coração. *Como Napoleão... como Hannibal... Eu marcho para a vitória. E vou pegar Chaz também. Quando eu terminar, ele nem sequer vai olhar para você.* Ela bateu com a caneta na mesa, estalou os dedos e projetou a cadeira para frente. "Andy, venha aqui, por favor."

Meg nunca percebeu que Andy se levantou e entrou no escritório de Brielle. "O que houve?"

"Feche a porta e sente. Preciso de um favorzinho seu." Brielle flertou com ele.

"Precisa?" Seus olhos se iluminaram olhando para suas curvas.

"Pode ser algo... uh... muito especial para você também."

"O quê?"

"Antes, uma surpresinha para sua chefe. Mas preciso da senha dela antes de entregar."

"Não posso te dar isso."

"Nossa, isso é muito ruim porque assim não posso te dar a noite mais memorável e sexy de sua vida."

"Huh?"

Que idiota!

"Tudo o que tem que fazer é me passar a senha e então pode ir até minha casa amanhã à noite... e passar a noite lá - se é que entende o que digo."

O rosto de Andy ruborizou levemente e seus olhos brilharam enquanto um sorriso safado se abriu em seus lábios. "A senha é Grady200."

Brielle rabiscou em um pedaço de papel. Levantou-se e se aproximou dele. Antes de lhe entregar o papel, inclinou-se em sua direção. Sua mão escorreu até sua virilha e ela deu uma esfregada. O corpo dele estremeceu um pouco e ele ficou vermelho. "Só uma prévia..."

Então, ela lhe entregou o pedaço de papel. "Aqui está meu endereço. Esteja na minha casa às nove horas da noite e se prepare para a noite mais incrível de sua vida."

Ele pegou o papel de sua mão e o colocou no bolso da frente de sua camisa. Andy hesitou um pouco na frente dela antes de levantar o dedo e passar rapidamente por seu rosto. Ela sorriu e lambeu os lábios. O rubor voltou a seu rosto antes que ele batesse em retirada para sua mesa.

Hmm...Grady200, eh? A presunçosa e esperta Megan Davis... Foi bom te conhecer, mas vai ser maravilhoso dizer adeus *para sempre.* Brielle voltou para o computador e começou a digitar.

Capítulo Doze

Megan se recostou na cadeira, olhando para a tela do computador onde o rosto de Chaz a encarava de volta. "Posso desabafar por um momento?"

"Claro que sim. Estou desabafando nos últimos quarenta e cinco minutos."

"Continuo me encontrando com esses famosos com que quem Harvey quer fazer negócios e tenho a incômoda sensação de que estou fazendo a coisa errada."

"O que quer dizer?"

"Prefiro trabalhar para organizações sem fins lucrativos, ajudando a investir. A ideia de fazer um investimento para, digamos... a ASPCA é emocionante para mim. Lidar com essas *prima donnas* que acham que são uma dádiva divina para o mundo... não gosto disso. Não gosto delas e não quero perder meu tempo fazendo seus vinte milhões virarem quarenta. Quero ajudar as pessoas... pessoas que precisam de ajuda."

"Disse isso para o Harvey?"

"Não tenho coragem. Ele está muito animado." Ela baixou o olhar para suas mãos.

"Se trabalhar bastante e tiver sucesso, não vai poder trilhar seu próprio caminho e fazer o que quiser?"

"Talvez. Não tinha pensado dessa forma... vou pensar nisso."

"Trabalhar muito sempre foi a única coisa que pude controlar em minha vida... meu caminho para o sucesso."

"Não tenho medo de trabalhar muito. Queria que fosse por uma boa causa." O seu olhar se encontrou com o dele.

"E eu?"

"Você é diferente." Megan deu de ombros.

"E você está muito vestida." Ele levantou uma sobrancelha.

Lentamente Megan tirou o vestidinho justo, mostrando um conjunto de calcinha e sutiã turquesa. Chaz, que antes estava jogado na cadeira, levantou-se. "Caramba, você vai trazer isso para Phoenix?"

"Posso levar... se você quiser." O calor do olhar dele viajou através do monitor e a aqueceu.

"Oh, eu quero. Quero muito. Sim, por favor, traga, vista ou qualquer coisa do tipo. Uau."

"Agora você."

Chaz tirou sua camiseta e deslizou o jeans até o chão. O sorriso de Megan se alargou conforme seu olhar acariciava seu peito nu.

"Não pare agora." O olhar de Chaz ficou mais quente e um sorriso sexy percorreu seu rosto.

"Sem strip-tease pela internet."

"Que tal pessoalmente?" Ele se sentou na cadeira com a atenção voltada para ela.

"Talvez," ela provocou e sorriu de forma maliciosa.

"Mal posso esperar." Ele moveu as sobrancelhas.

"Eu também." Ela deslizou a cadeira até a mesa, colocou os cotovelos em cima dela e apoiou o queixo sobre as mãos.

"Megan... eu... eu..." ele se inclinou levemente para frente.

Ele fez uma pausa e ela permaneceu imóvel, esperando que ele continuasse. "Te conto quando te ver."

"Tenho que ir." Megan disfarçou sua decepção.

"Boa noite, gatinha. Bons sonhos." Chaz mandou um beijo.

"Boa noite, Dunc. Beijos e abraços"

Os dois colocaram as mãos no monitor e Megan jurou que podia sentir a mão dele encostar na sua.

Então, o monitor ficou preto e o sorriso de Meg evaporou. *Ele ia dizer. Eu podia ver em seus olhos. Definitivamente ele ia dizer "Eu te amo" essa noite. Talvez quando eu chegar em Phoenix.* Suspirou, escovou os dentes, tirou a lingerie e foi para a cama. *Agora não vai demorar muito para que esteja deitada ao lado dele novamente, mesmo que seja por pouco tempo.* Imaginou-se aconchegada na cama com Chaz e o sono a dominou rapidamente.

BRIELLE CHEGOU NO ESCRITÓRIO cedo na manhã de segunda-feira. Ela mal conseguia conter sua emoção. Depois de verificar o computador e encontrar suas mudanças realizadas, esfregou as mãos em um alegre silêncio. *Você vai cair, pequena Srta. "Harvard."*

Brielle olhou para o relógio. *Aquela vadia está fora há três dias. O momento é perfeito.* Sentou-se tomando seu café por um minuto e praticando uma cara de preocupação. Quando conseguiu acertar a expressão, largou o café e foi até o escritório de Harvey Dillon.

Quando bateu na porta aberta do Sr. Dillon, ele acenou para que entrasse. "Chegou cedo, Brielle. O que posso fazer por você, querida?"

"Queria conversar com você antes que mais alguém chegasse. Estou muito preocupada, Sr. Dillon."

"Entre e me conte o que houve. Feche a porta."

Ela entrou e se sentou na cadeira em frente à mesa.

"De vez em quando confiro para ter certeza de que todos os depósitos e retiradas foram feitos... da forma que pediu..." *Me dar esse trabalho ingrato me deu essa ideia.*

Moveu-se de forma desconfortável na cadeira, garantindo que Harvey não tirasse os olhos dela. *Essa atuação deveria ganhar um Oscar.*

"Bem, você sabe como eu amo a Dillon & Weed. Não ia querer que nada de ruim acontecesse com a empresa, então vim até você imediatamente."

"O que houve, Brielle... fale logo." Harvey se recostou na cadeira.

"Achei engraçado que vinte e cinco mil Dólares desapareceram da conta de Chaz Duncan e, quando olhei a conta de Megan Davis, tinha vinte e cinco mil Dólares a mais do que na semana passada."

Harvey Dillon se sentou tão rapidamente que quase derramou seu café. "O quê?"

"Megan transferiu vinte e cinco mil Dólares da conta do Sr. Duncan para a sua própria conta. Achei estranho e quis trazer isso para você imediatamente... antes que algum escândalo acontecesse."

"Você tem certeza?" Harvey foi até o computador e puxou os registros.

"Absoluta," ela disse tentando não sorrir.

"Achei a transferência. Deve haver uma explicação." Harvey franziu o cenho.

"Só consigo ver uma. Imagino que seja muita tentação... lidar com sete milhões de Dólares. Acho que ela pensou que ele não daria falta de alguns mil Dólares aqui e ali."

"Oh meu Deus! Meg está roubando de Chaz Duncan? Achava que ela estava tendo um caso com ele... mas roubando? Merda! Isso é terrível. Estamos arruinados se isso vazar." Ele se virou para Brielle.

"Não conte a ninguém. Vou devolver o dinheiro e podemos fingir que isso nunca aconteceu."

"E quanto a Megan?" Brielle arregalou os olhos o máximo que pode.

"Está demitida, é claro. Estou chocado, completamente chocado. E de pensar que estava prestes a dar a ela acesso a várias contas de outros clientes ricos que estão chegando na empresa." Harvey suspirou e se jogou na sua grande cadeira.

"Tem minha palavra. Isso nunca vai sair da minha boca." Brielle fingiu trancar a boca.

Ele se virou para ela com um sorriso de gratidão nos lábios.

"Muito obrigado por trazer isso até mim. Você vai ganhar um bônus por isso, Brielle. Você salvou nossa empresa. Vou ser direto no que se refere a esse assunto." Levantou-se e estendeu a mão. Ela a apertou e saiu.

De volta ao seu escritório, Brielle não conseguia para de sorrir. *Agora, a parte dois.* Sentou-se e tomou um gole de café enquanto olhava para um número de telefone em seu computador. Recostando-se, abriu um enorme sorriso antes de discar. "*Celebs R Us*? Tiffany Cowles, por favor."

Brielle se recostou na cadeira e descansou os pés no cesto de lixo. Lambeu os lábios enquanto esperava ser atendida. "Tiffany Cowles? Tenho uma informação para você..."

O AVIÃO POUSOU NO HORÁRIO no Aeroporto Mesa Gatway em Phoenix. Megan tinha apenas uma bagagem de mão e ficou batendo o pé enquanto esperava os outros passageiros saírem do avião. Seus olhos percorreram a multidão enquanto se dirigia para a porta, mas não viu Chaz.

Um jovem de bigode e boné se aproximou. "Táxi, moça?" O jovem perguntou com um forte sotaque italiano.

Megan mal olhou para o homem e seu olhar continuou a procurar na multidão. "Não, obrigada, estou esperando uma pessoa."

"Eu, talvez?" O homem diminuiu o sotaque.

Megan se virou e viu dois olhos escuros brilhando para ela. "Chaz?"

"Ao seu dispor. Por aqui." Ele pegou sua bagagem, segurou em seu braço e a levou em direção à porta.

Quando as portas se abriram, depararam-se com uma parede de ar quente e seca. Chaz abriu a porta da frente de um táxi que estava esperando e largou a bagagem. Depois, abriu a porta de trás e a conduziu, entrando logo depois que ela se acomodou. Tirou o boné e, cuidadosamente, tirou o bigode.

Megan riu conforme ele mudava de um lindo desconhecido para o seu amado.

"Nunca sei o que esperar de você."

"Uma busca discreta no aeroporto quando chego como o Giuseppe, hein?"

Antes que ela pudesse responder, tomou-a em seus braços e roubou seu fôlego com um beijo apaixonado. Megan correspondeu ao seu ardor conforme o desejo a arrebatava, fazendo com que um calor subisse por seu corpo.

"Para onde?"

Chaz a soltou por um momento. "Ritz Carleton."

"Aye, aye, Capitão Spencer." Ele saudou como em *West of the Sun* e então arrancou o carro.

Os namorados se beijaram durante todo o caminho até o hotel. Ele deslizou a mão sobre seu peito, excitando-a. Separaram-se quando o porteiro do hotel abriu a porta e pigarreou. Brilhando de desejo, seus olhos se encontraram quando Chaz pegou em sua mão e a conduzindo pela porta automática.

Ele parou na recepção para pegar uma segunda chave para Megan.

"Srta. Davis? Acredito que tem um fax para você." O recepcionista entrou na porta dos fundos.

"Um fax? Já?" Chaz olhou para ela.

"Disse para Harvey onde estaria... no caso de uma emergência. Além disso, é a política da empresa, eu acho. Precisa dizer onde podem te encontrar."

"E se estivéssemos acampando na floresta?" Ele levantou uma sobrancelha.

"Boa pergunta. Não sei."

A conversa foi interrompida pelo recepcionista que tentava se manter sem expressão. Quando Megan viu a ruga em sua testa, ficou óbvio que ele lera o fax e estava preocupado. Olhou para ele e depois para Chaz.

"Talvez seja melhor ler."

Foram em direção ao elevador conforme ela abria o envelope e retirava o papel.

"*Queria Srta. Davis,*

Seu emprego na Dillon & Weed foi encerrado com desligamento imediato. Seus pertences foram guardados e entregues em seu apartamento, então não tem necessidade de voltar ao nosso escritório.

Atenciosamente,

Harvey Dillon

Presidente

As lágrimas nublavam a visão de Meg quando olhou para Chaz.

"O que é?" Ele perguntou arrancando o papel de suas mãos. "Que... eles podem fazer isso?"

Ela assentiu com um nó na garganta que bloqueava sua fala. A porta do elevador se abriu e Chaz pegou em seu cotovelo, conduzindo-a do corredor até sua suíte. Assim que entraram, Megan se encostou na porta e deslizou até o chão com uma cascata de lágrimas no rosto.

Chaz colocou as mãos em seus braços e a levantou. Envolveu-a em seus braços fortes enquanto ela soluçava em seu peito.

"O que houve, Meg?"

Ela balançou a cabeça e deu de ombros.

"Você não sabe?"

Ela respirou fundo e soltou o ar devagar, mas sua voz ainda estava tremendo quando respondeu.

"Não tenho ideia. Estava indo tudo bem. Até tinha algumas pessoas novas para assinar contrato."

"Ligue para Harvey. Talvez consiga resolver isso." Chaz foi até o bar e serviu uma vodca com tônica para Megan. Ela sentou e ligou para o escritório. A secretária de Harvey a passou para o advogado da Dillon & Weed. "Harvey não vai falar comigo. Me empurrou para o advogado."

Megan cobriu o rosto com as mãos. Chaz a puxou para seu colo e acariciou suas costas.

"Vamos ir até o fim com isso. Vamos sair e comer. Está com fome?"

"Na verdade não, apesar dessa bebida estar gostosa."

"Podemos ir a um bom restaurante, ter um jantar calmo e traçar uma estratégia de ataque... certo, gatinha? A imprensa tem sido generosa em me deixar em paz aqui, então estaremos seguros."

Ele a beijou de forma doce. Meg se levantou e jogou uma água no rosto. Ficaram de mãos dadas enquanto desciam pelo elevador. Quando as portas se abriram, Megan achou ter visto um flash.

Assim que chegaram no lobby, um repórter e um fotógrafo os encurralaram, tirando fotos tão rápido que o flash cegou temporariamente Megan e Chaz. O repórter enfiou um microfone no rosto de Megan.

"Soube que foi demitida da Dillon & Weed por roubar, Srta. Davis. Alguma declaração?"

"O quê?"

"Roubar. Você fez isso?"

"Não!" Ela agarrou mais forte na mão de Chaz.

"Na verdade, minhas fontes disseram que roubou desse cara aqui... Chaz Duncan. Vinte e cinco mil Dólares."

"O quê? Do que está falando?" Megan franziu o cenho quando olhou para o repórter.

"Então, você fez isso? Roubou do Sr. Duncan, Megan? Vamos, pode me contar."

"Não roubei de ninguém." Megan levantou a cabeça apesar das lágrimas arderem em seus olhos.

"Não foi demitida recentemente?" O repórter insistiu apesar de Chaz esticar o braço e puxar Megan para trás de si.

"Isso não é da sua conta," Chaz cuspiu no repórter.

"Quem é você? Por que se importa com a minha vida?" Megan perguntou ao repórter.

"Tiffany Cowles me mandou para cá. Sou da *Celebs R Us* e enquanto estiver de mãos dadas com esse cara, você é notícia, querida."

Chaz deu meia volta de forma abrupta e puxou Megan na direção dos elevadores. O repórter disparava perguntas enquanto o fotógrafo continuava a tirar fotos, mesmo quando eles desapareceram no elevador. Megan se afastou de Chaz.

"Não te roubei... sério. Nunca faria isso. Tem que acreditar em mim."

"Eu acredito em você, Meg. Vamos entrar. Tenho que te explicar uma coisa."

O olhar de vergonha em seu rosto atiçou sua curiosidade. Assim que entraram, Meg desabou no sofá. "Talvez devêssemos pedir o serviço de quarto essa noite." Chaz trancou a porta da frente.

"O que ia me dizer?"

"Isso pode ser meio que... minha culpa. Entrei em contato com Brielle..."

"Brielle? Para quê?" Meg levantou em um salto.

Chaz sinalizou para que se sentasse. "Não para o que está pensando. Fique calma. Consegui o papel no show da Broadway..."

"Conseguiu? Isso é maravilhoso!"

Megan ia se levantar, mas Chaz levantou a mão para impedi-la. "Tem mais... Você foi uma parte importante disso... ensaiando comigo, me dando bons feedbacks, me encorajando. Não tinha isso desde que morava com os Gold. Significou muito para mim. Você me ajudou a realizar um dos meus sonhos... atuar na Broadway... e em um musical... o melhor. Então, quis te ajudar. Queria te ajudar a realizar o seu sonho... de ajudar pessoas, dando consultoria financeira sem fins lucrativos... aquilo que conversamos..."

"E então você fez... o quê?" Seus olhos se apertaram.

"Então, entrei em contato com Brielle e pedi que transferisse vinte e cinco mil Dólares da minha conta para a sua... como um presente. Algo para te ajudar a começar por conta própria, se quisesse. Eu só queria dizer 'obrigado.'"

"Oh meu Deus! Brielle fez a transferência e fez parecer que eu estava roubando. Ela deve ter conseguido minha senha... mas como? Andy! É o único. Provavelmente ela também dormiu com ele para conseguir a senha. Você me deu todo esse dinheiro para me agradecer?"

Ele assentiu.

"Mas *obrigado* teria sido o suficiente. Não precisava me *pagar*."

Lágrimas desceram por suas bochechas e ela as limpou com a mão. "Nem tudo tem que ser na mesma moeda. Te ajudei porque eu quis. Agora, você me pagou por isso. Isso não é justo. Não consegue aceitar ajuda... amor... de ninguém?"

"Não quis criar problemas. Só quis te ajudar da forma que você me ajudou."

"Nem tudo precisa ser pago. Deus, você não sabe muito sobre o amor, sabe?"

"Não quis...

"Sabe?" Ela gritou com ele, com as mãos na cintura.

Ele baixou a cabeça. "Acho que não."

"Quando você ama alguém, não faz algo pensando que vão ficar *te devendo* que vão te pagar. Faz porque ama. Ponto. Nunca passou pela minha cabeça que você faria algo tão... tão... grandioso, tão extremo para me pagar por algo que fiz por amor."

"Amor? Você me ama?"

"Claro, seu idiota! Não acredito que ainda não descobriu isso. Eu sei, eu sei, você não sente o mesmo. Amigos com benefícios, comprometidos, algo do tipo... blá, blá, blá... E toda essa baboseira. Vou desfazer a mala."

Megan foi em direção a sua mala, mas Chaz segurou seu braço e a puxou para si, aconchegando-a.

"Também amo você. Estou tentando criar coragem para te dizer isso há algum tempo."

"Você me ama?" Ela se acalmou.

Chaz se abaixou para beijá-la gentilmente e depois intensificou o beijo rapidamente. Meg passou os braços por seu pescoço e pressionou o corpo contra o dele. O calor de seu peito e o toque suave de sua barba pouco crescida aceleraram seu coração. Ele passou uma mão em seus cabelos enquanto a outra se movia para cima e para baixo em suas costas, pressionando levemente sua pele. Abaixando a mão, ele a apertou e a puxou para mais perto.

Repentina e abruptamente Chaz se afastou. "Meti você nessa confusão, então vou dar um jeito nisso. Vou ligar para Dillon, mas antes... vou fazer uma coletiva com a imprensa para explicar o que aconteceu."

"Tem certeza, Dunc?" Meg colocou as mãos em seu peito.

"Absoluta. Assim que as pessoas souberem a verdade, aquele idiota do Dillon vai te readmitir e você não vai mais ser notícia. Vou ligar para minha agente. Ela vai agendar isso."

Meg inclinou a cabeça e franziu o cenho.

"Isso é minha culpa." Chaz acariciou seus cabelos. "Deixa eu dar um jeito nisso."

"A culpa é de Brielle. Ela planejou isso para que eu fosse demitida. E Andy, aquele traidorzinho, fez parte do plano."

"Vamos dar um jeito nela," Chaz sorriu enquanto pegava o telefone e discava.

Capítulo Treze

"Deixa eu te surpreender." Chaz pegou o telefone para pedir o serviço de quarto.

Meg assentiu. O cansaço e o estresse da viagem, de perder o emprego e de ser confrontada pela *Celebs R Us* eram evidentes em seu rosto. Deitou-se no sofá e cochilou antes mesmo que Chaz desligasse o telefone. Ele pegou um cobertor de lã no quarto e colocou sobre ela. *Ela me ama!* Um sorriso se abriu em seu lindo rosto enquanto a observava dormir.

Ela se mexeu um pouco e murmurou algo que ele não conseguiu entender. Puxar uma cadeira para perto o permitiu estender o braço e acariciar gentilmente seus cabelos. Sua ação pareceu acalmá-la e ela se ajeitou em uma posição. O toque do telefone afastou Chaz. Ele atendeu e foi para o banheiro para não a acordar.

"Isso mesmo, uma coletiva de imprensa."

"Tem certeza?"

"Por que todo mundo fica me perguntando se tenho certeza? Quero ajudá-la. Ela foi demitida sem motivos e a culpa é minha. Também vou ligar para Dillon depois da coletiva."

"Por que está se envolvendo tanto? Ela é só a sua consultora financeira, certo? Existem milhares."

A voz de Chaz assumiu um tom irritado. "Ela é muito mais do que minha consultora financeira. É a mulher que eu amo."

"Só estou te alertando para não arruinar sua carreira por ela. Só isso."

"Você não entende? Fiz ela ser demitida... por acidente. E sua reputação está em frangalhos e a culpa é minha. Vou consertar as coisas. Apenas providencie a coletiva, certo?"

"Vou providenciar. Boa sorte.... e, hey, parabéns por estar apaixonado."

Chaz se acalmou. "Obrigado. Ela é ótima."

Colocou o telefone de volta no bolso, caminhou para a sala e se sentou em uma cadeira perto dela. Enquanto seu olhar se direcionava para Meg, ele pensava no que diria na coletiva. Recostando-se na cadeira, colocou a mão em seus cabelos e fechou os olhos. Uma hora depois, Chaz se assustou com uma batida na porta. Meg se moveu e abriu os olhos.

"O jantar está aqui." Chaz puxou sua carteira do bolso de trás e se aproximou da porta. Quando a abriu, um garçom vestido de forma impecável entrou puxando uma mesa sobre rodas. A mesa estava decorada de forma elegante com uma toalha branca e porcelana fina disposta sobre o desenho de uma florzinha rosa e azul. Chaz deu uma gorjeta para o garçom antes de acompanhá-lo até a porta. Meg se aproximou da mesa e pegou uma faca. Podia ver seu reflexo na lâmina. O material de vidro brilhava. Cheiros apetitosos surgiam no ar. O estômago de Chaz roncou seguido do de Meg.

"Estou faminta," ela disse enquanto espiava embaixo da tampa de um dos pratos.

"Ah! Sem espiar. Primeiro, sente-se. Fizeram isso especialmente para nós."

Meg se sentou e colocou um guardanapo de pano rosa sobre o colo. Chaz a imitou. Levantou a tampa do maior prato para apreciar fatias de Bife Wellington. A caçarola ao lado continha batatas escalopes e um terceiro prato tinha aspargos com cogumelos.

"Oh meu Deus, um banquete!" Seus olhos se arregalaram e um grande sorriso se abriu em seu rosto.

"Digno de uma rainha, minha rainha." Pegou sua mão, beijou-a e então colocou um prato a sua frente. "Posso?"

Ela assentiu.

Chaz escolheu o pedaço mais suculento e habilmente o segurou entre dois garfos para colocá-lo no prato dela. Depois de servir grandes porções dos acompanhamentos, serviu-se. Assim que seu prato estava cheio, seu olhar percorreu o corpo dela enquanto cortava o primeiro pedaço de sua refeição.

"Satisfazer um apetite de cada vez." Seu sorriso ficou safado e ela ruborizou, segurando a barra do vestido.

"Isso está fabuloso. Nunca imaginei algo assim... tão suntuoso." Meg se concentrou em sua comida e deu uma mordida. "Esse é o melhor bife que já experimentei. Está incrível." Ela mastigou devagar.

"Nada é bom demais para você." Chaz deu uma garfada nas batatas.

Comeram em silêncio por um tempo. "Odeio tocar em um assunto tão delicado, mas falei com Allie e..."

"Quem é Allie?"

"Desculpe. Minha agente. Ela está convocando uma coletiva de imprensa." Chaz espetou um filete de aspargo com o garfo.

"Uma ligação para o Sr. Dillon deve ser o bastante... Não quero te causar problemas," Meg disse antes de colocar um pedaço de batata na boca.

"É minha confusão, deixe que eu resolva."

Ela sorriu antes de colocar uma garfada de aspargos na boca. "Também me desculpe por tentar retribuir sua gentileza... seu... amor... com dinheiro." A palavra "amor" parecia um pouco presa em sua língua. *Não é uma palavra que eu use muito.*

"Entendo. Tudo bem." Ela passou a mão por sobre a mesa e apertou a mão dele.

Quando terminaram a refeição, Chaz empurrou a mesa para o corredor e voltou para a sala.

"Agora, a sobremesa," Meg sussurrou, pegou sua mão e o levou para o quarto.

DEPOIS QUE FIZERAM amor, Meg se aproximou de Chaz. Ele deslizou a mão ao seu redor e descansou a mão em sua bunda. Ela lambeu o seu pescoço com pequenos movimentos com a língua enquanto seus dedos seguravam seu bíceps.

"Se continuar fazendo isso, vou ter que te pegar de novo." Ele beijou seus cabelos.

Ela riu e então colocou o rosto em seu peito. Uma nuvem escura azedou seu humor quando seus pensamentos voltaram para a confusão de seu trabalho. "Por favor, me abraça," sussurrou.

Chaz a apertou o máximo que pode sem machucá-la e colocou o queixo em sua cabeça. "Gatinha... vai ficar tudo bem. Você vai ver." Ele a beijou novamente.

"Amo você, Dunc." Ela deu um pequeno sorriso, esperando que ele estive certo, mas temendo que não estivesse.

"Estava sonhando com o dia de hoje... em estar com você, tocar em você." Ele passou os dedos por suas costas e pelo lado de seu corpo. Sentindo seus seios sobre seus braços e os acariciando com a ponta dos dedos. Ela baixou o braço, dando-lhe acesso total e ele fechou a mão sobre sua pele.

"Seus seios são... perfeitos," ele sussurrou em seus cabelos.

Ela fechou os olhos, aproveitando o toque de sua mão e deixou um suspiro escapar por seus lábios. *Gostaria de poder ficar deitada assim para sempre. O toque dele... como o de nenhum outro homem.*

Seus dedos acariciaram seu seio e provocaram o bico apertando levemente e fazendo círculos com o dedão até que ele endureceu. Abaixou-se para dar um beijo em seu mamilo antes de o envolver com a boca. Meg gemeu baixinho enquanto o calor do desejo dentro dela pegava fogo.

Quando ele levantou a cabeça, ela o puxou para baixo e capturou seus lábios com os dela. Suas línguas dançaram. Chaz foi a beijando, descendo por seu peito e depois por sua barriga. Suas mãos agarraram suas coxas enquanto sua cabeça desaparecia por entre suas pernas. Megan suspirou quando sua língua fez contato com suas partes íntimas.

Meg levantou a perna e ergueu o quadril, abrindo-se para ele. "Oh meu Deus, Chaz!" Seus olhos se fecharam quando seu desejo saiu do controle.

De repente, a boca dele estava sobre a sua, desejando-a. Ela fechou a mão ao redor de sua ereção, surpresa do quanto ele estava duro. Empurrou-o pelos ombros, prendendo-o contra a cama antes de fechar os lábios ao seu redor.

"Meg... Deus..." ele murmurou.

Após alguns instantes, ele a puxou para cima e a colocou em cima dele. Ela montou em cima dele, sentindo sua ereção a pressionar antes de deslizar para dentro dela facilmente. Colocando as mãos em seu peito, ela se movimentou para cima e para baixo criando um ritmo. Um orgasmo intendo arrebatou seu corpo, espalhando o calor até a ponta dos dedos. Ela gemeu alto.

Chaz a puxou em direção ao peito antes de a girar. Pairou sobre ela, ajeitando-se no meio de suas pernas e apoiando os joelhos na direção de seu peito. "Deus, eu te quero," ele sussurrou em seus cabelos. "Deixe eu amar você, gatinha."

Ela colocou a mão em seu rosto e o beijou. "Faça isso," ela suspirou.

Chaz deslizou para dentro dela novamente, seus dedos agarrando seus braços, segurando-a enquanto se movia dentro dela. Uma onda de excitação a atravessou, aumentando a cada movimento. Seus dedos tocaram o fio de suor brilhoso na parte de cima de suas costas enquanto se agarrava a ele, gemendo seu nome. Ela deu um chupão em seu ombro e depois beijou seu pescoço. Sons suaves escapavam de sua garganta enquanto a paixão se intensificava em uma espiral.

"Gata... gata... gata..." Chaz suspirou em sua orelha.

Seu ritmo constante se intensificou conforme ele se movia dentro dela. Incapaz de se segurar por mais tempo, o corpo dela explodiu em êxtase mais uma vez, os músculos se contraindo e relaxando de puro prazer. Seus dedos apertaram seu ombro e relaxaram em seguida enquanto ela acariciava seu pescoço.

"Oh, Deus... Dunc."

"Meg... gatinha..." A tensão em sua voz aumentou. A urgência de seu corpo fez com que se movesse mais rápido. Levantou ainda mais a perna dela e se moveu com força várias vezes. Ele enterrou o rosto em seu pescoço e gemeu seu nome. Seu corpo estremeceu uma vez e então parou de se mover. Os amantes ficaram deitados em silêncio, abraçando-se. Quando a respiração voltou ao ritmo regular, Chaz levantou a cabeça para olhar dentro de seus olhos. Meg tirou os cabelos que caiam sobre sua testa e sorriu, seus olhares se encontrando.

"Você é inacreditável," murmurou.

"Eu te amo... você é minha inspiração." Ele deu um beijo suave em seus lábios.

Chaz se virou e segurou Meg em seus braços. Ela fechou os olhos, perdendo-se naquele momento, sentindo-se segura enquanto estava aconchegada com ele.

"Precisamos sair hoje?" Meg passou a mão por seu peito.

"Não precisamos fazer nada que você não queira hoje. É o nosso dia juntos. Tenho que voltar ao trabalho amanhã, mas você pode vir comigo. Pode ser chato..."

Megan levantou a cabeça. "Sério? Posso ir? Adoraria. Nunca estive em um set de filmagem antes."

Chaz sorriu.

"Não é tão emocionante quando imagina, acredite em mim. Leve um livro. Todo mundo quer conhecer você. Eles têm me enchido o saco."

"É seguro?" Meg se sentou.

"Ninguém vai falar com a mídia." Ele segurou seu seio. Ela se acomodou novamente, enterrando-se em seu corpo. "Podemos passar o dia na cama, se quiser." Um sorriso sexy se abriu em seu rosto e seus olhos escuros brilharam de desejo.

"Perfeito. Mas antes... estou com fome."

"Foi por isso que inventaram o serviço de quarto."

Chaz estendeu a mão, pegou o cardápio e entregou a ela.

DEPOIS DE VERIFICAR a piscina do terraço e perceber que estava vazia, Chaz e Megan foram nadar. Jogaram-se na água e brincaram como crianças, batendo corrida para ver quem dava mais voltas. Meg ganhou. Quando se agarraram à escada no final da piscina, Chaz passou a mão em seus cabelos e Meg secou os olhos.

"Você é uma nadadora ótima," Chaz disse ofegante.

"Todos aqueles verões no acampamento."

"Um peixe de verdade."

"Você é muito bom. Onde aprendeu a nadar?"

"Fazendo um musical em Pine Grove. Um membro do elenco me ensinou."

"Uma mulher por acaso?" Meg sorriu de forma maliciosa.

"E?"

Meg saiu rapidamente da água, empurrando seus ombros e o forçando para baixo da água. Ele agarrou suas pernas, levando-a junto com ele e dando-lhe um beijo rápido antes de emergirem. Ofegavam quando chegaram à superfície.

"Beijo embaixo da água. Também aprendeu isso com ela?" Meg levantou uma sobrancelha.

"Você está com ciúme! Não acredito que está com ciúme de alguém que conheci anos atrás."

"Normalmente não sou ciumenta... só que... apenas... eu não sei." Virou-se e voltou novamente para a escada.

Chaz foi atrás dela e passou o braço em sua cintura. Inclinou-se para sussurrar em seu ouvido. "Ciumenta porque me ama demais?"

A emoção brotou em seu peito e fechou sua garganta. Incapaz de pronunciar as palavras, ela simplesmente assentiu. Chaz a puxou para perto e se inclinou para acariciar seu pescoço. "Também te amo demais. Também não quero ouvir sobre ninguém de seu passado. Sou um homem muito ciumento."

O calor invadiu seu corpo enquanto ela colocava a cabeça sobre seu ombro e fechava os olhos. *Como ele sempre sabe o que dizer?* Os dedos dele acariciaram a pele nua que aparecia sob seu biquíni. Ela segurou a escada e descansou o corpo contra o dele até que uma corrente de ar frio atraiu a atenção deles. Viraram, vendo a porta se abrir e ouviram os gritos e risadas das crianças que entravam correndo e se atiravam na piscina. Chaz e Megan subiram rapidamente a escada, pegaram suas toalhas e se dirigiram para a porta.

Um dos garotos mais velhos encarou Chaz intensamente. "Olhem! É Grady Spencer!" Apontou e duas outras crianças se viraram de boca aberta. Megan pegou as roupas da cadeira, enrolou-se na toalha e pegou a mão de Chaz. Correram para a porta e escaparam pelo elevador antes que as crianças pudessem os seguir. Ele verificou se o elevador estava vazio antes de subirem. Meg teve um ataque de riso e riu até chegarem no quarto. Chaz jogou suas roupas secas em uma cadeira e foi em direção ao banheiro. "Banho quente?"

Meg estava tremendo. "Parece bom."

Ele abriu a água e o banheiro se aqueceu rapidamente. Antes que Meg pudesse tirar sua roupa de banho, ele a puxou para o grande box de mármore.

"Vamos te aquecer primeiro."

Conduziu-a até a água morna e ela sorriu quando a água escorreu pelo seu corpo.

"Permita-me." Chaz começou a tirar seu biquíni enquanto a água os acariciava.

ENROLADA EM UM ROUPÃO branco e felpudo, Meg foi até o pequeno terraço. Uma batida na porta alertou Chaz que abriu a porta para que o garçom entrasse com o almoço suntuoso. A mesa foi levada até o terraço, Chaz deu uma gorjeta para o homem e eles ficaram sozinhos novamente.

Meg puxou a gola do roupão até o queixo e sorriu. Chaz puxou uma cadeira para ela. Ela se acomodou graciosamente enquanto levantava o domo do prato que continha uma linda salada de camarão, guarnecida com ovos cozidos, alcachofras, milho baby e outros legumes.

"Agora vou alimentar meu outro apetite." Seus olhos brilharam quando ele lhe deu um sorriso carinhoso.

"Esse dia não poderia ser melhor se você tivesse planejado dessa forma."

"Me custou uma fortuna fazer você ser demitida e encher o lobby com jornalistas hostis e te deixar presa aqui comigo, na minha cama, no chuveiro... na piscina." Seus lábios não conseguiam esconder um sorriso e Megan riu alto.

"Muito engraçado," ela o repreendeu e pegou um pequeno milho com os dedos.

"Nunca me diverti tanto aproveitando uma situação ruim. Meg... você é muito corajosa... pronta para tudo. Uma verdadeira sobrevivente."

"Você é o sobrevivente. Depois de tudo o que passou..."

"Está tudo no passado agora." Espetou um camarão com o garfo.

"Então, quais são os seus sonhos, Dunc?"

"Meus sonhos? Aparecer na Broadway e encontrar um amor... agora, eu tenho as duas coisas."

Megan olhou para o prato. Examinou a comida antes de pegar um pão francês do cesto, parti-lo ao meio e passar manteiga.

"Está falando de mim?" Ainda sem coragem para encará-lo.

"Claro que é você. Quem mais seria?"

Ela deu uma mordida no pão com manteiga, agradecendo por ter algo ocupando sua boca para que não precisasse falar. Seu olhar se dirigiu para ele e viu o amor brilhando em seus olhos escuros.

"Qual o seu sonho?" Ele pegou um pão francês e o partiu.

"Devo ter apenas um?"

"Comece com um."

"Gostaria de trabalhar com organizações sem fins lucrativos... ao invés de trabalhar com celebridades ricas."

"Então, por que está fazendo o que faz?" Ele mordeu um pão.

"Essa proposta apareceu e tinha muito prestígio... e minha mãe finalmente ficou impressionada com algo que eu fiz. Então, aceitei. Mas nunca me senti confortável lá."

"Como trabalharia com organizações sem fins lucrativos?" Ele deu uma garfada na salada de repolho.

"Faria planejamento financeiro, investindo para pequenas empresas sem fins lucrativos e, talvez... professores e enfermeiras... pessoas que fazem coisas boas, mas não têm muito dinheiro. São pessoas que realmente precisam de ajuda. Pessoas que precisam guardar algo para a aposentaria, aprender a administrar o dinheiro, coisas assim."

"É seu único sonho?"

Meg pegou o guardanapo, primeiro limpando os lábios de forma delicada e o colocando de volta em seu colo, depois, ajeitou os talheres. Chaz esticou o braço e acalmou suas mãos com as dele. "Certo, me conte sobre o outro sonho que você está escondendo."

Ela se recostou e encontrou seu olhar. Chaz recolheu a mão e pegou um pedaço de pão.

"Não estou escondendo... mas tenho que contar tudo?" Ela espetou um camarão e uma alcachofra com o garfo.

"Eu tive. Agora você." Ele se recostou na cadeira, mastigando de forma preguiçosa o pão francês sem tirar os olhos dela.

"Como a maioria das mulheres, eu acho que gostaria de casar... ter uma família..."

"Quantos filhos?" Ele engoliu o pão que mastigava.

"Dois, eu acho." Megan ajeitou o garfo, balançando um pedaço de ovo cozido no ar.

"Perfeito! Eu também... digo, dois filhos. Sempre quis fazer parte de uma família. Bancar o papai está bom para mim. Você entende?" Ele deu uma risada nervosa.

Meg sorriu para ele. Ele colocou a mão sobre a dela e ela segurou seu dedão. Eles recolheram as mãos e continuaram a comer em silêncio. Meg se concentrou na comida, dando olhadas de relance para Chaz de vez em quando. Esperava que ele parecesse nervoso depois de toda aquela conversa sobre casamento e filhos, mas ele parecia calmo. Um sorriso enfeitou seus lindos lábios quando seus olhos se encontraram com os dela. Seu coração acelerou. Podia senti-lo bater. *Oh, Deus, realmente é amor... o que eu faço agora?*

"Pronta para a sobremesa?" A voz de Chaz interrompeu seus pensamentos.

Megan assentiu.

Ele levantou o segundo domo que continha dois pratos de uma perfeita torta de morango, feita com biscoitos de verdade e - depois de um rápido teste de sabor feito por Chaz - chantilly genuíno. Os dois suspiraram.

"Devíamos guardar um pouco desse chantilly para o quarto."

"Essa manhã foram duas vezes... depois no chuveiro... você não está... satisfeito?" Ela ergueu o garfo.

"Duvido que fique satisfeito enquanto você estiver por perto." O desejo brilhava em seus olhos escuros e Meg sorriu ao ver seu olhar indo em direção ao V de seu roupão. Ele tinha se aberto levemente, dando a ele um vislumbre tentador de seus seios. O calor de seu olhar queimou sua pele como se sua mão estivesse deslizando sobre seu peito. Ela deu uma bela mordida na torta antes do telefone de Chaz tocar. Ele limpou os lábios e o atendeu. Depois de alguns minutos, desligou o telefone e se virou para ela.

"A coletiva de imprensa está marcada para depois de amanhã no salão do clube, aqui."

"É o dia que vou embora."

"Eu sei. Ainda teremos algum tempo depois da coletiva."

Seu sorriso se transformou em uma careta enquanto pensava sobre a coletiva de imprensa.

"Não se preocupe. Vai dar tudo certo. Vamos contar a verdade, o que pode dar errado?"

Chaz colocou a mão sobre a dela e sorriu. Ainda assim, a tensão corroía seu estômago.

Capítulo Quatorze

Meg se levantou às quatro horas para acompanhar Chaz ao estúdio. Ele tinha que estar lá às cinco e ela se comprometeu a ir junto. Bocejando na limusine, Meg olhou com desprezo para o sanduíche de ovo. *Muito cedo para comer. Me dê um café.*

Chaz pareceu ler sua mente. "Tem mais café no set, gatinha,"

"Graças a Deus. Parece que preciso de um litro."

Chegaram às quinze para as cinco e Chaz pegou sua mão, levando-a pelo estúdio até a maquiagem. Ela ficou a seu lado até que ele tivesse que gravar. Então, encontrou uma cadeira e se sentou em silêncio observando-o.

Todo mundo foi bem legal. Gostam de Chaz... ou são bons em fingir. Acho que ele é importante já que é a grande estrela.

A consideração que ele recebeu da maior parte do elenco e o respeito do diretor impressionaram Megan. Chaz brincou com o cinegrafista e fez uma cena várias vezes sem reclamar. *Ele é tão profissional! Nada parecido com o bobalhão que pulou na piscina comigo.*

Pegando-se fascinada observando Chaz em ação, abaixou seu livro e se sentou em silêncio, hipnotizada com tudo o que acontecia a seu redor. A gravação acabou às oito horas da noite e depois disso, um Chaz exausto sentou-se com ela na limusine. Beijaram-se antes de Megan falar. "Amei ver você no set, mas tenho milhares de perguntas."

Chaz abiu o bar no carrão e serviu uma vodca com tônica.

"Vamos beber primeiro. Quer uma?"

Ela assentiu e ele lhe alcançou o primeiro drink antes de servir um segundo para ele mesmo.

"Podemos deixar as perguntas para a manhã? Estou acabado."

"Claro."

De volta ao hotel, recolheram-se logo após o jantar que foi pedido ao serviço de quarto novamente. Megan tirou as roupas e se deitou ao lado de Chaz. Ele se aproximou e a puxou para perto. Suas mãos desceram por suas costas e a acariciaram por trás.

"Não está muito cansado? Estou acabada." Megan lutava contra o cansaço.

"Estou cansado. Tenho que estar de pé às quatro novamente amanhã." Apesar de suas palavras, ele continuava a acariciar suas costas.

"Talvez deixamos passar hoje?"

"Você está indo embora amanhã... não sei quando vou te ver de novo."

"Você vai estar em Nova Iorque de novo mês que vem, certo?" Megan colocou a mão em seu quadril.

Chaz assentiu. "Devo terminar no final de agosto... mais ou menos em quatro semanas."

"Podemos aguentar."

Chaz a beijou e depois a beijou novamente com mais paixão. Uma pequena chama se acendeu dentro de Meg. Pressionou seus seios contra seu peito.

"Se vamos fazer isso, vou tomar fôlego," ele sussurrou.

Chaz se moveu para mais perto dela com seu quadril encostando no dela. Meg podia sentir seu desejo crescer e isso a excitou. Ele desceu a mão, deslizando por sua coxa até chegar no meio de suas pernas. Seus dedos a acariciaram em busca do local mais sensível e o encontrou.

"Oh meu Deus, Chaz." Megan engoliu em seco e fechou os olhos.

"Talvez devêssemos esperar..." ele provocou, retirando a mão.

"Não ouse parar agora!" Ela colocou as mãos em seus ombros e o puxou para perto.

Ele foi beijando seu corpo. Abrindo suas pernas, ele desceu a cabeça.

"Ainda muito cansada?" Sua língua se moveu.

"Está brincando?"

Ele riu, beijou seu pescoço e continuou.

O DIA SEGUINTE FOI parecido com o anterior, exceto por saírem mais cedo para a coletiva de imprensa. Megan mais uma vez se pegou fascinada pela arte e tecnologia envolvidas para se fazer um filme e aproveitou a atmosfera agradável do set. Às duas e meia, entraram na limusine e foram para o hotel.

"Não está nervosa, está?" Ele se virou para ela e colocou a mão em sua coxa.

"Um pouco. Talvez... bastante." Meg roía uma unha. "Nunca fiz uma coletiva de imprensa antes. Não vou saber o que dizer."

"Não se preocupe. Vão te bombardear de perguntas. Tudo o que tem que fazer é responder honestamente."

"Se é assim tão fácil, por que muitas pessoas caem na armadilha dos jornalistas e ficam parecidas com um serial killer?"

Ele riu sem alegria. "Eles são duros. Mas somos inocentes e mais espertos que eles. Não deixe que te abalem."

"Gostaria de sumir. Não sou boa com essa... essa... coisa de publicidade." Ela franziu o cenho.

"Não se preocupe, gatinha, você não está sozinha. Vou estar lá com você." Ele segurou sua mão e a apertou.

"Graças a Deus."

"Não fizemos nada de errado. Depois disso, vou ligar para aquele idiota do Harvey Dillon."

Meg colocou a mão em seu braço. "Não ligue para ele."

"Preciso consertar isso. Não posso deixar ele pensar que é uma ladra quando você não é."

Ela se recostou em silêncio. *Ele está certo. Harvey tem que saber que não roubei aquele dinheiro. Mas não quero aquele emprego de volta. Ele pode engolir esse emprego.* "Você está certo. Preciso limpar meu nome. Mas não quero aquele emprego de volta."

"Imagino que qualquer chefe que acredita nisso sem falar com você primeiro... escória é a palavra que me vem na cabeça."

Ele disse isso de forma tão séria que Megan caiu na risada. "Perfeito, Chaz."

Entraram no hotel e o coração de Megan acelerou. O gerente sinalizou um elevador vazio e eles subiram dois andares até o salão do clube. Allie o cumprimentou no elevador. Chaz a apresentou para Megan. "Todos estão prontos. Espero que você esteja. Só não jogue sua carreira na frente de um ônibus por amor, Chaz, certo?"

Ele sorriu para ela e soltou a mão de Megan. Quando ela entrou na sala com ele, uma dúzia de repórteres e cinegrafistas os rodearam. Os batimentos cardíacos de Megan se aceleraram. Suor se formou na palma de suas mãos e no seu lábio superior.

"Hey, Chaz..." Barney Collier do *Associated Press* acenou.

Chaz acenou de volta.

"Você marcou isso. O que houve?"

Chaz levantou a mão. "Essa é Megan Davis, minha consultora financeira. Recentemente, ela foi acusada de roubar dinheiro da minha conta na Dillon & Weed. Nada poderia estar mais longe da verdade."

"Oh?"

"Sim, Barney. O dinheiro, vinte e cinco mil Dólares, foi um presente. Eu dei o dinheiro para Megan."

"Sério? Para quê?" O repórter da *Celebs R Us* perguntou.

"Megan me fez um grande favor... ajudou a me preparar para uma audição... e..."

"Você quer nos fazer acreditar que deu vinte e cinco mil a essa garota por te ajudar com uma audição? Quanta besteira. Vamos, Chaz, você pode fazer melhor do que isso."

"É a verdade..."

"Oh, tenho certeza de que foi um presente... mas por um tipo diferente de favor... favor sexual, talvez?"

"Quem é você?" Chaz perguntou em um tom irritado.

"Tom Beale, *Celebs R Us*."

"Sim, olhe para ela. É gostosa." Outro repórter disse.

Um fotógrafo tirou algumas fotos de uma Megan horrorizada ao lado de Chaz.

"Isso é uma mentira deslavada! Nunca paguei a ela por favores sexuais..." Chaz gritou bem alto.

"Nega que está dormindo com ela?" Tom continuou a perguntar.

"Minha vida privada não é da sua conta..."

"Então, *está* dormindo com ela. Você pagou para ela?"

Chaz perdeu a calma e deu um soco no repórter. Allie, horrorizada, meteu-se no meio e agarrou seu braço quando ele se virou para dar outro soco. Tom Beale pegou um lenço e o segurou no nariz que sangrava.

"Você vai ter notícias de meu advogado."

Os rápidos cliques das câmeras e os flashes foram o suficiente para cegar Megan. Sua boca estava aberta e ela procurou um lugar para onde correr.

Um repórter falou, "Não ouvimos a garota..."

"A prostituta de Harvard," Tom Beale soltou com a voz abafada pelo lenço.

A ofensa tirou Megan de seu transe, "Espere... o que Chaz disse é verdade. Eu tocava piano..."

"Aposto que tocava, querida. Sabia exatamente quais teclas tocar, não sabia?" O repórter riu.

"Seu bastardo imundo," Chaz deu um passo ameaçador na direção do repórter.

Lutando para segurar Chaz, Allie sussurrou para Megan, "Saia daqui!"

"Por que *está* em Phoenix, Srta. Davis? Apenas visitando ou está morando com Chaz Duncan? Ele te pagou para vir aqui?"

"Claro que não." Megan ficou tensa.

"Não responda, Meg," Chaz disse por entre os dentes.

"A Prostituta de Harvard... tem passagem de avião, vai viajar, eh?" Tom Beale rabiscava algo no caderno de notas enquanto o fotógrafo que estava com ele tirava fotos o mais rápido que podia.

"A consultora financeira que entrega... tudo em Phoenix," outro repórter brincou.

Um nó se formou em sua garganta e ela colocou rapidamente a mão na boca para cobri-la. O rosto de Chaz estava quase roxo de raiva. Ele se desvencilhou de Allie, agarrou a mão de Megan e a puxou para fora da sala. Repórteres e cinegrafistas os seguiram quando corriam até o elevador. Uma vez que estavam em segurança e abrigados no pequeno espaço, Allie ficou de guarda esperando as portas se fecharem. Antes que se fechassem, ela sussurrou, "Espero que esteja feliz. Sua carreira foi pelo ralo por um rabo de saia."

Quando as portas se fecharam, Meg se despedaçou em lágrimas. Escondendo o rosto na parede do elevador, ela chorava em silêncio.

"Desculpe. Não tinha ideia de que isso se transformaria em uma... uma... sessão para jogar Megan na lixeira. Eu... eu... não sei o que dizer."

Megan se ajeitou e limpou os olhos com as costas da mão. Virou-se para olhar para ele. Ele alisou seus cabelos e tirou uma mecha de seu rosto, prendendo-a atrás da orelha.

"A Prostituta de Harvard?" Ela repetiu com a voz trêmula.

"Venha aqui, gatinha," Chaz a segurou e ela caiu em seus braços.

Quando fechou os olhos, ela visualizou as manchetes do dia seguinte e uma nova onda de lágrimas escorreu por seu rosto, encharcando a camisa dele. Megan se escondeu no peito de Chaz e chorou. Quando as portas do elevador se abriram, ele a conduziu do corredor até o quarto. Assim que entraram, ela se acalmou. Ele desabou em uma cadeira, puxando-a para seu colo e a envolvendo em um abraço. Ela estremeceu quando um pequeno suspiro passou por seus lábios.

"Espere aqui." Chaz a tirou do colo e a colocou na cadeira enquanto pegava o celular. Discou um número e Meg só ouviu por cima quando ele chamou por Harvey Dillon.

"Sr. Dillon, é Chaz Duncan."

Chaz fez uma pausa.

"Estou sabendo disso tudo, Sr. Dillon, e você entendeu errado a situação. Sim. Sim, foi o que eu disse. Não... Olhe, por favor, escute! Certo. Sente-se e me deixe explicar. A Srta. Davis me fez um favor pessoal, um favor que me ajudou a ter sucesso em uma audição e conseguir um papel na Broadway. Isso mesmo. Então, entrei em contato com Brielle e pedi que transferisse o dinheiro. Queria fazer uma surpresa para a Srta. Davis, dizer *obrigado* através de um presente monetário. O quê? Não... Com certeza, não. Ela recebeu instruções exatas. Isso mesmo. O quê? Oh, entendo."

A voz de Chaz prosseguiu por mais um ou dois minutos antes dele desligar. Meg levantou os olhos quando ele sentou no sofá. Ela se juntou a ele. "Ele ficou chateado quando percebeu que te demitiu por engano. Espera que pedindo perdão, você volte. Enquanto isso, vai ter uma *conversa* com Brielle. Não ficaria surpreso se ela for demitida."

"Nunca vou voltar para lá. Traíram minha confiança... me demitindo sem nem ao menos me perguntar sobre isso. Como posso trabalhar lá? Além do mais, odeio aquele trabalho. Exceto por administrar a sua conta e de Mark... oh, Deus! Mark! Rápido, me dê o telefone. Tenho que encontrá-lo antes que veja as manchetes ou ele vai ficar louco!"

Megan precisou de cinco ligações para localizar Mark. Ele estava no vestiário, recém tinha terminado o treino.

"O que houve? Uma emergência?"

"Mais ou menos." Megan explicou a situação a seu irmão gêmeo que surtou do outro lado da linha.

"Se publicarem essa manchete, vou bater em alguém! E se enxergar Chaz Duncan de novo... *Pow*!" Fez o som de um soco.

"Espere, Mark. Não é culpa dele."

"Não? Então a culpa é de quem? Com certeza absoluta não é sua. Aquele babaca, dando em cima da minha irmã, fazendo ela ser demitida... destruindo sua vida. Ninguém mais vai te contratar depois disso. Aquele bastardo. Espere até eu botar minhas mãos nele."

A voz do treinador de Mark chamou, "Davis, venha aqui!"

"Tenho que ir, irmãzinha. Nos falamos depois. Te amo." Mark desligou.

"Ele está furioso, não está?"

Ela assentiu.

"Furioso *comigo*, certo?"

"Ele está errado sobre você... isso não é sua culpa."

"Sério? Eu acho que é."

"Você tentou dizer a verdade para eles, mas não quiseram ouvir. Não queriam saber que era inocente. Queriam algo sujo... então inventaram algo onde não existia."

"Depois que essa história acabar, o velho Harvey pode não estar muito ansioso para te ter de volta."

"Bom. Não quero voltar mesmo."

"O que vai fazer?"

"Não sei. Talvez abrir meu próprio escritório para nunca mais ter que lidar com idiotas como Harvey Dillon." Ela suspirou.

"Gostaria de ajudar." Chaz passou o braço a seu redor.

"Você pode ser meu primeiro cliente."

"Claro, mas se precisar de dinheiro para o aluguel ou para qualquer coisa..."

"Não nos metemos em confusão o suficiente com você me dando dinheiro?"

Meg colocou a mão em seu peito e se afastou. A cabeça de Chaz foi para trás como se ele tivesse levado um tapa no rosto. Afastou-se dele e deixou o braço cair a seu lado.

"Oh, Deus, Chaz, me desculpe, me desculpe. Não quis dizer isso. Sua generosidade é... é... fabulosa. Amo você por isso. Verdade. Não é sua culpa que as pessoas escolheram entender errado."

Lágrimas cobriram novamente seus olhos e Chaz passou o dedão sobre seu lábio inferior. Ele beijou seus cabelos. "Não se preocupe, gatinha. Vamos enfrentar essa tempestade. Já passei por coisa pior."

Pediram o jantar para o serviço de quarto e comeram no terraço novamente, olhando para as luzes brilhantes de Phoenix à noite. "Quer uma cerca branca para combinar com seu marido perfeito e seus dois filhos?" Chaz sorriu enquanto bebia seu café.

"Acho que prefiro ficar na cidade, mas uma casa de campo para os finais de semana e o verão pode ser interessante."

"Me apaixonei por Pine Grove quando eu e Quinn atuamos lá. Mas isso foi há muito tempo. Deve ter mudado agora."

"E você? Dois filhos para você... e uma esposa?"

"O sonho completo. Quero tudo isso. Quero a Ação de Graças perfeita com o maior peru que o dinheiro possa comprar e o Natal perfeito com uma árvore gigante. Amo feriados e estou cansado de ver a vida das outras pessoas pela janela. Quero meus próprios feriados com minha própria família. Quero que sintam minha falta, quero ser recebido quando chegar em casa. Estou cansado de voltar para uma casa vazia... sem ninguém com quem compartilhar minhas angústias ou uma boa risada."

"Pronto para se casar?" Ela ergueu uma sobrancelha para ele.

"Talvez." Chaz deu um sorriso tímido para ela.

Levou o carrinho do jantar para o corredor para que não fossem perturbados. Decidiram não fazer amor já que era tarde e Chaz tinha uma cena cedo. Meg tinha que pegar o voo das oito horas, então simplesmente ditaram de conchinha. Ela teve uma noite agitada, revirando-se sem ser capaz de deixar as preocupações para trás. Em determinado momento, acordou-se de um pesadelo, sentando e suspirando. Chaz se virou e colocou a mão em suas costas.

"Você está bem?"

Ela suspirou. "Acho que sim."

"Vem aqui," ele pediu e a puxou gentilmente para seus braços.

Assim que a envolveu, ela relaxou e fechou os olhos. Ela ouvia o ritmo uniforme de seus batimentos cardíacos enquanto o leve calor de sua respiração fazia cócegas em seu rosto. Como uma canção de ninar ou uma cadeira de balanço, a presença dele a acalmava e ela adormeceu em minutos.

O despertador do rádio relógio os acordou às quatro horas da manhã do dia seguinte. Uma batida sutil na porta indicava a chegada do café da manhã. Chaz esfregou a barba do rosto, enrolou um roupão em seu corpo comprido e foi até a porta. O *Phoenix Observer News* estava dobrado sobre o carrinho, ao lado do café e dos pães doces. Serviu duas xícaras e se sentou à mesa.

Coberta com um roupão felpudo, Megan se juntou a ele minutos depois. Ele desdobrou o jornal e foi até a seção de arte, dobrando as folhas para que pudesse ver somente a página das artes. Olhou-a por alguns instantes, tentando sorrir enquanto seu olhar encontrava o de Megan do outro lado da mesa.

"O quê? O que diz?" Franziu o cenho e olhou para ele.

"Tome seu café, espere um pouco, relaxe."

Meg se levantou e arrancou o jornal de suas mãos. Seus olhos rapidamente examinaram a página até que encontrou... na primeira página tinha uma foto dos dois. A manchete dizia "Consultoria Financeira com Benefícios."

Em seguida, o subtítulo em negrito, "Queridinha de Harvard Vive com Chaz por Amor ou por dinheiro?" Leu a manchete em voz alta enquanto sentava-se devagar na sua cadeira.

Capítulo Quinze

Meg se sentou tensa na limusine ao lado de Chaz. Ele passou a mão sobre as dela e ela sorriu timidamente, mas não quebrou o silêncio. Ela olhou pela janela a escuridão e os primeiros raios da aurora. O silêncio foi quebrado pelo som de "If I Loved You" cantada pelo elenco original de *Carousel* vindo do telefone dele. Assustada, Meg olhou para ele.

"Essa música me deu sorte," ele explicou e pegou o telefone. Viu o nome de Allie na tela e deixou cair na caixa de mensagens. *Sei o que ela vai dizer. Não quero falar com ela.*

O telefone tocou várias vezes. Até que soou o *ding* de uma mensagem de texto. Chaz tentou resistir e não olhar, mas a esperança venceu o medo e ele tocou nas mensagens recebidas.

Vi os jornais. Você está arruinando sua carreira. Dispense ela.

A mensagem veio de Allie. Ele franziu o cenho com a raiva borbulhando em seu peito. Antes que pudesse apagar a mensagem, Meg arrancou o telefone de sua mão. "Deixa eu ver."

"Não, sério, não é nada. Me dá." Chaz agarrou o telefone, mas Meg ficou com o telefone à sua frente tempo o suficiente para ler a breve mensagem momentos antes dele pegá-lo de suas mãos. Ela deu um pequeno suspiro e Chaz disse, "Não dê ouvidos a ela. Não vou fazer isso. Minha carreira vai ficar bem. É só uma manchete sensacionalista hoje. Vai desaparecer."

"Não quero arruinar sua carreira... você trabalhou muito, sacrificou tanto para chegar onde está, Chaz..."

"O que aconteceu com 'Dunc'?" Pegou as mãos dela entre as suas.

"Deixei ele no quarto." Seus olhos brilharam por um momento e sua mão agarrou a dele.

Recostaram-se no banco de couro, os ombros se tocando e de mãos dadas até o motorista virar a última curva que os colocava apenas a dois quilômetros do estúdio

Quando a limusine parou em frente ao estúdio, Chaz se virou para ela e a abraçou.

"Vai ficar tudo bem," sussurrou.

Ela se agarrou nele e ele sentiu um pequeno tremor subir por suas costas. *Está assustada e não vai admitir. Maldição.*

"Gostaria de poder estar com você... para encarar isso. Não fale com jornalistas. Eles só vão distorcer tudo o que disser."

"Talvez não devêssemos nos ver por um tempo. Quero dizer... não quero que a imprensa machuque você."

"Eu vou decidir quem ver, não minha agente e nem a imprensa. Quero ficar com você, Meg, sou... Somos... é bom... somos bons."

Ela assentiu, mas ele ainda via as lágrimas em seus olhos. "Sem mais passeios em Phoenix."

Chaz ficou em silêncio.

"Você vai ficar aqui o quê... mais um mês?" Ela levantou as sobrancelhas.

"Provavelmente. Talvez menos." Ele tocou sua bochecha.

"Então, por um mês... eu não venho te visitar. Até isso desaparecer."

"Podemos conversar pelo telefone e pelo computador, certo?" A ansiedade com a possibilidade de perdê-la encheu seu coração.

"Certo. Depois disso... quem sabe." Tentou sorrir, mas não conseguiu.

Ele a beijou e acariciou seus cabelos. A emoção se acumulou no peito e o sufocou. *Nunca tive problema em dizer adeus a uma garota antes.* De repente, seus olhos marejaram também e ele escondeu o rosto em seu pescoço. Seus braços o apertaram mais forte e ele soube que não a tinha enganado. *Por que amá-la parece tão bom e tão ruim ao mesmo tempo?*

"Vou ficar bem. Sou forte. Tenho Mark e Penny... e Grady está esperando por mim."

"Grady? Oh, sim, aquele puguizinho gorducho." Chaz riu ao lembrar de seu rosto engraçado.

"Ele não é gorducho. Está emagrecendo agora que saio com ele para longas caminhadas todos os dias."

"Ele é fofo... estou com ciúme. Ele dorme com você todas as noites."

Meg deu um tapinha em seu braço e sorriu.

"Fico feliz que você tem ele para te fazer companhia," Chaz disse e alisou seus cabelos com a mão.

"Mark está treinando e a temporada começa em breve, então não vou vê-los por um bom tempo."

"Você ficará sozinha. Me ligue todos os dias. Não vai se apaixonar por mais ninguém... vai?" Suas sobrancelhas se franziram.

Os olhos dela se arregalaram e uma lágrima deslizou pelo canto de um olho.

"Como poderia? Estou apaixonada por você.

Ela estendeu a mão e tirou os cabelos de sua testa e de seus olhos.

"Estaremos juntos em breve, gatinha," ele disse quando o chofer abriu a porta do carro.

Suas mãos se tocaram uma última vez enquanto ele descia do carro devagar. Quando olhou para trás uma última vez, viu Meg observando enquanto ele caminhava em direção ao estúdio. Parou para acenar para ela. Um peso se apossou de seu coração quando ele se virou para entrar.

NINGUÉM LHE FALOU NADA sobre as manchetes dos jornais. *Provavelmente ainda não viram os jornais. Afinal, são recém cinco horas.* Começou sua rotina na maquiagem, depois passou as falas e se preparou para gravar as cenas. Feliz por ter trabalho para se distrair, concentrou-se e fez o que estava ali para fazer.

No intervalo do almoço, viu um olhar ocasional ou de soslaio de um ator ou cinegrafista. *A notícia se espalhou. Merda!* Os olhares que recebeu eram de simpatia e não de julgamento já que muitos outros também viviam com o medo de terem suas privacidades invadidas pela mídia.

Depois de encher um prato no buffet, retirou-se em um canto para comer sozinho e verificou seu telefone. Estava cheio de mensagens. Tinha sete de Allie, duas de Quinn, duas de Bobby e uma de Meg.

Sabendo que Meg estava no avião e talvez não pudesse falar ao telefone, ligou primeiro para Quinn. "Vi as manchetes, cara. Como você está?"

"A vida é uma merda." Chaz deu uma mordida em seu sanduíche.

"O que aconteceu?"

"Achei que podia falar a verdade, mas a imprensa distorceu tudo e fez Meg parecer uma garota de programa."

"Sim, foi essa a impressão que tive. Isso é muito ruim. Ela parece legal. Ia te dar os parabéns por finalmente escolher uma vencedora."

"Sim, e ela é minha. Então, tire os olhos... e todo o resto. Ela me contou que saiu com ela." Pegou sua Coca-Cola e se recostou.

"Um café, cara. Apenas um café. Conferindo. Queria ter certeza de que ela não estava brincando com você."

"E?"

"Ela é sincera."

"Eu sei.' Ele mordeu um pedaço de picles.

"Vai voltar para Nova Iorque?"

"Pretendo." Chaz deu uma garfada na salada de batata.

"Estou indo para a África do Sul em duas semanas. Você tem as chaves. Vejo você em outubro, eh?"

"Sim."

Chaz desligou o telefone e terminou seu sanduíche. A melodia de *If I Loved You* chamou sua atenção e ele viu outra ligação de Allie. Suspirou antes de atender.

"Estava tentando te encontrar..."

"Estou gravando hoje, lembra?" Tentou esconder, mas uma nota de impaciência e irritação escapou.

"Você não faz uma pausa? Deixa pra lá. Já se livrou daquela... daquela... encrenqueira?"

"Ela não é encrenqueira. Te pago para cuidar de minha carreira e não da minha vida pessoal." Sua voz ficou mais alta.

"Você não vai ter mais uma carreira se continuar com ela. Espero que os produtores da Broadway não vejam aquelas manchetes."

"Por quê?" Ele se acalmou.

"Porque esse tipo de escândalo pode prejudicar a venda de ingressos... eles podem te dispensar."

"Onde está o contrato?" Ele se encostou na poltrona.

"Uh... não terminei de analisar. Vou mandar para você hoje à noite."

"Allie! O que está esperando?" Chaz ficou em pé na cadeira.

"Hey, não grite comigo! Tem uma cláusula lá sobre comportamento e má publicidade."

"Isso quer dizer?" Seus olhos se arregalaram.

"Quer dizer que podem te dispensar e substituir a qualquer momento. Então é melhor ficar longe dessa garota, Chaz, se quiser ir para a Broadway."

"Estão me chamando. Tenho que ir," mentiu.

Chaz desligou o telefone e tomou o resto de sua Coca-Cola. *Talvez Meg tenha razão. Talvez seja melhor dar um tempo... por enquanto.* A ideia de não a ver ou falar com ela fez seu coração doer. *Broadway... Tenho que escolher... Meg ou Broadway? Deus, espero que não.*

Ficou perdido em seus pensamentos e não ouviu lhe chamarem. O diretor foi até ele e cutucou seu ombro. "Dunc, estamos prontos. Está aí?"

"Huh?"

Assustado, olhou para cima e sorriu para Marly Griffin, o diretor, e se levantou. "Claro, Marly. Pronto para continuar."

Pegou seu prato, a lata vazia e o guardanapo e os jogou na lixeira. Marly colocou o braço nos ombros de Chaz enquanto voltavam para o set.

"Recebi uma ligação histérica de Allie essa manhã..."

Suas palavras pararam Chaz no meio do caminho. Marly olhou dentro dos olhos de Chaz e continuou, "Sim, disse algo sobre você arruinar sua vida. Você é velho o bastante para saber a diferença entre uma garota e sua carreira Dunc. Temos mais dois scripts de *West of the Sun* sendo revisados agora... adoraria manter você como Grady Spencer... sabe o que quero dizer?"

"Não se preocupe comigo, Marly. Estarei lá."

Marly liberou Chaz, indo falar com o cinegrafista enquanto Chaz encontrava seu lugar. *Meg. ... Meg... o que devo fazer? Amo você, mas... é muita pressão.* Chaz conferiu a mensagem de Meg.

Oi. O avião pousou e estou indo para casa. Já sinto saudade. Vai ser mais difícil do que pensei. Pelo menos tenho Grady. Mas você vai ter um set cheio de gente. Por favor, não se apaixone por uma atriz sexy. Amo você, tenho que ir, estou indo em direção ao Midtown Tunnel.

A tensão foi drenada de seus ombros quando um sorriso surgiu em seu rosto. *Meg... amo você também, gatinha. Também te amo.*

UMA SEMANA DEPOIS, a exaustão desacelerou Chaz. Longas horas de trabalho e estresse o comiam vivo. Recebia uma ligação ou mensagem de texto de Allie o pressionando para desistir de Meg. Todas as noites, ligava para sua gatinha, mal conseguindo dizer boa noite antes de desabar na cama. Não se encontrou com Bobby porque suas agendas não combinavam. Queria explicar para seu velho amigo o que tinha acontecido, mas sabia no fundo de seu coração que ele entendia. *Agradeço a Deus por Bobby e Quinn.*

A pressão no set aumentava à medida que o filme ameaçava estourar o orçamento. Avarias nos equipamento e atores doentes causaram atrasos não previstos nas gravações e deixaram os produtores histéricos e o diretor irritado. Chaz lutava para se manter focado e concentrado no filme. A atmosfera agradável se foi e fora substituída por tensão e impaciência. Chaz passava seu horário de almoço repassando as falas repetidas vezes e se esquivando das ligações de Allie.

O elenco e a equipe que tinham sido amigáveis com ele antes, voltavam sua atenção para seus próprios trabalhos. Piadas, brincadeiras e diversão deram lugar a provocações e reclamações. Mais uma vez, Chaz se isolou dos outros. *Esse trabalho e essas pessoas não são meus amigos.* Após o artigo do jornal, várias atrizes que mostraram interesse por Chaz recuaram. Ele estava aliviado e incomodado ao mesmo tempo, mesmo que não tivesse interesse nelas.

Uma noite, após se arrastar para o hotel, ele se despiu e foi para a cama. Cansado demais para conversar, alcançou a lâmpada na cabeceira quando seu telefone tocou. A canção o fez sorrir quando se lembrou de cantá-la com Meg. Imaginando que fosse ela, atendeu sem verificar quem era.

"Oi, gatinha," murmurou.

"Gatinha? É a Allie. Quem estava esperando?"

Chaz fechou os olhos e afundou no travesseiro. "Allie, estou muito cansado para brigar com você hoje."

"Estou tentando te encontrar há dias." Podia sentir sua voz exasperada e não se importava.

"Não quero falar sobre Meg."

"Então apenas escute." Sua voz ficou fria, fazendo ele abrir os olhos e se sentar.

"Estou ouvindo."

"Você perdeu a Broadway."

"O quê?" Ele se sobressaltou e seus olhos se arregalaram.

"Isso mesmo. Era o que estava tentando te dizer a semana toda... mas você não atendia o telefone." Sua atitude presunçosa o fez querer esbofeteá-la.

"Perdi a Broadway... o que isso quer dizer?"

"Quer dizer que te substituíram. Escândalo demais. Os produtores te desligaram."

"Oh, meu Deus." Chaz levantou os joelhos e colocou a testa sobre eles.

"Isso mesmo, querido. Você trocou seu sonho por algumas noites com... do que chamou ela? Oh, sim, 'gatinha'. Espero que tenha valido a pena. Espero que esteja feliz." O telefone ficou mudo.

Chaz esfregou o rosto com a mão e atirou um travesseiro contra a parede. *Merda! O que eu fiz?* Pegou o telefone e ligou para Bobby.

"Hey, o que houve, cara?"

Ele explicou o que acontecera enquanto lacrimejava.

"Você trocou a Broadway por uma garota? Que azar, Dunc. Que azar. Mas eu te conheço. É a primeira garota importante em sua vida. Essa não é sua última chance na Broadway, é?"

"Não sei. Talvez seja, talvez não."

"Maldição, primeiro - arrume uma nova agente. Essa Allie é uma vaca. Você gosta dessa garota, não gosta?"

"Sim."

"Ela é especial?"

"Sim, e?"

"Então, arrume uma nova agente, encontre outro show na Broadway e fique com a garota. A propósito, espero que esse show seja um fracasso bem rápido. Tenho que ir, o bebê está chorando. Aguente firme, Dunc."

Bobby desligou o telefone. Chaz se recostou e pensou por um momento no que Bobby dissera. Magoado demais para dormir agora, levantou-se e foi até a cozinha para pegar um copo de água. Em seguida, vestiu um roupão e se sentou no terraço, olhando para as luzes que piscavam até que seu telefone tocou novamente. *Allie está de volta para colocar o dedo na ferida mais uma vez?* Atendeu rispidamente, "Vai colocar o dedo na ferida, Allie?"

"Chaz?" A voz de Meg demonstrava incerteza.

"Meg! Oh, Meg, sinto muito. Achei que fosse Allie."

"Que dedo na ferida?"

Ele ficou em silêncio.

"O que aconteceu? Alguma coisa aconteceu. Posso sentir."

"Eu perdi a Broadway." Sua voz era quase um sussurro.

"O quê?"

"Fui substituído. Não vou atuar na Broadway." Ele pigarreou.

Agora era a vez de Meg ficar em silêncio.

"Meg? Meg, você está aí?"

A voz dele tremia no telefone. "Estou aqui. Sinto muito... muito mesmo. Você perdeu o seu sonho... a culpa é minha."

"A culpa não é de ninguém." Ele cerrou os dentes.

"Deveria sair de sua vida... estou arruinando tudo."

"Não!" Ele fechou o punho e bateu na mesinha.

"Estou... estamos... isso não está dando certo."

"Para mim está. Eu te amo." *Não posso te perder.*

"Ainda ama? Depois de tudo isso?"

"Coisas dão errado nesse negócio. Você não sabe quantos papéis não consegui antes de aparecer *West of the Sun*. Você se acostuma... Talvez seja um exagero, mas cada vez que acontece, dói um pouco menos..."

"Mas esse era o seu sonho... um musical da Broadway... e agora se foi por minha causa."

"Hey, eu comecei essa estupidez com meu presente surpresa... não tinha ideia. Não é o único papel da Broadway até o fim da minha vida. Além do mais, ninguém me diz quem amar... com quem ficar."

Silêncio.

"Tudo bem se quiser dar um tempo... só até essa loucura desaparecer." Ele percebeu o tom de tristeza em sua voz.

Mais silêncio. Chaz não sabia o que dizer. Finalmente ele respondeu, "Vou estar aqui por mais três semanas de qualquer jeito. Isso deve acabar até lá."

"Combinado. Dar um tempo por três semanas."

"Só para ver como vamos ficar... um sem o outro?" Ele perguntou.

"Isso. Bom. Certo. Começando agora. Boa noite, Chaz..." a voz dela estremeceu.

"Boa noite, gatinha..." antes que pudesse dizer que a amava, ela desligou o telefone. Ele suspirou com a dúvida enchendo sua cabeça. Mesmo que seu corpo estivesse cansado, sua cabeça estava bem acordada. Moveu uma poltrona até o terraço, pegou um cobertor de lã e se sentou observando a noite.

Amo Meg, mas amo atuar também. É a minha vida. Maldição, eu quero as duas coisas. Estava dividido e fazia uma lista mental das razões para continuarem juntos e para se separarem. Agora que a Broadway estava fora de questão, teria que voltar para sua casa modesta em L.A. *Por quê? Por que não posso ficar na casa de Quinn? Ele vai estar fora da cidade.* Meg iria vê-lo. Continuariam a ser perseguidos por jornalistas e paparazzis tirando fotos e os separando?

Peço ela em casamento. Não... não estou preparado. Estou solteiro há muito tempo para mudar de repente. Talvez possamos morar juntos. Não, os jornalistas teriam um prato cheio... não é justo com Meg. Além do mais, não tenho uma casa própria em Manhattan. Não posso ir com ela para o quarto de hóspedes do Quinn.

Justo quando decidiu que se separar era o melhor para ambos, imagens de Meg dançaram em sua mente... e na sua virilha. *Aqueles olhos verdes... seus cabelos... como seda. Ela é tão esperta... e divertida. Sua pele é tão... macia. Seus seios... lindos e firmes, perfeitos para mim.* Seu coração disparou quando visualizou seu corpo nu descansando em sua cama e esperando para que ele fizesse amor com ela.

Seus dedos formigaram de vontade de tocar sua pele macia e fazer círculos ao redor de seus seios. Fechou os olhos e quase sentiu a curva de seu quadril, a sua intimidade sendo apertada por suas mãos. Seus lábios se moveram levemente quando pensou em seu beijo, tão terno e ainda assim excitante. Seu gosto, uma mistura de vinho fino e a doçura ácida de fruta fresca provocaram sua língua enquanto a lembrança de seu perfume provocava seu nariz. Sua virilha se apertou quando se lembrou de sua intimidade quente e aconchegante... o prazer de estar dentro dela com seus corpos se movendo juntos e se emaranhando na paixão... beijando-se, devorando-se e se agarrando em um desejo ardente. Começou a ofegar levemente e seus batimentos cardíacos se aceleraram enquanto o desejo e a necessidade se misturavam em seu sangue.

Recostou-se na poltrona e puxou o cobertor até as axilas. Por um momento, pode jurar que ele cheirava a bolo de carne. Sua boca salivou com a lembrança do saboroso prato e ficou com fome. *Ninguém nunca cozinhou para mim antes. Ela é a escolhida.* Lambeu os lábios como se restasse um pouco da refeição sobre eles, mas seu paladar ficou vazio. Virando-se para o lado, Chaz abraçou um travesseiro na tentativa de recriar um pouco o calor suave de dormir entrelaçado com Meg. Fechou os olhos quando sua mente ficou sem combustível e, finalmente, a exaustão o arrebatou.

Ela me ama. Ela é minha. Não vou desistir dela. Vamos resolver isso... de alguma forma. Devo ficar com ela... o tempo todo... todos os dias. Um sorriso apareceu em seus lábios quando ele adormeceu.

Capítulo Dezesseis

Um grupo de repórteres e cinegrafistas bloqueando a porta de seu edifício não foi uma surpresa para Megan. Abriu caminho pela multidão e se dirigiu para a porta da frente. Lançaram perguntas - sugestivas e desagradáveis - sem parar, mesmo quando ela ficou paralisada dizendo "sem comentários." Fotógrafos tiravam fotos. Estava cansada e com os olhos turvos da viagem e de chorar. Estava descabelada, mas não se importou. *Não pareço uma garota de programa agora. Talvez seja algo bom.*

Briny saiu do prédio, segurou aporta para ela e empurrou dois jornalistas com o braço musculoso para que ela pudesse passar. Viu Grady atrás do balcão do porteiro, enrolado em cima de um tapetinho. O pug pulou e foi até Meg, abanado o rabo rapidamente, muito feliz em vê-la novamente depois de alguns dias sob os cuidados de Briny.

Meg parou e coçou atrás das orelhas do pug, sem perceber os flashes das câmeras do lado de fora do prédio. *Talvez Grady fique famoso.* Pegou a coleira das mãos de Briny. "Quanto te devo por cuidar de Grady, Briny?"

"Por conta da casa, Srta."

"Você não tem que..." Mas ele levantou a mão, interrompendo-a.

"Obrigado." Ela sorriu.

Um repórter entrou sorrateiramente enquanto Briny conversava com Meg. "Srta. Davis, quanto Duncan te pagou para ir à Phoenix fazer sexo com ele?"

Farta, Meg se virou. "Você não acha realmente que um homem tão atraente quanto Chaz Duncan precise pagar para uma mulher dormir com ele, acha?"

"Oh? Então você foi de graça?" O repórter rabiscou em seu bloco de notas.

O rubor apareceu no rosto de Meg conforme a raiva rapidamente subia em seu peito. "Vai para o inferno!" Cuspiu no repórter e olhou com raiva em sua direção. Antes que pudesse colocar o cachorro na coleira, Grady levantou a perna e mijou nas calças do repórter.

Ele deu um pulo para trás e gritou. "Controle seu cachorro, moça!"

"Desculpe," ela murmurou sem a menor evidência de remorso na voz. Em seguida, sua cor voltou ao normal e seu rosto frio abriu um grande sorriso. Briny riu. Meg agarrou a coleira, tirou o cachorro de perto do homem e escapou para o elevador antes que o repórter tivesse a chance de a seguir. Briny pegou o intruso pelo braço e o acompanhou até a porta.

Assim que entrou no apartamento, ela deu água fresca para Grady e fez um café. Minutos mais tarde, com o café em mãos, verificou sua correspondência e se enrolou no sofá. O pug gorducho conseguiu pular no sofá e se enrolou atrás de seus joelhos dobrados, colocando a cabeça em suas pernas. Em pouco tempo, Meg estava dormindo com Grady roncando a seu lado.

O TEMPO PASSAVA DEVAGAR para Meg. Sem um emprego, vagava pelo apartamento vazio o dia todo como uma moeda de vinte e cinco centavos solitária dentro de um cofrinho. Três vezes por dia, era forçada a encarar o mundo quando levava Grady para passear. De manhã, ia ao Central Park, muitas vezes passava despercebida pela mídia por ser muito cedo. Mas a caminhada da tarde algumas vezes era uma operação secreta se houvessem repórteres e fotógrafos por perto.

Frequentemente ela não conseguiu escapar e eles a perseguiam perguntando sem parar e tirando fotos enquanto ela mantinha a cabeça baixa e ficava de boca fechada.

"Você jogou fora sua educação para se tornar uma garota de programa?"

"Duncan tem algum pedido especial, Srta. Davis?"

"Tem mais alguma celebridade?"

Era difícil para Megan não responder quando queria mandar todos irem para o inferno, mas se forçava a não fazer isso. Depois de sua explosão inicial na semana anterior, quando se viu mal falada no jornal do dia, ceder a um repórter parecia bobagem agora. Recusava-se permitir que as provocações dos jornalistas a fizessem parecer fora de controle. "Queridinha de Harvard Diz Dormir com Chaz Duncan de Graça" foi a manchete que resultou daquele pequeno vacilo. Seu telefone tocou o dia inteiro depois daquilo.

Se não encontrar algo para fazer, vou enlouquecer sendo uma prisioneira na minha própria casa. Finalmente a resposta surgiu em sua mente enquanto estava sentada, olhando pela janela, tomando um café e acariciando Grady. *Preciso começar meu próprio negócio. Todo novo negócio começa com um planejamento!*

Faltando mais três semanas para que Chaz terminasse as filmagens, Megan sentou-se no computador e começou a fazer um planejamento para começar seu próprio serviço de consultoria financeira. Passados alguns dias, seu telefone se acalmou e ela parou de verificar quem estava ligando. Distraída com o trabalho e um pouco irritada quando o telefone interrompeu sua concentração, ela atendeu sem pensar.

"Megan Davis?"

"Não falo com jornalistas..." Estava prestes a desligar quando a voz feminina chamou sua atenção.

"Não sou uma jornalista... É a Allie, agente de Chaz Duncan."

"Oh. Como posso te ajudar?" Meg largou sua xícara de café.

"Pode deixar Chaz em paz."

A cabeça de Meg foi para trás como se tivesse levado uma bofetada. "Não nos falamos há uma semana, se é que isso é da sua conta."

"Ele está determinado a ficar com você... não importa o quanto isso custe para sua carreira."

"Não vejo como isso possa ser da sua conta..."

"É da minha conta... pelo menos dez por cento disso é da minha conta. Falei com os produtores de *West of the Sun* e eles não estão felizes com toda essa má publicidade. Esses filmes atraem crianças, Srta. Davis. E os pais não querem seus filhos acompanhando filmes com um degenerado que paga prostitutas."

"Não sou uma prostituta! Você é audaciosa!" Meg ia desligar o telefone.

"Espere! Espere. Desculpe. Não quis insinuar que era. Eu sei que você é namorada dele e, acredite, ficaria feliz por Chaz ter encontrado alguém, se esse alguém não fosse você."

Megan bufou.

"O que eu quero dizer é... isso não está dando certo. Se o ama, Srta. Davis, você vai deixá-lo. A carreira é tudo o que Chaz tem. Se continuar, você pode destruir tudo o que ele tanto lutou para conquistar. O show da Broadway já o dispensou. Se ele perder essa franquia, vai ser o fim da sua carreira como ator."

Megan respirou fundo.

"Olá? Olá? Ainda está aí, Srta. Davis?"

"Estou aqui." Tentou controlar o tremor em sua voz.

"Você deve ser uma boa garota já que Chaz está tão louco por você. Digo, isso deve ir além do sexo então... por favor. Faça esse sacrifício por ele. Se realmente o ama."

"Amo." Soou quase como um suspiro.

"Bom. Agradeço... desde já. Por fazer o que é certo."

Depois que Allie desligou o telefone, Megan ficou paralisada. Olhou para o telefone por um momento antes que uma dor atravessasse seu corpo. *Ela está certa. Se o amo, devo desistir.*

Sentou-se em uma cadeira e olhou pela janela. *Deus, que dor. Mal consigo respirar.* Grady foi até ela e se enrolou a seus pés. Olhou para ele quando as lágrimas encheram seus olhos.

"Hora de sair, garoto. Obrigado por me lembrar." Ela se levantou.

De forma mecânica, foi até a porta e pegou sua coleira antes de se dirigir ao elevador. Na rua, havia somente um repórter por perto. *Graças a Deus. Agora. Tenho que fazer isso agora. Como arrancar um esparadrapo, vai doer, mas só por um instante.*

Levantou os olhos quando o homem se aproximou. "Alguma novidade hoje, Srta. Davis?"

Ela parou enquanto Grady se aliviava no poste de luz. "É seu diz de sorte. Sim. A novidade é que o Sr. Duncan e eu não estamos mais juntos."

"O quê?"

"Isso mesmo. Nos separamos. Na verdade, estou indo para Delaware ver meu irmão e reencontrar uma paixão antiga."

"Um de seus companheiros de time?"

"Você adoraria saber," sorriu maliciosamente para o repórter que escrevia a um quilômetro por minuto.

"Espere! Srta. Davis!" Ele a chamou.

Mas Megan só acenou e continuou o seu caminho. Levou Grady de volta para o prédio e correu até o elevador. Quando as portas se fecharam, caiu no choro. Assim que estava segura em seu apartamento, discou com dedos trêmulos. Logo que Mark atendeu, ela falou depressa, "Estou indo para Delaware, Mark."

"Boa ideia."

"Diga para Harley Brennan que aquele favor que me deve? Estou indo cobrar."

Desligou o telefone e afundou no sofá, soluçando. Grady se enrolou no sofá a seu lado e colocou a cabeça em sua perna.

NA MANHÃ SEGUINTE, Megan começou a arrumar as coisas depois que a manchete saiu. Preparando-se para pegar o Metroliner para Delaware do meio-dia, tentava se concentrar em organizar suas roupas para a viagem, mas Chaz não saia de sua cabeça. *Se vou sair com Harley, vou precisar de algo sexy. Ugh. Não tenho vontade de ser sexy com Harley. Dunc...*

A parte mais difícil do dia foi manter o telefone desligado. Depois de ignorar dezenas de mensagens de Chaz, desligou o telefone completamente. O seu toque incessante mexia com seus nervos e a deixava ansiosa e esquecida. *Camisinhas? Não. Além do mais, se mudar de ideia, Harley com certeza tem bastante.* A ideia de dormir com Harley lhe causava arrepios.

Às dez e meia, ela estava pronta. Colocou a comida de Grady em um saco plástico e desceu pelas escadas. Briny a cumprimentou. "Estou me acostumando a ter esse pequenino comigo," disse quando Grady pulou em sua perna para ser acariciado. "A barra tá limpa?"

"Sim. Acho que conseguiu, Srta. Assim que descobriram que você e o Capitão Spencer - digo, Sr. Duncan - terminaram, eles sumiram."

"Bom."

"Mas isso é mentira, certo? Não terminou com o Sr. Duncan, terminou?"

"Essa é primeira coisa que publicaram que é verdade, Briny."

"Isso é ruim. Ele é um cara ótimo." Briny pegou a coleira de sua mão.

"Sim, eu sei." Megan soltou um longo suspiro. Inclinou-se para dar um beijo em Grady antes de pegar sua mala. Briny segurou a porta para ela e em seguida foi até a rua para acenar para um táxi. Megan entrou e olhou para céu. O tempo se armava para uma tempestade de fim de verão. As nuvens se moviam e escureciam, espelhando o seu humor.

Assim que o trem saiu da Penn Station, a chuva começou. Relaxou no assento macio enquanto as gotas de chuva escorriam pela janela cada vez mais rápido à medida que o trem tomava velocidade. *Parecem lágrimas.* Os olhos de Megan estavam secos, vazios de lágrimas. Não conseguia mais chorar. *Tenho que encará-lo em algum momento. Tenho que lhe dizer a verdade. Nunca vou amar alguém como o amo.*

Recostou-se e fechou os olhos, permitindo que imagens de seu tempo com Chaz surgissem em sua cabeça. Aconchegou-se no assento e se lembrou da maravilhosa sensação de se aconchegar em seu corpo na cama. Quando Chaz a envolvia em seus braços, nada de ruim podia acontecer. Ficava segura das preocupações, ansiedades e do mundo. Afastou os pensamentos sobre a perda dessa sensação e se concentrou no amor que compartilharam. Um sorriso se formou em seus lábios quando caiu em um sono leve, meio dormindo e meio acordada, sonhando com os dias felizes que teve com Chaz.

Megan acordou assustada quando o trem parou na estação. Levantou-se rapidamente para pegar sua mala, mas um belo jovem já estava a tirando do bagageiro para ela. Olhou-a longamente. "Você não é a "Queridinha - "

"Não. Parecida. Obrigada pela ajuda." Pegou a mala e se moveu rapidamente pelo corredor. *Oh, Deus. Agora, sou uma famosa... infame. Uma celebridade. Maldição.* Assim que entrou na estação, suspirou de alívio. *Por pouco.* Meg olhou ao redor até avistá-los - seu irmão lindo e alto com o braço nos ombros de Penny, vindo em sua direção.

Seus olhos começaram a arder e sua garganta se fechou de emoção ao ver Mark. Ele sempre estivera lá para ela, era seu porto seguro. De repente, não conseguiu mais fingir que estava tudo bem. Ele a enxergou, abriu os braços e ela correu em sua direção, batendo contra ele. Ele a manteve perto com seu abraço enquanto ela soluçava em seu peito.

Algumas pessoas o reconheceram, mas pararam antes de aproximarem para pedir um autógrafo em respeito à sua privacidade. Finalmente Megan se afastou, aceitou o lenço que Penny lhe alcançou e assoou o nariz. Mark pegou a mala enquanto Penny colocou o braço nos ombros de Meg enquanto cainhavam para o estacionamento.

ENQUANTO MEGAN VIAJAVA até seu irmão e sua esposa em busca de consolo, Chaz trabalhava e se segurava sozinho em Phoenix. Caminhava pelo quarto do hotel. O silêncio de Meg o deixava louco. Já tinha atirado na parede tudo o que não podia quebrar, mas sua frustração continuava a se acumular até achar que fosse explodir. *O que ela está fazendo? Está apaixonada por mim, será que se esqueceu? Está cansada de mim? Diabos, ainda estou apaixonado por ela e isso não vai passar.*

Por três vezes durante as gravações ele perdeu a concentração e o diretor estava ficando irritado. Ele leu o jornal, mas não falou nada. O elenco e a equipe ainda o olhavam com simpatia. *Meg, volte para mim. Preciso de você. O que eu fiz? O que aconteceu?*

Os acordes de "If I Loved You" interromperam seus pensamentos. *Meg!* Ele saltou até o sofá e atendeu rapidamente.

"Meg?" Estava sem fôlego.

"Quem? Não, é a Allie.

"Oh. Allie. O que você quer?" Os ombros de Chaz se abaixaram quando ele se esticou no sofá e tirou os sapatos.

"Meus cumprimentos para a moça que alavancou sua carreira."

"Quantas vezes tenho que dizer, Allie? Eu alavanquei minha carreira."

"Eu sei... eu sei... só estou brincando."

"Encontrei o produtor depois do teatro em Pine Grove, Allie. Devo te lembrar disso?" A irritação aparecia na voz de Chaz. *"Maldição! Ela nunca vai parar de se gabar?*

"Verdade, verdade. Mas eu negociei seu contrato."

"Sim, eu sei. O que você quer? Esse não é um bom momento para conversas."

"Você teve alguns problemas no set hoje. Conversei com seu produtor. Estou ligando para saber se está tudo bem."

"Você viu o jornal de hoje?" Chaz retirou as meias.

"Sim? E?"

"E? Megan me dispensou e não me disse o motivo. Ela não atende minhas ligações..." Ele passou as mãos pelos cabelos.

"Achei que estaria melhor agora que ela finalmente foi embora. Nossa. Eu sei... aquelas manchetes e toda a atenção negativa da mídia? Agora está seguro. Os produtores não falam mais em te substituir. Ufa. Desviamos desse tiro... graças a mim."

"Graças a... *você*?" Ele se ergueu.

"Sim, tive uma conversinha com ela alguns dias atrás. Apenas protegendo os seus interesses."

"Uma conversa? O que disse a ela?" Chaz se levantou conforme a tensão subia por sua espinha.

"A verdade. Disse a verdade."

"Qual verdade?"

"Que você ficaria melhor sem ela. Que ela estava destruindo sua carreira."

"O que você disse?"

"Disse que se ela realmente amasse você, sairia de sua vida."

"Oh meu Deus! Você é a responsável por esse... esse... desastre?" Ele gritou ao telefone e começou a andar.

"Qual desastre? *West of the Sun* está garantido. Deveria me agradecer."

"Já tinha conversado com os produtores. Estavam de boa e entenderam. Não teria mais nenhuma manchete. Além do mais, tem muito tempo até o filme ser lançado. Tranquilizei eles, contei a verdade... estava tudo bem. O que você fez? Você destruiu minha vida." Chaz colocou a mão sobre os olhos conforme as lágrimas se formavam.

"Bem, eu não sabia... ainda assim, agora você está completamente seguro... E eu - "

"Você está demitida." O tom dele era calmo e frio.

"O quê?" Ela engasgou do outro lado da linha.

"Você está demitida." Chaz contraiu a mandíbula.

"Você não pode fazer isso."

"Verifique seu contrato. Eu posso. Estou fazendo. Eu tenho que fazer. Suma da minha vida, Allie. Falo sério. Suma agora."

Chaz desligou o telefone. A raiva fervia em seu peito enquanto ligava para Megan novamente, mas recebeu a mensagem gravada de que seu telefone estava desligado. A tristeza o dominou e ele enfiou o rosto em suas mãos. *Mais duas semanas. Tenho só mais duas semanas... então posso voltar para Nova Iorque e tentar conquistá-la de volta... se ainda não estiver apaixonada por algum jogador de futebol troglodita.* Pegou o telefone e apertou em rediscar. *Deus, espero que não durma com ele... não se apaixone por ele. Meg... oh, Deus, espero que não seja tarde demais... por favor, gatinha, atenda o telefone.*

Capítulo Dezessete

Depois de alguns dias com Mark e Penny, Meg voltou a sorrir. Ela saiu para jantar com Harley Brennan uma vez. Ele era um bom esportista e permitiu que a mídia os fotografasse juntos apesar da reputação de Meg estar no lixo. Riram juntos lembrando os velhos tempos em Kensington State. Meg ficou feliz porque, apensar dele ainda sentir algo por ela, ele não se passou. A ideia de um homem que não era Chaz a tocando lhe causava arrepios. *Tem que ser Dunc ou o celibato.*

Após cinco dias, ela arrumou as malas e voltou para Nova Iorque. Na viagem de trem, fez uma lista das coisas que precisava fazer para colocar seu novo escritório de pé. *De qualquer maneira, vou ter a conta de Mark. Duvido que Chaz me dê a dele... provavelmente nem vai falar comigo. Dispensado... publicamente.* Um tremor atravessou seu corpo. *Sinto muito, querido.* O peso atingiu seu coração e sua respiração ficou lenta. Largou a caneta, recostou-se e fechou os olhos. *Deus, Dunc... sinto tanta saudade.*

A imagem de seu rosto sorridente - os olhos brilhando de desejo, os lábios perfeitos com um sorriso charmoso - apareceram em sua mente. Sorriu em resposta. *Quando Chaz sorri, você deve sorrir de volta.* Seus dedos formigaram, antecipando a pressão da mão dele quando segurava a sua. Alguém abriu a porta. A leve brisa que chegava a seu assento fazia cócegas em seu pescoço como os lábios de Chaz. *Por favor, não me odeie.* A caneta caiu de sua mão quando ela caiu em um sono leve e inquieto, acordando quando o trem parou na Penn Station.

Megan soltou um longo suspiro quando viu que não tinham jornalistas nem fotógrafos acampados em sua porta. Briny abriu a porta do táxi e ela sorriu com os olhos procurando por um sinal de Grady no chão do lobby. O pug gorducho latiu, abanou o rabo e ofegou quando a viu. Ajoelhou-se para acariciar seu pelo macio enquanto ele lambia seu rosto com uma alegria incontrolável.

"Como ele se comportou, Briny?"

"Sem problemas, Srta. Como sempre."

Megan colocou seis Dólares na mão de Briny e pegou a coleira. Assim que entrou no apartamento, procurou por algo no freezer para descongelar e jantar. Pegou um pacotinho de papel alumínio e preparou a comida de Grady. Assim que ele já estava comendo alegremente, desembalou a comida congelada. Era um pedacinho do que sobrara do bolo de carne que fizera para Chaz. Trancou a respiração e as lágrimas apareceram antes que pudesse contê-las. Apertou o pacotinho contra o peito e, em seguida, o afastou quando o frio machucou sua pele. *Pela honra de Chaz.* Enxugou os olhos com a mão e deixou o bolo de carne no balcão para descongelar.

Megan trabalhou em seu plano de negócios durante o jantar. Embora precisasse acertar mais alguns números, o esqueleto de seu plano estava pronto às oito e meia. "Venha, Grady. Hora de uma caminhada, de uma longa caminhada."

Colocou a coleira no pug, percebendo que ele tinha perdido mais peso e foram em direção ao elevador. Logo que saíram, ela se pegou indo em direção ao Central Park. *Preciso de um pouco de sorte... boa sorte. Já tive bastante azar para uma vida inteira.* Encaminhou-se para a Ramble conforme o céu começava a escurecer. Grady latiu uma ou duas vezes para as sombras, mas manteve o ritmo a seu lado, sacudindo-se com sua arrogância de pug. O medo que tivera de Ramble uma vez a abandonou e ela estava ansiosa para ver o arco de pedra novamente.

Conforme se aproximavam da estrutura incomum, o céu ficava mais escuro. O calor subiu pelo seu corpo quando se lembrou das palavras de Chaz quando a apresentou esse lugar tranquilo. Grady latiu e Meg ficou tensa quando avistou uma figura se movendo nas sombras.

Ela ficou petrificada no meio do caminho. *Uh oh. Hora de dar o fora daqui.* Antes que pudesse fugir, um homem saiu das sombras.

"Veio aqui para fazer um desejo?" O homem parou debaixo da luz. Era Chaz.

Seu coração saltou em sua garganta, tornando impossível falar, então ela simplesmente assentiu.

"Eu também. Meu sonho se realizou a última vez que estive aqui," ele disse, aproximando-se devagar, "Consegui o papel na Broadway e o amor de minha garota... mas agora perdi os dois."

"Os dois não," ela resmungou e pigarreou.

Ele ergueu uma sobrancelha.

"Não a mim." Seus olhos se deleitavam ao vê-lo com um jeans apertado e uma camiseta colada debaixo de uma camisa de flanela xadrez vermelha aberta. Os olhos dele brilhavam de desejo como sempre acontecia quando olhava para ela. O coração dela acelerou e seus lábios formigaram.

"Não é o que os jornais dizem." Chaz mantinha uma distância respeitável.

"Os jornais mentem, você deveria saber disso." Um sorrisinho se abriu em seus lábios.

Ele riu. "Oh, eles mentem, sim, mentem."

"Você não me perdeu." Ela se abraçou.

"Harley Brennan pode discordar disso."

Ela se aproximou um passo. "Eu e Harley somos velhos amigos..."

"Espera que eu acredite que ele não quer dormir com você?" Chaz se aproximou mais um pouco.

"Harley sempre quis dormir comigo. Harley quer dormir com qualquer coisa que use saia... exceto, talvez, um escocês." Meg riu e olhou dentro de seus olhos.

"Está me dizendo que não dormiu com ele?" Chaz levantou as sobrancelhas.

"Claro que não. Você me arruinou..."

"Você não era virgem quando..." Seus olhos procuraram por seu rosto.

"Quero dizer que me arruinou para outro homem. Não quero dormir com ninguém além de você." Aproximou-se dele e colocou as mãos em seus braços.

"Sinto da mesma forma. Então por que não estamos juntos?"

Ela podia sentir o cheiro de sua loção pós-barba misturado com perfume masculino enquanto ele se aproximava e seus peitos quase se tocavam. "Me recuso a arruinar sua carreira e quando Allie me ligou..."

"Allie! Sei que ela te ligou. Eu a demiti." Ele tirou uma mecha de cabelo de seu rosto e a prendeu atrás de sua orelha.

"Demitiu?" Os olhos de Meg se arregalaram.

"Ela te afastou. Falei com os produtores... quando garanti que não haveria mais nenhuma manchete, eles ficaram de boa."

"Fico feliz." Meg levantou o rosto e Chaz roçou os lábios sobre os dela.

"Contratei uma nova agente." Ele deu um passo para trás.

"Oh?"

"Uma amiga de Quinn, Fran. Ela me conseguiu uma audição para outro musical da Broadway que vai estrear daqui dez meses. Não é com um compositor de grande nome, mas é uma chance na Broadway."

"Quando é a audição?"

"Amanhã."

"É por isso que está aqui?" Grady puxou a coleira, então Meg se abaixou para acariciá-lo.

Ele assentiu.

"Está preparado? O que vai cantar?"

"'If I Loved You'... o que mais seria?"

"Vamos ouvir." Meg encontrou uma pedra plana e se sentou. Grady se atirou a seus pés.

Chaz pigarreou e então se aqueceu. "Não tenho certeza se lembro de toda a letra."

"Desculpas, desculpas... vamos logo com isso." Ela colocou o queixo sobre as mãos e seus olhos percorreram seu lindo rosto.

Ele direcionou seu olhar para ela enquanto cantava. Sua voz soava limpa como um sino. Essa versão da música tinha algo mais do que da última vez. *Ele está cantando para mim.* Um calafrio subiu por sua espinha quando viu o olhar amoroso dançando em seus olhos escuros. Quando ele terminou a canção, Meg aplaudiu e Grady latiu.

"Está bom?" Seu olhar questionador fez Meg sorrir. *Imagine Chaz Duncan inseguro. Difícil de acreditar.*

"Lindo. Perfeito. Vai ser moleza."

"Nada é uma moleza nesse negócio." Ele colocou as mãos nos bolsos.

"Acredito em você." Ela se aproximou dele.

"Você está aqui para o quê?"

"Estou começando meu próprio negócio e imaginei se a mágica que você encontrou aqui funcionaria para mim."

"Você não precisa de sorte... tem o cérebro. Tenho certeza que vai ser bem-sucedida."

"Depois de toda aquela publicidade? Você levaria sua conta para uma suposta prostituta?"

"Na verdade, levaria. Já informei o velho Harv que estou tirando minha conta da Dillon & Weed. Você me aceita?" Aproximou-se dela e colocou as mãos em seus ombros.

"Com prazer." Meg passou os braços por sua cintura e o puxou para perto.

O silêncio entre eles foi quebrado somente pelo ronco suave de Grady que dormia em um gramado próximo à calçada.

Chaz a apertou e baixou a cabeça. O beijo, hesitante no começo, tornou-se apaixonado quando ela abriu os lábios. As mãos dele exploravam suas costas, mantendo-a próxima com os seios encostando em seu peito. Um fogo se acendeu em seus corpos e o calor tomou conta de suas veias. Ela o desejava e, pelo que podia sentir pressionando seus quadris, ele também a desejava.

"Dunc... oh, Deus, estava com saudade," ela suspirou.

Ele beijou seu pescoço enquanto sua mão deslizava por suas costelas e segurava seu seio. Sua respiração ficou ofegante quando ele a acariciou gentilmente. O repentino pigarrear assustou os namorados e eles se separaram rapidamente. Meg ajeitou sua camiseta enquanto seus olhos tentavam distinguir a forma por trás da luz da lanterna. O ronco de Grady se transformou em um latido de alerta quando a luz o perturbou.

"Não é muito seguro aqui de noite, amigos." Um policial à paisana com o distintivo pendurado no pescoço movia a luz pela calçada.

"Obrigado, oficial." Chaz assentiu e pegou Megan pelo cotovelo, conduzindo-a por um caminho que levava para fora do parque.

Levou-a de volta a seu prédio e parou ali. Sam estava de serviço e ocupado do lado de dentro, então puderam ter alguns momentos de privacidade na rua escura e vazia.

"Quer subir?"

"Tenho uma audição cedo... maldição!"

O desejo brilhou em seus olhos e ela sabia que ele dizia a verdade. "Isso é muito ruim."

"Eu volto... se a oferta ainda estiver de pé."

Ao invés de responder, ela o puxou para um beijo intenso. Grady latiu e os fez rir.

Chaz lhe deu boa noite e seguiu pela avenida em direção ao apartamento de Quinn. Meg voltou a seu apartamento com um sorriso no rosto. Deu a Grady seu petisco da noite antes de se despir e ir para a cama. Cantarolar "If I Loved You" a levou até o piano. Tocou a música várias vezes e cantou sozinha. Seu espírito se animava a cada vez que tocava. A última coisa que esperava era uma visita da polícia.

QUANDO A CAMPAINHA tocou, Megan colocou um roupão sobre sua camisola curta e foi até a porta. Grady, acordado de um sono profundo, correu até a porta e começou a latir vigorosamente. Meg se abaixou para acariciá-lo. *Sam não interfonou. Quem pode ser?* Seu coração se acelerou por um segundo quando pensou que Chaz poderia ter mudado de ideia. Parou para retocar o batom antes de abrir a porta exatamente quando a campainha tocou uma segunda vez.

"Megan Davis?" Um homem alto com uniforme da polícia perguntou. Ela assentiu. Grady começou a latir novamente e Meg o calou.

"Oficial Stark e esse é o Oficial Malloy."

"Do que se trata?" Seu coração se acelerou quando a adrenalina começou a pulsar.

"Você é a filha de Arlen P. Davis?" O oficial mais baixo perguntou.

Meg se firmou agarrando o canto do Credenza. "Sim." Mal se ouvia seu sussurro conforme sentia seu rosto ficar branco.

"Sinto muito por falar, Srta. Davis, mas os restos mortais de seu pai foram encontrados no fundo do Hope Gorge em Sandstone no Colorado."

Uma onda de náusea tomou conta do estômago de Megan enquanto o sangue desaparecia de sua cabeça. Ficou tonta de repente e girou em direção à porta. O Oficial Malloy a segurou antes que caísse. Ajudado pelo Oficial Stark, eles carregaram uma Meg semiconsciente para o sofá acompanhados por Grady que latia furiosamente.

"Ele não vai morder, vai?" Malloy perguntou a Stark.

"Como diabos vou saber? Srta. Davis," Stark disse e esfregou suas mãos.

Malloy procurou por um copo de água na cozinha. Megan se sentou. "O que aconteceu?"

"Você meio que desmaiou por um instante, minha senhora." Malloy lhe deu o copo de água.

"Por quê?" Ela tomou um gole.

O Oficial Stark repetiu a informação e Meg ficou pálida novamente. "Você não vai desmaiar de novo, vai?" Malloy perguntou. O suor brotou em sua testa.

Ela balançou a cabeça. Grady pulou em cima do sofá, empoleirando-se a seu lado e olhando com desconfiança para os policiais. Meg tomou um gole de água. O Oficial Stark pigarreou.

"Fomos informados pela polícia de Sandstone que restos mortais foram encontrados com sua carteira de motorista no fundo do desfiladeiro. Parece que pertenciam a seu pai. Fui informado que ele está desaparecido?"

Megan assentiu e apontou para duas cadeiras. Os policiais se sentaram e continuaram, "Desaparecido há algum tempo, acredito? A polícia de Sandstone gostaria que fosse até lá e reivindicasse seu corpo o quanto antes."

"Aqui está o contato," Malloy lhe entregou um pedaço de papel. "Podemos dizer que você vai entrar em contato?"

"Vou ligar de manhã."

"Ótimo. Obrigado, minha senhora," Malloy disse e se levantou.

"Você está bem? Tem alguém que gostaria que nós ligássemos?" Stark perguntou ao ver Megan lutar para se levantar.

"Ninguém. Obrigada. Só tenho minha mãe e meu irmão."

"Tentamos encontrar sua mãe, mas não obtivemos resposta."

"Terça à noite? Normalmente ela vai ao cinema. Vou contar para ela."

"Agradecemos, minha senhora," Malloy disse.

Megan os mostrou a porta e então voltou para o sofá. Estranhamente, encontrava-se calma. *Sempre pensei que estivesse morto, papai. Você não perderia minha formatura se não estivesse.* Um sorriso pesaroso surgiu em seus lábios enquanto uma tristeza intensa enchia seu coração. *Sempre esperei que estivesse por perto e tivesse uma boa desculpa.*

Levantou-se do sofá e foi até a cozinha. Serviu-se uma vodca com tônica e pegou o telefone com uma mão trêmula.

DO OUTRO LADO DA CIDADE, quando Tiffany estava prestes a finalizar a atual edição da *Celebs R Us*, um estagiário entrou correndo em seu escritório. Ele estava sem fôlego. "Joe da delegacia telefonou. Dois oficiais acabaram de fazer uma visita no prédio onde Megan Davis mora. Devemos ligar de volta?"

"Com certeza. Descubra o que estavam fazendo. E se isso envolver aquela vagabunda da Davis, ofereça o dobro pelos detalhes. Faça isso *agora* porque se isso for interessante, vou estar na primeira página."

Dentro de quinze minutos, o estagiário conseguiu o furo para Tiffany. Ele a entregou várias páginas rabiscadas. Ela as arrancou de suas mãos e seus olhos examinaram rapidamente em busca de fatos pertinentes. Um sorriso maldoso se abriu em seu rosto. "Vou escrever esse eu mesmo," avisou para seu editor assistente. "Diga a Hal para segurar a impressão por apenas vinte minutos."

"Se você diz," respondeu o editor e deu de ombros.

"Engula essa, sua cadela," Tiffany resmungou por entre os dentes enquanto seus dedos voavam sobre o teclado.

Quando terminou, examinou sua obra e então clicou em *enviar*.

"Tudo certo, Hal," Tiffany disse em seu interfone. "Quando receber, manda ver."

Seu editor assistente entrou no escritório.

"Pode ir para casa agora," Tiffany disse.

"Vamos ver." Ele virou a tela do computador e leu a história.

Um assobio baixo disse a ela o que precisava saber. Na manchete, lia-se, "Pai da Queridinha de Harvard é Encontrado Morto. Assassinato ou Acidente?"

Capítulo Dezoito

"**S**rta. Davis, todos os testes foram feitos. Você pode vir buscar o corpo de seu pai."

Duas semanas depois de ser notificada pela polícia, Megan fez planos de viajar para o Colorado. O burburinho de jornalistas ao redor de seu prédio manteve Chaz afastado. Depois de prometer aos produtores que não existiriam mais manchetes, ficou relutante de estar novamente no centro das atenções com Megan. Ela compreendeu, mas ainda assim sentia saudade. Conversavam no telefone e algumas vezes se viam pelo Skype, mas Megan estava ocupada montando seu novo escritório e Chaz gravava algumas vozes. Raramente tinham tempo de se encontrar.

A mãe de Meg se distanciou com a desgraça. Desde que Meg lhe contou, Helen Davis caiu em depressão e se recusava a sair de casa. Meg levou a mãe no médico, que lhe prescreveu antidepressivos. Eles ajudaram, mas Helen se recusou a viajar para o Colorado com a filha... e, secretamente, Megan se sentiu aliviada.

Mark estava no meio da temporada e não conseguiu ir até o Colorado. Ficou abalado quando Meg o contou e precisou perder o primeiro tempo de seu próximo jogo devido à dor. Depois de anos odiando seu pai pelo que pensava ser uma deserção, agora Mark tinha que perdoá-lo e chorar por ele ao mesmo tempo. O coração de Megan doía por ele. Foi deixada para ir ao Colorado sozinha.

Naquela quarta-feira de manhã, respirou fundo e carregou sua mala até o elevador com Grady caminhando atrás dela. Seu coração se encheu de tristeza. Encostou a testa na parede quando uma onda de fraqueza se apossou de seu corpo. *Não achava que você voltaria, papai. Por Deus, nunca pensei que te traria de volta... assim.* Depois de estremecer e respirar fundo, Meg se apoiou na parede e reuniu todas as forças que tinha. Engoliu em seco, entrou no elevador e apertou o botão do lobby.

Briny sorriu quando ela lhe entregou a coleira de Grady. "Mais uma vez obrigada por cuidar dele."

"Ele não incomoda. Gosto de sua companhia."

Meg tentou sorrir, mas não conseguiu. Lágrimas arderam no fundo de seus olhos e uma sensação fria de solidão atravessou seu corpo, fazendo-a tremer mesmo que ainda fosse outubro.

"Seu carro está ali fora, Srta."

Meg parou.

"Não pedi um carro."

"Tem certeza? Disse que estava esperando por você."

Meg franziu o cenho quando passou pela porta que Briny segurou para ela. Olhou para o carro e viu o rosto sorridente de Bobby. Sua boca se abriu, mas não saiu nenhum som. A porta de trás se abriu e Chaz saiu. "Seu carro, minha senhora," ele disse e fez um gesto com a mão.

"O que você está fazendo aqui?" Meg se aproximou do carro com passos trêmulos.

"Estou aqui para te levar para o Colorado."

"Mas seus produtores... sua promessa... sua carreira."

"A mulher que amo precisa de mim. Não tem nenhum outro lugar que prefira estar. Eles vão entender... e se não entenderem, encontro outra coisa. "Não posso te abandonar agora, gatinha. Preciso estar aqui com você." Abriu os braços e ela correu para abraçá-lo. As lágrimas que estava segurando escorreram por seu rosto. Ele apertou seus braços ao redor dela. "Não poderia deixar você fazer isso sozinha," ele sussurrou.

"Obrigada, Dunc. Obrigada."

Levantou o rosto e ele a beijou intensamente ainda na frente do prédio. Uma multidão começou a se formar. Quando se separaram, os expectadores aplaudiram. Chaz a colocou rapidamente dentro do carro e entrou em seguida. Bobby desceu, fechou a porta, colocou a bagagem no porta-malas e voltou ao banco do motorista. Logo que entrou no carro, Bobby dirigiu pela Ninety-Sixth Street, atravessando a cidade até a Triborough Bridge em direção ao aeroporto LaGuardia. Chaz se recostou e colocou a mão no bolso da camisa. Puxou dois cartões de embarque.

"Dois assentos de primeira classe." Acenou com os papéis na frente de seu nariz.

"Sempre viajo de classe econômica."

"Não mais," Chaz disse com um sorriso.

"Nunca voei na primeira classe."

"Da forma como está se sentindo... vai ajudar... faz diferença. A viagem vai seu um pouco mais fácil para você."

"Obrigada." O prazer ruborizou suas bochechas.

Chaz secou seu rosto com o dedão. "Sinto muito por seu pai."

Ela assentiu e colocou a cabeça em seu ombro. Chaz passou o braço a seu redor e a puxou para perto. "E quanto a imprensa?"

"Se encontrarmos com alguma, então lidaremos com isso. Agora, vamos apenas ser nós mesmos."

Boa parte do estresse e tensão que Meg carregava nos ombros sumiu de seu corpo. Relaxou em seu corpo e logo seus olhos estavam fechados. Chaz beijou a cabeça de Megan enquanto ela dormia.

BOBBY PAROU NO TERMINAL da Delta Airlines, desceu do carro e abriu a porta para Chaz e Meg. Em seguida, colocou as bagagens na calçada. Chaz saiu primeiro, oferecendo a mão para Megan. Bobby fez a volta e a abraçou. "Vai ficar tudo bem. Dunc vai cuidar muito bem de você," sussurrou em seu ouvido.

As pessoas começaram a se virar para olhar e sussurros altos de "Chaz Duncan" e "Grady Spencer" foram ouvidos. Chaz a conduziu até a fila da segurança onde suas presenças causaram uma agitação. Ainda sem nenhum repórter. Meg suspirou quando passaram pela segurança sem nenhum sinal da imprensa. Chaz deu autógrafos e conversou com fãs enquanto tirava os sapatos e o cinto.

"Oohh, talvez suas calças caiam," brincou uma mulher.

"Prepare sua câmera, Mabel, por via das dúvidas," uma outra mulher riu.

Chaz teve um bom desempenho. Meg ficou parada, olhando em silêncio ele lidar com a multidão. Todos pareciam amá-lo. Estava orgulhosa.

"Hey, ela é a Queridinha de Harvard?" A primeira mulher perguntou.

"Quem?" Chaz perguntou e fingiu olhar em volta.

A mulher apontou para Meg e ele fingiu surpresa. "Moça, você está me seguindo?" Levantou a sobrancelha para Meg, incrédulo.

Ela riu e escondeu a boca com a mão.

"Aw... está nos enganando. Sabia que era ela o tempo todo. Sim, eles estão juntos."

"Isso não é legal, Mabel?"

As duas riram e voltaram para os seus lugares na fila da segurança enquanto Chaz e Meg escapavam. No caminho para o portão de embarque, Meg sussurrou para ele por detrás da mão. "Sem jornalistas! Graças a Deus!"

"Aqui não. Mas se prepare para encontrar com eles em Denver. Vamos alugar um carro para ir a Sandstone."

"Não é um longo caminho?"

"Vamos levar dois dias. Assim, vou ficar em um motel com você." Ele moveu as sobrancelhas e a fez rir.

CHAZ ESTAVA CERTO SOBRE a primeira classe. A equipe era muito atenciosa e totalmente tranquila a respeito de Chaz ser uma celebridade. Megan se sentiu um pouco abalada após a decolagem e Chaz segurou sua mão enquanto a comissária de bordo lhe servia champanhe. O zumbido dos motores combinados com champanhe e a proximidade do ombro de Chaz a acalmavam. Ele deu alguns autógrafos, mas logo as comissárias intercederam a seu favor enquanto Meg relaxava encostada nele.

Embora o piloto tenha concedido a eles o privilégio de descerem do avião primeiro, havia uma multidão de jornalistas os esperando nos amplos e modernos corredores do lindo aeroporto de Denver. Chaz abraçou Meg enquanto caminhavam em um ritmo normal e puxavam suas bagagens. Os jornalistas os encurralaram aproximadamente a quinze metros do portão de desembarque.

"O que está fazendo aqui com ele, Srta. Davis? Pensava que tinha o dispensado?"

"A Queridinha de Harvard e Chaz Duncan juntos novamente?" Outra pergunta surgiu.

"Seu pai foi assassinado, Srta. Davis?" Essa pergunta a fez parar.

Colocou a mão no braço de Chaz e então se afastou levemente.

"Vou dizer isso uma vez e somente uma vez e não vou responder nenhuma pergunta sobre meu pai. Meu pai era um alpinista. Estava em uma viagem com os amigos. Eles voltaram para Nova Iorque e meu pai ficou aqui para escalar o Mount Hope, um sonho que ele sempre falava a respeito. Acidentalmente, ele caiu em Hope Gorge e, por estar sozinho, não tinha sido encontrado até agora. Ninguém matou meu pai. A polícia de Sandstone liberou seus restos mortais e, embora ainda não tenha terminado a investigação sobre a sua morte, eles acreditam que tenha sido um acidente. Toda a minha família estava em Nova Iorque quando meu pai faleceu..." suas palavras vacilaram e sua voz estremeceu.

Chaz passou o braço ao seu redor. Após respirar fundo duas vezes, Megan continuou. "Ele faleceu aqui, sozinho. Estamos aliviados em saber o que aconteceu com ele e devastados por termos nosso pior medo confirmado. Isso é tudo o que tem para ser dito."

"E quanto a Mark? O que seu irmão acha?"

"Se sente da mesma forma que eu."

"Como sabe disso?"

"Fácil, somos gêmeos." Meg deu um sorriso e os jornalistas riram.

"E quanto a você, Chaz? O que está fazendo aqui com a garota de Harley Brennan?"

"Meg nunca foi a garota de Harley. Sempre foi a minha garota."

"O que você está fazendo aqui?"

"Esse é uma experiência traumática para Megan. Onde mais eu estaria se não fosse com a mulher que amo durante essa... essa crise?"

Os jornalistas murmuraram com suas palavras. Os obturadores das câmeras se abriam e fechavam na velocidade da luz.

Chaz se inclinou e sussurrou em seu ouvido, "Vamos dar algo a eles..."

Tomou-a em seus braços e a beijou apaixonadamente. Megan ficou tensa no começo, mas rapidamente esqueceu que as pessoas estavam olhando quando suas línguas se moveram juntas. Os flashes cegavam, mas os namorados não pararam.

Eventualmente, separaram-se com olhos brilhando e encaram novamente os jornalistas. Chaz a puxou para perto e esticou o braço para abrir caminho. "Por favor, nos deixe passar, temos um longo caminho pela frente."

A imprensa abriu caminho como o Mar Vermelho e os deixou passar. Outros passageiros pararam embasbacados e encararam Chaz. Praticamente, eles correram até a área de aluguel de carros e em pouco tempo estavam dentro de um, pegando a estrada. Chaz atirou o mapa para Meg. "Você dá as coordenadas e eu dirijo."

Assim que pegaram a estrada, Chaz pegou seu celular do bolso e o entregou a Meg. Ela verificou as mensagens. "Tem várias mensagens aqui, Dunc."

"Leia para mim."

"Certeza de que não tem nenhuma de mulheres sensuais?" Ela ergueu uma sobrancelha para ele.

"Está com ciúmes?" Olhou para ela por um instante.

"Com certeza. Você é meu."

Sorriu enquanto mexia no telefone e lia cada uma das mensagens. Suspirou e ele se distraiu da estrada. "O quê? O que é? Más notícias?"

"Você conseguiu o papel."

"O quê?"

"O papel... Broadway... *Hustle and Dance*."

"Oh meu Deus! Sério? Você não está brincando?"

O carro ficou desgovernado e invadiu a pista ao lado. Chaz puxou o volante para a esquerda e o carro rapidamente voltou a sua pista. Meg prendeu a respiração quando o motorista detrás meteu a mão na buzina. Chaz baixou o vidro e gritou. "Não é todo o dia que se consegue um papel em um musical da Broadway!"

Quando Megan conseguiu respirar normalmente de novo, virou-se para ele. Sempre atraente, agora ele brilhava ainda mais.

"Agora tenho os dois sonhos da minha vida," ele disse com um sorriso que chegava a mil watts.

"Oh?" Ela levantou as sobrancelhas e tentou esconder um sorriso.

"Uma peça na Broadway e a mulher que amo a meu lado... tem como a vida ficar melhor do que isso?"

CHAZ FICOU COM MEG quando voltaram à Nova Iorque. Ajudou nos preparativos do funeral e conheceu a mãe de Meg, que ficou extremamente encantada com ele. Mark ficou tão grato por Chaz ter ido com Meg ao Colorado que parou de ser um "idiota super possessivo," como diria Meg, e o permitiu que se mudasse.

As práticas de leitura, canto e dança começaram tão logo voltaram para casa. Entre o enterro de seu pai e o início de seu negócio, Meg mal tinha tempo de dizer "olá" e "tchau" para Chaz quando se cruzavam entrando ou saindo do apartamento. Ainda assim, sempre encontravam tempo para fazer amor apaixonadamente e ficar aconchegados depois de escurecer.

Os planos para o jantar de Ação de Graças foram adiados porque o time de Mark foi escalado para jogar nessa data. Ao invés disso, planos elaborados estavam sendo feitos para uma refeição suntuosa no sábado.

Em uma noite rara que estavam juntos antes das sete horas, Chaz preparou drinks e eles se sentaram juntos no sofá.

"Tenho uma surpresa." Ele se inclinou.

"Oh?" Meg tomou um gole de sua vodca com tônica.

Chaz atirou um envelope sobre a mesa. "Uma semana de férias nas Ilhas St. Timothy no Caribe. Eu e você, um bangalô na praia e um bom restaurante a poucos metros. Implorei por uma semana de folga. Viajamos em dois dias." Um sorriso se formou em seus lábios.

"Oh meu Deus! Dunc!"

"Quero ficar sozinho com você no sol, na praia. Nunca fizemos amor na areia." Ele se aproximou dela.

"Parece maravilhoso." Seus olhos verdes dançaram.

Ele baixou a cabeça e capturou sua boca com a dele. A necessidade o arrebatou e ele tirou o casaco pelos ombros, em seguida, puxou a blusa dela por cima da cabeça. *Rosa e rendado... será que a parte debaixo combina?* Seus olhos famintos devoravam a visão de seus seios através do sutiã. Ela puxou sua gravata enquanto ele mordia seu pescoço com os braços se movendo rapidamente para despi-la. "Muito melhor," ele disse a encarando.

"Agora você."

Levantaram-se e tiraram o resto de suas roupas rapidamente. Meg entrelaçou seus dedos com os dele e o levou de volta para o quarto. Chaz a agarrou e jogou em cima da cama, atirando-se logo em seguida.

A VIAGEM DE AVIÃO PARA o Caribe foi mais turbulenta do que Meg estava acostumada. Em determinado momento, o pequeno avião foi atirado em um bolsão de ar por alguns minutos. Ela agarrou a mão de Chaz e apertou com força.

"Nervosa, gatinha?"

Ela assentiu.

"Vai ficar tudo bem. Está tudo certo." Colocou a outra mão em cima da dela e isso ajudou a acalmá-la.

Meg suspirou de alívio quando o avião tocou o solo e se moveu lentamente até o portão. Tinha um carro esperando por eles e, em quinze minutos, estavam desfazendo as malas em um charmoso bangalô na praia. A pequena construção tinha uma ampla varanda na frente, uma pequena cozinha conjugada e um quarto espaçoso. As cores das paredes eram as cores da ilha - turquesa transparente, verde claro, amarelo sol e branco ostra nos móveis. Degraus iam da varanda até a praia, com o Caribe há talvez quinze passos.

Meg ficou encantada. "Como encontrou esse lugar?"

"Quinn."

"Ele não me parece ser o tipo de pessoa que vem a um lugar assim."

"Ele é muito mais romântico do que você pensa. Acho que fico feliz por você não ter visto esse lado dele."

Colocaram suas roupas de banho e correram para o mar quente e suave. Saltaram, nadaram e mergulharam juntos, ficando cansados rapidamente. Chaz estendeu uma canga na praia e deitaram ao sol para secarem.

"Isso é um paraíso." Meg se sentou e lhe alcançou o protetor solar.

Ele pegou um pouco do creme branco e passou em suas costas. Suas mãos espalharam o creme em seus ombros e desceu por suas costas. Em seguida, deslizou as alças de sua roupa de banho e aplicou o creme em seu peito, seus dedos arrastando-se lentamente até chegarem aos seios. Suas mãos seguraram seus seios por cima do biquíni.

"Chaz!"

"Não tem ninguém aqui. Ninguém pode ver."

Ela se encostou em seus ombros e fechou os olhos. O calor da massagem percorreu seu corpo. O toque de suas mãos e seus lábios em sua pele a excitou. Ele empurrou a parte de cima de seu biquíni até sua cintura. Ela gemeu e abriu um olho. Um barco, que estava longe, parecia estar se aproximando. Meg afastou suas mãos, puxou o biquíni e ficou em pé.

"Venha," disse e estendeu a mão para ele. "Vamos fazer isso lá dentro."

MEGAN SECAVA OS CABELOS com uma toalha quando bateram na porta. Fechou o roupão, penteou os cabelos úmidos com os dedos e caminhou descalça até a porta.

"Entrega, Srta.," disse um jovem baixinho que usava um uniforme.

Meg sorriu e pegou o pacote. Ele se retirou rapidamente antes que ela pudesse lhe dar uma gorjeta. O som do chuveiro parou. Um minuto depois, Chaz chegou na sala com uma toalha enrolada na cintura. Quando ele levantou os olhos, Meg abria a caixa retangular.

"O que é isso?" Ele perguntou, passando uma outra toalha pelos cabelos molhados.

"Não sei. Acabou de chegar."

Tirou da caixa um vestido de alça com ilhós. "É lindo!" Enquanto desdobrava o vestido, um pacotinho caiu no chão.

Tinha um bilhete então o abriu primeiro.

Pensei que gostaria de ter um vestido novo para usar essa noite. Também incluí o colar de safira da minha avó. Divirta-se!

Com amor,

Penny & "O Mala"

"Que adorável me mandarem isso... e também o colar de sua avó. Mas que estranho..."

Tinha mais uma coisa na caixa, sandálias prateadas. Meg conferiu as roupas e eram do seu tamanho.

"Vista hoje à noite, gatinha."

Ela assentiu. Depois de se desfazer da caixa e do embrulho, vestiu a parte de baixo de um biquíni branco rendado e o vestido. Deslizando-o pelo corpo, sentiu um arrepio e olhou para Chaz. Ele estava de cuecas e escolhia uma camisa para vestir.

"Hmm. Está me olhando por qual motivo?" Seus olhos brilhavam de desejo.

"Gosto de olhar para você... é motivo o suficiente?" Esticou o braço e acariciou suas costas.

Ele suspirou quando seus dedos tocaram gentilmente seus músculos.

"Gosto de te tocar." Aproximou-se dele e roçou os lábios em suas costas.

"O sentimento é recíproco." A camisa caiu de suas mãos quando ele fechou os olhos.

Meg passou os braços a seu redor e moveu as mãos por seu peito nu. Ele gemeu quando seus dedos se abriram sobre seu peitoral e ela acariciou seus músculos.

O estômago de Meg roncou.

"Jantar." Deslizou lentamente as mãos para baixo e as afastou de seu corpo.

"Oh, sim, jantar." Chaz abriu os olhos. "Você me hipnotizou com suas mãos."

Ela deu mais um beijo em seu ombro antes de puxar as alças do vestido e alisá-lo na altura da cintura. Depois de colocar as sandálias, escovou seus cabelos cor de mogno. "Fecha o colar para mim?"

Chaz terminou de abotoar sua camisa antes de pegar a delicada corrente com o pingente de safira de sua mão. Ela se virou de costas e ele passou a corrente ao redor de seu pescoço. Atrapalhou-se um pouco com o pequeno fecho. Um calafrio percorreu sua espinha com o leve toque de seus dedos sobre seu pescoço. Notou um pequeno tremor e se perguntou o motivo dele estar nervoso. Quando finalmente ele conseguiu fechar o colar, ela se virou e olhou para ele.

Enquanto ele pegava as calças e vestia, olhou dentro de seus olhos e percebeu um resquício de ansiedade. "Não tem motivo para ficar nervoso. Ninguém pode nos encontrar. Ninguém sabe que estamos aqui... exceto por Penny e Mark e eles não vão falar. Relaxe, Dunc." Ele sorriu para ela e fechou o zíper das calças.

"Verdade. Hoje é somente eu e você."

Beijou levemente seu nariz e abriu a porta da frente. Caminharam de mãos dadas até o restaurante a céu aberto. Uma mesa para dois tinha sido arrumada em um canto escuro do lado de fora. Duas velas acesas e mais um pequeno buquê de flores brancas em um vaso davam à mesa um brilho romântico.

Chaz puxou a cadeira e Meg sentou, estendendo a parte debaixo do vestido sobre o assento. Assim que se sentaram, o garçom apareceu com uma garrafa de champanhe e duas taças.

"Espero que não se importe, mas já providenciei o jantar."

"Você pensou em tudo."

"Você tem trabalhado tanto e sob muito estresse... achei que poderia gostar se eu assumisse um pouco.'

"Com certeza. Minha cabeça está exausta."

Depois que o garçom sacou a rolha e encheu as taças, foi substituído por outro que trazia dois coquetéis de camarão. Chaz propôs um brinde. "A nós... para sempre."

Meg tocou sua taça na dele e um leve rubor surgiu em suas bochechas. *Para sempre... adoraria me casar com ele...*

Concentrando-se no coquetel de camarão para satisfazer seu estômago faminto, ela achou delicioso que comeram em silêncio. Meg percebeu que Chaz estava evitando fazer contato visual. Primeiro, brincou nervosamente com o garfo e depois dobrou várias vezes seu guardanapo. Franziu o cenho. *Qual o problema?*

Depois que o garçom retirou os pratos vazios, Chaz levantou a mão e fez um sinal para o outro que se encontrava do lado de dentro. Levantou os olhos até os dela. Franziu o cenho em um olhar de preocupação enquanto pegava o guardanapo e o colocava sobre a mesa. Como se fosse em câmera lenta, Meg percebeu que sua mão foi até o bolso das calças e ele colocou um joelho no chão a seu lado. *Não pode ser... não é possível... pode?"*

Ele pegou sua mão e então abriu a caixinha, mostrando um anel de diamante redondo de quatro quilates. *Oh, meu Deus... está acontecendo... está acontecendo de verdade... não acredito.*

"Meg, eu te amo de todo o coração... casa comigo... por favor?"

Ela olhou para seu lindo rosto e teve um vislumbre de um garotinho solitário de olhos ansiosos. Segurou seu rosto com as mãos e o beijou. "Caso... sim... caso... eu também te amo."

Com os dedos trêmulos, Chaz pegou o anel e o deslizou por seu quarto dedo da mão esquerda. Com um movimento rápido, ele pulou e gritou, levantando o punho. Clientes que jatavam olharam assustados para ele.

"Ela disse 'sim'!" Gritou.

Uma salva de palmas trouxe um rubor de constrangimento às bochechas de Megan. Seu sorriso se abria de lado a lado, combinando apenas com o dele. Olhou para o anel de forma incrédula. *Conto de fadas não se tornam realidade, se tornam?*

Chaz se inclinou e a beijou quando o garçom trouxe pratos com tamboril e legumes frescos levemente grelhados. Seu nervosismo passou e Chaz mergulhou em seu jantar com prazer enquanto Meg estava emocionada demais para comer. Ela olhava para a comida até que Chaz a encorajou a comer.

"Se vai casar comigo, vai precisar de toda a força que puder reunir."

Seu sorriso caloroso a encorajou e ela descobriu que estava com mais fome do que imaginava. Terminaram seus pratos e se recostaram, satisfeitos. Chaz pegou sua mão. "Contava que você diria sim, então fiz algo... espero que não fique chateada."

Ela olhou para ele e apertou os olhos. "Você está com aquele olhar de culpa. O que você fez?"

"Bem, sendo a nossa situação... como direi... diferente, pensei que ao invés de planejar uma grande festa e tentar esconder da imprensa..." fez uma pausa para tomar um gole de champanhe.

"Continue." O olhar de Meg estava fixo em seu rosto.

"Bem... se você concordar... eu uh... tomei a liberdade... pensei em nos poupar de todo aquele sofrimento..."

"O que você fez?"

"Arranjei tudo para casarmos aqui, essa noite, agora, antes da sobremesa." Ele revelou seus planos em uma frase longa e rápida.

"Agora?"

"Aqui. Agora. Sem a imprensa, sem fotógrafos, sem nos esconder e fugir. Fugimos secretamente... então casamos agora mesmo. Tem um juiz esperando, vê, logo ali." Chaz apontou para um homem de pé perto da cozinha com um livro na mão.

"Oh, meu Deus, você está falando sério!"

"Claro. Não se brinca com algo assim. Vamos, Meg. Sei que estou te roubando um longo noivado, mas pense no filme de terror que seria tentar casar sem a imprensa. Vamos fazer isso agora. E então, a imprensa vai nos deixar em paz. Definitivamente seremos uma notícia velha de um velho casal."

"Não está se casando comigo para tirar a imprensa de seu pé, está?"

"Bobinha! Claro que não! Estou casando com você porque te adoro e não consigo viver sem você. E, se fizermos isso agora, será uma cerimônia privada e significativa ao invés de um grande circo. Por favor, minha querida gatinha?"

Seus olhos a imploravam e sua lógica era perfeita. *Definitivamente será uma cerimônia muito mais significativa aqui e agora, sem a imprensa. Ele está certo. E aqui é tão romântico.*

"Sim," ela disse calmamente.

Chaz se levantou em um salto e sinalizou para que o homem se aproximasse. Arrancou o pequeno buquê do vaso, secou-o e entregou a ela. Ela pegou as flores, mas então ficou boquiaberta.

"Espere um minuto!" Levantou a mão e Chaz paralisou.

"Qual o problema?"

"Esse vestido... o colar de safira... algo velho, algo novo, algo emprestado e algo azul..."

"Sim. Penny insistiu nessa tradição senão contaria tudo."

"Penny e Mark sabiam?" Meg afundou em sua cadeira.

"Claro. Não podia fazer isso sem contar para eles. Mark me mataria!"

"Está certo quanto a isso!" Meg sorriu para ele. "Você armou tudo pelas minhas costas."

"Não colocaria dessa forma... foi uma surpresa. Venha," ele disse e estendeu a mão.

"Foi como uma manobra militar."

"Organização, só isso."

Meg colocou sua mãozinha sobre a dele e foram até onde o juiz estava parado. Chaz entrelaçou seus dedos com os dela e sorriu.

Quinze minutos depois, eram marido e mulher.

NÃO DEMOROU MUITO ATÉ a mídia descobrir sobre seu casamento e a ilha ficar repleta de jornalistas e fotógrafos que os seguiam por toda a parte. Em uma manhã, Chaz alugou um barco e eles separaram comida, escapando furtivamente ao amanhecer para um dia de privacidade. Ele encontrou uma ilhazinha e estacionou o barco na pequena praia. Eles conseguiram despistar a imprensa.

"Não precisamos de roupas de banho aqui," Chaz disse enquanto arrancava sua camiseta. Meg ruborizou quando um sorriso malicioso apareceu em seu rosto.

"Como encontrou esse lugar?" Ficou tímida de repente e se escondeu atrás de um arbusto para se despir.

"Dei a Martin, o recepcionista, vinte Dólares e ele desenhou um mapa. Os paparazzi nunca vão nos encontrar aqui."

Só de cuecas, Chaz ofereceu uma mão a Meg enquanto protegia seus olhos escuros do sol com a outra. Ela saiu detrás do arbusto somente de calcinhas e sorrindo, com seus cabelos castanhos esvoaçando e tocando seus ombros.

"Sozinhos. Finalmente." O olhar de Chaz parou em seu peito momentaneamente e, em seguida, suas mãos se fecharam sobre as dela.

"Vamos." Pararam na praia estreita e deixaram cair o resto de suas roupas.

Com sua mãozinha sobre a dele, eles correram para a água quente e limpa, emitindo somente os sons dos respingos por quilômetros. O calor do sol se refletia na água e aquecia suas peles. Chaz caiu de costas na água calma e Meg se jogou por cima dele. Seus braços a seguraram, puxaram-na para perto e sua boca reivindicou a sua possessivamente enquanto uma mão agarrava sua nuca.

Só se separaram quando afundaram e tiveram que subir para respirar. Ofegando, caíram na risada. Meg enrolou as pernas na cintura de Chaz e ele os levou mais para o fundo, até a água bater em seu ombro. Beijaram-se novamente e ele a segurou pela bunda, protegendo-a.

"Sempre vamos ter que encontrar um lugar para nos esconder... nunca vamos estar sozinhos?" Ela suspirou e passou os braços ao redor de seu pescoço.

"Você vai se acostumar, gatinha," ele murmurou entre um beijo e outro.

FIZERAM AMOR NA ILHA antes de almoçarem e conversaram sobre seus planos, que começavam com encontrar um lugar para morar. Meg tinha certeza de que estavam sem sinal de celular e ficou surpresa ao ouvir Chaz receber uma mensagem de texto.

O casal protegeu os olhos do brilho do sol e leram juntos a mensagem. Era de Quinn Roberts.

> *Quando vocês voltam? Annemarie vai deixar seu bebê comigo.*
> *Me ajude!*

"Ele não quis dizer Annemarie Fremont, aquela atriz, quis?"
"Exatamente de quem ele está falando."

FIM

RED CARPET ROMANCE, livro 2 da série Hollywood Hearts.

PODERIA O "FELIZES para sempre" começar com uma lista?

Após 10 anos trabalhando, economizando e investindo, Grey alcançou um nível de riqueza que o permite fazer o que quiser com sua vida. Ele precisa de uma mulher com quem compartilhar, mas não qualquer mulher e sim aquela que possuir as três qualidades essenciais de sua lista de casamento. Depois de três anos de busca, ele nem ao menos chegou perto de encontrá-la.

Carrie Tucker, uma aspirante a escritora de mistério e divorciada, lutando para ter sucesso no mundo da publicidade, muda o seu foco dos homens para sua carreira após ter encontros com diversos esquisitões. Ela recebe uma oportunidade única de se tornar a primeira mulher a ser diretora de criação de uma agência de publicidade famosa de Nova

Iorque. E se isso significar trabalhar durante as noites e finais de semana? De qualquer maneira, não parece que ela tenha uma vida social.

Afinal de contas, a lista de casamento vai proporcionar a chave da
felicidade?

Sobre a Autora

Jean Joachim é uma autora de romances best seller que possui livros que atingem a lista Top 100 desde 2012. Ela escreve romances contemporâneos que incluem romances desportivos e de suspense.

The Renovated Heart venceu o Best Novel of the Year do Love Romances Café. *Lovers & Liars* foi um dos finalistas do RomCon em 2013. E *A Lista de Casamento* ficou em terceiro lugar no Best Contemporary Romance do Gulf Coast RWA. To Love or Not to Love ficou em segundo lugar no concurso New Wngland Chapter of Romance Writers of America Reader's Choice de 2014. Ela foi escolhida a autora do ano em 2012 pela seção RWA de Nova Iorque.

Casada e mãe de dois filhos, Jean vive em Nova Iorque. De manhã cedo, você vai encontrá-la escrevendo em seu computador, com uma xícara de chá, o pug que resgatou chamado Homer a seu lado e um estoque secreto de alcaçuz preto.

Jean possui mais de 30 livros e contos publicados. Encontre-os aqui: http://www.jeanjoachim-books.com